古代禮制風俗漫談 4

楊村等◎著

出版說明

爲什麼宋版書最好？爲什麼彌勒佛總是掛著布袋？「潤筆」一詞從何而來？爲什麼新婚夫婦必須共飲交杯酒？您知道嗎？

中國是世界四大文化古國之一，文化的根已深深植於人們的食衣住行與娛樂當中，只是因爲時代久遠，它們的許多原始意義與精神已漸漸爲人們所淡忘。所以我們知道今年是屬十二生肖的哪一年，以干支如何紀年，但卻很少有人去追究中國人爲何，或何時開始以干支紀年？小孩閒來無事，以踢毽子玩耍，更少有人會去追究毽子的來源爲何？

生活中的小事，我們可以「行而不知」，但是當我們翻開古代文史著作，面對古人古事，許多枝節卻不是我們能夠忽視的。如果我們不知「鐵券」是什麼，讀《水滸》時就不會明白它爲何能提供柴進如此大的權力、勢力；如果我們不知「結髮」的婚儀爲何，如何能算是充分了解杜甫

「結髮爲君婦，席不暖君床。」這句詩呢？所以文化知識看似枝節末流，但卻是研讀古籍時不可或缺的一環。

經由大陸多位學者的努力，參考許多出土古物和現有資料，針對許多瑣碎的問題追根究底，並提供完整的資料，編成這套《古代禮制風俗漫談》，不但可作研讀古籍時的參考，更適合作消遣小品閱讀，無形中可增加許多小知識，一舉數得。

編輯部

目錄

漫話先秦時代的衣食住行

／楊　村等

食——先秦時人們吃的是什麽

我國是世界上農業發達最早的地區之一，也是世界上最大的農作物起源中心之一，到了西周時期，農業已相當發達，農作物已經很多，所以先秦西周時代人們的食物是很豐富的。

一、**糧食**　農業發達，糧食品種很多，其中最主要的有稻、麥、黍、稷、粱、粟、菽、秬、秦、麻、紵等。一般稱黍、稷、麥、菽、麻爲五穀，加上稻，又稱爲六穀。

黍、稷是當時的主要食物，黍又叫黃米，有粘性；稷，是小米，沒有粘性。稷在西周時期是很重要的糧食。西周的始祖就叫后稷，後來成爲穀神。穀神與社神合稱爲「社稷」，成爲國家的代稱了，可見稷在人民生活中的重要地位。

稻，也是主要的糧食。考古學家在浙江餘姚河姆渡遺址，發現了大面積的稻穀遺物，有的稻葉色澤如新，有的稻穀連稃毛還清楚可見。河姆渡遺址距今七千餘年，它說明了我國是世界上栽培水稻的起源地之一。

麥，有大麥、小麥之分，古代稱大麥爲「麰」，又叫來牟。《詩・周頌・臣工》有「于皇來牟」之句。

麻，籽可吃。但主要用其纖維紡線織布。

菽，即大豆。這本是我國的特產，直到西元一七九〇年左右才傳到歐洲，還只是種在花園裡供觀賞。西元一八七三年大豆運到維也納萬國博覽會上展出，成爲轟動一時的新聞，此後歐美才大面積種植大豆。所以，大豆在英、法、德、俄等國文字中的發音都接近於菽。

二、肉類 當時有牛、羊、豬、雞、鴨、鵝、魚等。古代祭祀以牛、羊、豬稱爲三牲，三牲齊備叫「太牢」，只用羊、豬爲「少牢」。據卜骨記載，當時的貴族僅僅因爲發生了耳鳴這種小毛病，就用一五八隻羊作爲祭品。這也從側面說明了當時畜養業的發達。

三、蔬菜 古人已很重視蔬菜，所謂「飢饉」的「饉」，即指蔬菜歉收。《爾雅》云：「菜不熟爲饉」，但遠古時蔬菜品種很少，《詩經》裡提到一三二種植物，其中作爲蔬菜的只有二十多種。戰國秦漢時略有改善，但品種仍不多。《素問》一書將「葵、藿、薤、葱、韭」列爲五菜，葵菜植物學上稱爲冬葵，是當時的「百菜之王」，但到了唐代已不爲人重視，後來就無人再種了。《本草綱目》甚至於把它列入草部，可見它並不好吃。藿也是先秦時主要蔬菜，《戰國策・韓策》說：「民之所食，大抵豆飯藿羹。」但它不過是大豆苗的嫩葉，今天已經沒人再吃了。韭菜是我國原產，是很名貴的菜。此外還有蘿蔔、蔓菁等根菜類。《詩經》裡說，「采葑采菲」據考證葑菲就是蔓菁與蘿蔔。

（楊　村）

衣——周人的衣、裳、冠、履

考古工作者在北京周口店發現過距今一萬八千餘年（舊石器時代）山頂洞人所用的骨針，說明從那時起，居住在我國這塊土地上的人們已經知道縫製衣服。但由於材料太少了，很難確知當時服飾是什麼樣子。但周人的服飾還是可以知其大概的。

周人身上穿的衣服統稱爲衣裳。衣是上衣，裳是下衣。裳並不是褲子，而是如今我們說的裙。庶人服勞役時不穿裳，而穿褌、褲。褌是短的，褲是長的。

此外，還有深衣。深衣是衣連裳的，下擺不開衩，將衣襟接長，向後掩著。一般是大領、寬袖、長衫。貴族平常穿深衣，是便服；而庶人以深衣作爲禮服。短褐才是庶人的便服。

北方草原游牧民族的常服是胡服。胡服主要由短衣長褲和靴組成。戰國時趙武靈王引進來作爲戰士服裝。

禦寒的衣服叫做裘和袍。裘是有毛的，行禮或接見賓客時裘外需加一件罩衣，叫裼衣。袍是長襖，穿不起毛裘的人穿袍禦寒。

衣服的材料主要有絲織品和麻織品。貴族穿絲織品，庶人只能穿麻織品。古人所謂布是麻織品。所以「布衣」成爲平民百姓的代稱。最劣等的衣料是褐，是用粗毛織的，所以窮人被稱爲「褐夫」。《詩經》中有「無衣無褐，何以卒歲」的記載。

衣服有方領，也有交領，但都是右衽。腰間繫帶。男用革，女用絲。帽子，古人稱爲冠。冠只有貴族才有，庶人只有頭巾。男子到二十歲舉行冠禮。儀式由父親在宗廟舉行，而由來賓加冠。

腳上穿的古人叫履。履有麻履、葛履、皮履。麻履是用麻繩編織而成的，皮履是用皮做的。周制規定，「履不上於堂」，大概因爲古人席地而坐，登堂就已經就席，穿履就很不禮貌了。現在日本、朝鮮等國進室內先脫鞋，大概也是周人的遺風吧？還有因爲不脫履而得大禍的。《左傳》哀公二十五年衞侯與諸大夫飲酒，褚師聲子穿著履即登上席子，衞侯大怒。褚師聲子辯解說腳上生瘡，如果讓君侯看到了會嘔吐的。衞侯更加生氣，說：一定要砍斷褚師的腳。嚇得褚師趕快逃亡。

（高達雲）

住——先秦時代的房屋

人們的生活中離不開房屋，在先秦時代，我們的祖先是怎樣居住的？那時的房屋又是怎樣的呢？

大約在進入氏族社會以後，人們開始營造房屋，這一時期的房屋是一些半地穴式的建築。就是在地上挖個坑穴，穴壁就是牆壁，有的還在穴的四周壘起低牆。然後在穴的四壁和屋的中間立起木柱，在木柱上搭蓋起屋頂。屋子的出入口有的是斜坡，有的是土階。西安半坡遺址中的居住區裡有一座面積達一百六十平方公尺的半地穴式房屋，向我們再現了這種房屋的形式。

到了商代，階級的產生也使房屋的形式出現了差別。奴隸仍住在半地穴的房屋裡，十分簡陋，而奴隸主的住房已經從地穴變爲地面建築了。

西周時期，房屋建築技術已有相當的水平了。當時貴族居住的房屋的形式大抵是這樣的：前有堂，後有室，中間有過廊，室的左右爲房，互相對稱，布置的十分整齊。堂是行禮的地方，室是住人的地方。室的門在東南叫作「戶」，窗子在西南叫作「牖」，北面的窗子叫作「北牖」，室的西南角也就是「牖下」，爲尊者居住的地方，稱作「奥」，西北角是光線射入的地方，叫作「屋漏」，東北角用來儲藏食品，叫作「宧」，室的中央叫作「中霤」。庶人的房子以中間的屋子做行禮待客的場所，左右兩間供居住。整座建築被叫做「宮」。但是在西周時期，一般百姓的住房仍是以半地下的穴居爲主。

西周時已經有用瓦作屋頂的了，不過多數房屋都是用茅草蓋頂的。牆是用板築的。所謂板築就是用兩塊木板相夾，中間的寬度就是牆的厚度，裡面裝滿泥土，用杵搗緊，等泥土乾了以後拆去木板，就成了一座牆。牆體的薄厚已經有了區別，北牆較厚，說明當時對牆體的作用有了新的認識。

（宜　林）

行——先秦時代的車

先秦時期，人們的交通工具常見的就是馬車，根據考古發掘，現在能看到的最早的車是商代的。西周時期的車和商代的車屬於同一類型，都是雙輪、獨輈，帶有車箱。當時甲骨文和青銅器銘文中的車字就是車的象形。

車子用兩匹馬駕車的叫做「駢」，用三匹馬的叫「驂」，用四匹馬的叫「駟」。馬車的車箱叫「輿」，是供人乘坐的。輿的前面和兩旁以木板爲屏障，後面留有缺口，便於乘者上下。一般車輿上裝有活動裝置的車蓋，主要是用來遮雨的。輿的前部有一橫木可以依憑扶手，叫做「軾」，輈的前端也縛有一根橫木叫「衡」，衡的兩邊各有人字形軛，用以駕馬。車輪的邊框叫「輞」，車輪中心有孔的圓木叫「轂」，輞和轂成爲兩個同心圓，它們之間一根一根的木條叫做「輻」，輻條都向車轂集中，叫做「輻輳」。車軸是一根橫樑，上面駕著車輿，兩端套上車輪。

當時的車形，輪子大，車箱小，爲了加强車體的牢固程度，人們在關鍵部位裝上一些青銅構件，這些構件製作精緻，不僅堅固了車體，而且逐漸成爲車子不可缺少的裝飾物。銅車害是裝在車輪外邊軸頭上以防止車輪脫出的零件，人們用金銀絲鑲嵌出美麗的紋飾，顯得非常華麗。西周時人們在衡或軛上裝有一種叫鑾的鈴，車子行進時鏘鏘作響，後來成了貴族顯示身分的象徵，最高級的馬車要裝有八個鑾《詩經・大雅・烝民》描寫馬車奔馳的情景爲「四牡騤騤，八鸞喈喈」，可以想見當時馬車富麗堂皇的氣派。

（王效德）

古代佐餐的主要食品
——羹

／王學泰

羹在中國古代食品中占有重要的地位，特別是在烹飪技術尚不發達的先秦，人們靠它佐餐下飯，是每天都離不開的日常食品。

我們要了解羹，必須對先秦主食先有個大概的認識。先秦的主食是飯和粥。大家知道，穀物是顆粒狀的，先秦還沒有現代意義的磨，當時的「磨」只是由碾盤和碾棒組成的，加工穀物時，只是用碾棒把穀物擀碎，成爲糝，而不能磨麵。黃河流域一帶，人們的主糧是黍、稷、粟、麥，還有少量的稻，人們吃其種子，這就是《尚書》中所說的「粒食」。講究些的舂掉穀粒的外皮。當然，舂得越細越好，這就是孔子說的「食不厭精」。而廣大窮人和奴隸只能帶皮而食，人們要吃穀粒時，把它放在鬲中煮，水多米少，即成粥，稍稠一些就叫「饘」，如果把米從米湯中撈出，用箅子放在甗（古蒸鍋）或甑（古蒸煮器）中蒸，熟了即是米飯。主食如此，人們用什麼下飯呢？貴族、有錢人花樣很多，有膾、脯、炙、醢等等，但這些都是肉製品，一般人很難享用，窮人佐餐的食品就只好是用料可以有很大差別的「羹」。按照周禮，各個階層的人都食有常式，不能越禮。而羹卻是每個階層的人都可以吃的，所以，《禮記．王制》中說：「羹食自諸侯以下至於庶人，無等。」羹是人人都可以吃的大衆化菜肴。

羹用現代的話說就是「湯」。現代菜肴中以羹爲名的多是比湯略稠、略濃一點兒的湯。古代的羹一般說來比現在的羹更濃一些，肉羹可以說就是肉汁。

羹也是有個演變過程的。最初的羹，大約就是《左傳．桓公二年》所說的「大羹」。這是一種不備五味的肉汁。後儒附會說這樣作是「昭其儉」，表示節儉，實際上還是《大戴記．禮三本》說的有道理，大羹是「飲食之本」，「本」也就是羹的原始作法。太古時代，五味還沒進入烹飪領域，所以人們吃的羹湯只能是清水煮製。後來隨著烹飪技術的進步，製羹的技術才逐漸複雜了。據《說文解字》，羹（《說文》羹作「䰞」）爲「五味調盉（同和）」，這意味著人們在懂得使用五味調料後，就開始把它施於羹中，可以說，最早使用五味調料的就是羹。用炮、烤、炙、烹等方法做熟的肉都是白肉，烹飪時不加佐料（「八珍」中的「炮」「熬」例外），吃的時候再蘸醓（醬）或鹽。而製羹是煮肉（或菜）作汁，人們吃的主要是汁，所以在煮製中或煮熟後都可以加調料，因此後代稱食羹爲調羹，直到現在還有不少地方稱湯匙爲「調羹」。

關於羹調五味，先秦古籍多有記載。《晏子春秋》中晏嬰對齊景公談君臣關係時用和羹爲喻：「和如羹焉，水火醯醢鹽梅，以烹魚肉，燀之以薪，宰夫和之，齊之以味，濟其不及，以泄其過，君子食之，以平其心。」這裡敍述了製肉羹的過程和原料。魚肉放在水中用火煮，然後再用醋、醬、梅子和鹽來調和，在煮製過程中要提防「過」和「不及」。這種「過」和「不及」主要指味道，也兼指火候。《呂氏春秋．本味》中說：「凡味之本，水最爲始、五味之材，九沸九變，火爲之紀，時疾時徐，滅腥去臊除羶，必以其勝，無失其理，調和之事，必以甘酸苦辛鹹，先後多少，其齊甚微，皆有自起，鼎中之變，精妙微纖，口弗能言，志不能喩……故久而不弊，熟而不爛，甘而不噥，酸而不酷，鹹而不減，辛而不烈，淡而不薄，肥而不腠（味過濃過厚）。」這是一套完整的烹飪理論，它論述了水火、五味的關係，而火又是關鍵，火候掌握好了可以使五味適中，如果那一味稍過，就會使人難以下嚥。所以要求烹飪者有較高的技術，這只有在實踐中才能掌握，不是口耳相傳能夠學會的。羹是家常便飯，又易於顯露烹飪者的手藝，因此古代有主中饋之責的婦女，一嫁到夫家，脫去新嫁衣就要爲公婆作一次羹湯，中唐詩人王建寫的《新嫁娘》詩：「三日入廚下，洗手作羹湯，未諳姑食性，先遣小姑嘗。」說的就是這種習俗。

吃羹有許多講究，羹在食用之前一般都調和好了五味，上席就可以吃了，但爲了照顧各人的口味，在食用時，案邊還準備有鹽、梅，好像我們今天餐桌上還要放醬油、醋一樣。《禮記．少儀》：「凡齊，執之以右，居之於左。」《注》曰：「凡調和鹽梅者，以右手執之，而居羹器於左。」不過，這只是擺擺樣子表示對客人口味的尊重而已，《禮記．曲禮》上要求作客的人「勿絮羹」，所謂絮羹就是往端上席的羹湯中加調料。禮禁止這樣作，是因爲這會使主人覺得自己調的羹不適合客人的口味而感到難堪。另外，《禮記》還規定了「勿嚃羹」，「嚃」指不細咀嚼，狼吞虎嚥。這樣吃羹，除了不太禮貌外，也會使主人認爲自己所調的羹不夠好吃，所以客人才囫圇吞嘸。

羹要調和五味，那麼五味在先秦指的是什麼呢？五味之說起源於陰陽五行家，他們認爲世界是由金、木、水、火、土五種物質構成，這五種物質的味道分別是辛（辣）、酸、鹹、苦、甘，稱作五味。其實較早的古籍在談到烹飪用味時只提酸鹹二味，酸取於梅子，鹹取之於鹽，所以鹽、梅幾乎成了烹調的同義語。《尚書・說命》：「若作和羹，惟爾鹽梅。」梅子含果酸，可以清除魚肉中臭、腥、羶等異味，又可以軟化肉中的纖維組織，幫助消化，是被先民較早認識的調味品，梅子還被製成梅漿——醷，後來又發明了人造酸味調料——醯（醋）醯就被正式列爲五味之一。鹽是先秦鹹味的主要來源，先秦典籍中談到鹽時有五鹽之說。苦味，先秦所說的苦味和現在說的苦味略有區別，現在烹飪所用的苦味來之於陳皮、杏仁；而先秦苦味來之於酒，當時南方用來調苦味的是「豉」（見《招魂》「太苦鹹酸。」王逸《注》、馬王堆漢墓出土遺册亦有「豉」字）。酒加在魚、肉之中有除腥增鮮的作用，如同我們今日烹調中用的料酒一樣，而料酒是略帶苦味的。辣味，據《周禮・鄭注》指的是薑，其實含有辛辣之味的還有葱、蒜、蓼、芥，但葱、蒜、蓼多被用來拌和魚、肉（如膾），芥被作成芥子醬，作蘸醬使用，很少用來調羹。南方辣味來源還包括有花椒。現在辣味的主要來源辣椒，當時尚未傳入。甜味，來源於飴、蜜，飴爲飴糖，就是麥芽糖，蜜爲蜂蜜。

在當時看來調和五味是極複雜的，所以先秦就有託名於彭祖、伊尹和易牙這些善於製作羹湯的名廚出現了。

羹，講究的是用肉、魚爲主料加以烹煮的，先秦的羹中大多還要加上一些穀物，其根據爲：

一、先秦古羹字作䰜，其中的米即像碎米之形，看來製羹要加米屑的。

二、孔子厄於陳、蔡而絕糧，使他們師徒「藜而不糝」，即在燒製羹時只放藜菜而無碎米屑可加，後來「藜而不糝」遂成爲絕糧的典故，杜甫還有「吾安藜不糝」的名句，可見如果有糧，作羹是要放的。

三、《齊民要術》中詳細地開列了製羹臛法，大部分羹是要加米的，可以說是繼承了傳統的作法。

先秦羹的名目很多，幾乎所有可以入口的動物肉都可以作羹，其名稱隨著主料不同而各異，如見於先秦古籍的就有羊羹、豬羹、犬羹、兔羹、雉羹、鱉羹、黿羹、魚羹、脯羹等等，這都是純肉的，窮人無肉就用藜菜、蓼菜、芹菜、葵菜、苦菜等作羹，聊以下飯。漢代古詩《十九從軍征》那位「八十始得歸」的老軍人回到家裡，家已破敗，荒涼不堪，以致「中庭生旅穀、井上生旅葵」，於是他「舂穀持作飯，採葵持作羹」。這就反映了窮人只用菜蔬作羹的情況。如果在肉羹中加上菜，就叫「芼（這裡指蔬菜）羹」。《儀禮．公食大夫禮》中記錄了什麼肉羹宜於與什麼菜搭配，如牛羹宜於藿葉（豆葉），羊羹宜於苦菜，豬羹宜於薇菜。在食用芼羹之時可以用梜（筷子），《禮記．內則》中還記錄了什麼羹宜於下什麼飯，如雉羹宜配麥飯，脯羹宜配折稌（細米飯），犬羹，兔羹宜於加糝。先秦還有一種叫「鉶羹」的，鉶只是一種器皿，可受一斗，作調羹器用，又叫鉶鼎，在向席上送羹之前可以在鉶鼎中調味和放菜。這是北方的羹，南方的名羹是

「吳羹」。《招魂》中就有「和酸若苦，陳吳羹些」。注釋說，吳人善於調羹。

在先秦最享盛名的大約要數羊羹了，它竟然涉及戰爭的敗績。《說苑》中記載春秋時代宋國與鄭國作戰之前，宋將華元殺羊享士，而爲華元駕車的羊斟沒有分到，於是在作戰的時候，羊斟說：「昔之羊羹子爲政（作主），今日之事我爲政。」於是，他把戰車馳入鄭陣，華元被俘，宋軍大敗。

漢代的羹有了些發展，從馬王堆漢墓遣策中可以看出羹的種類比先秦古籍中所記的多了一些。如醉羹（純肉羹）九鼎，白羹（是用米和肉調和的羹）七鼎，巾（芹）羹三鼎，逢（葑）羹三鼎，苦羹二鼎，這個食單是兼有南北風味的。《齊民要術》記載了二十八種羹的作法，魚、雞、鴨、鵝、鹿、豬、羊、牛等禽畜類的肉以及頭蹄下水均可爲羹，值得注意的是還有從西域傳來的胡羹。此羹用羊脅（羊排骨）、羊肉爲主料，用葱頭（非洋葱）、胡荽（北京稱爲香菜）、安石榴汁（石榴汁）爲調料。調料都是西域土產，是西域的風味菜，可見內地和西域來往的頻繁。另外值得一提的還有蓴羹，《世說新語．識鑒》說張翰在洛陽作官，「見秋風起，因思吳中菰菜，蓴羹，鱸魚膾」，於是便命駕而歸。《世說新語．言語》中還記錄了陸機和王武子的對話，王對陸誇示羊酪，認爲江東沒有比它更好吃的了。陸機回答說：「有千里蓴羹，未下鹽豉耳。」用此以敵羊酪。於是蓴羹成爲江東、吳中的名菜而載入史冊，並成爲維繫人們鄉戀的紐帶。據《齊民要術》，這種蓴羹是以鯉魚、蓴菜爲主料，煮沸後加上鹽豉製成的。

隋唐以後隨著烹飪技術的進步，人們對菜肴加工的花樣越來越多，羹在菜肴中的地位也隨之下降，逐漸和輔助性菜肴——湯的地位差不多了。只是羹多勾芡，這一點可以說是由羹加糝的做法演變來的。

羹名也不像前代那樣樸素了，像以記錄素食爲主的《山林淸供》，裡面提到的羹名就有十餘種，其中如碧澗羹、太守羹、玉糝羹、錦帶羹、驪塘羹、白石羹、雪霞羹、鴨腳羹、金玉羹、玉帶羹等，如果不看這些羹的用料和製法，就不知其所云了。

一份很有價值的古食譜

——《楚辭・招魂》食物構成略說

／劉德謙

飲食，是人類與生俱來的生存手段。但作爲一種文化傳統來研究，它的意義就不只是吃吃喝喝，而是民俗學，以至於人類學研究的一個重要方面。我國古代的飲食結構究竟是怎麼樣的？在古文獻中，我們還可以找到一些零星的片斷，其中較早、較完整、較有價值的應推《楚辭・招魂》裡有關飲食的描寫。可惜的是，人們大多只是粗略地談到它，還未對其豐富內容作出解釋；偶也有些知識短文從中摘取了片言隻句，然或失之籠統，或過於穿鑿，以致今天能眞正了解其中內涵的讀者仍然不多。其間主要原因，或者還在於王逸的《楚辭章句》的注釋當初就偏於簡略。

《招魂》這一節的內容是這樣的：

室家遂宗，食多方些：
稻粢穱麥，挐黃粱些；

大苦鹹酸，辛甘行些。
肥牛之腱，臑若芳些；
和酸若苦，陳吳羹些；
胹鱉炮羔，有柘漿些；
鵠酸臇鳧，煎鴻鶬些；
露雞臛蠵，厲而不爽些。
粔籹蜜餌，有餦餭些。
瑤漿蜜勺，實羽觴些；
挫糟凍飲，酎清涼些；
華酌既陳，有瓊漿些。
歸來反故室，敬而無妨些。

——《楚辭．招魂》

家族相追隨，飲食真講究：
大米、小米、新麥、黃粱般般有，
酸甜苦辣樣樣都可口。
肥牛筋的清炖噴噴香，

是吳國司廚做的酸辣湯。
紅燒甲魚、叉燒羊肉拌甜醬，
煮天鵝、燴水鴨，加點酸漿，
滷雞、燜鱉，味可大清爽，
油炙的麵包、米餅漬蜂糖。（譯文漏譯此行）
冰凍甜酒，滿杯進口真清涼，
為了解酒還有酸梅湯。
回到老家來呀，不要在外放蕩！

——郭沫若《屈原賦今譯》

我們面前呈現的，簡直是一份有趣的古食譜！如此豐富，如此完整，且又是兩千多年前的記錄，在今天所能見到的古文獻裡，實在太稀罕了。

早在春秋戰國之時，我國就已把飲食分爲兩個基本的組成部類了。這食，自然是穀類做的飯；這飲，便是清水、漿飲等等。即使就一頓飯而言，也仍然可以分爲食和飲，只是其中的飲常常是菜湯罷了。

不過，在更正式的場合，飲食便不再是兩個部類。《禮記・內則》將飲食分爲飯、膳、饈、飲四個主要部類。《周禮》所記膳夫的職責，也是掌王之食、飲、膳、饈。這裡的食，就是穀物做的飯；飲，是酒漿之類的飲料；膳，是以六畜爲主的牲肉製成的菜肴；饈，是用糧食加工精製的滋味甚美的點心。《楚辭．招魂》中所列的飲食，正是按嚴格分類依次排列的這四個部類的食物。也就是說，《招魂》所反映出的楚國飲食風習，與《周禮》、《禮記》等所記的正好完全一致。可見，至少到了戰國末期，楚國文化和中原文化的交流和融合，即使在飲食方面也已體現出來。然而，《招魂》畢竟是一部文學作品，不是專門的食譜，其中的描繪，多從文學角度加以誇張、修飾。但此時，如上所說楚文化與中原文化廣泛融合，卻是值得我們注意的。

古人對主食是異常重視的，這大概是受當時生產力水平的約束吧。《論語．鄉黨》有一句關於飲食安排的話：「肉雖多，不使勝食氣。」朱熹的《論語集注》稱：「食以穀爲主，故不以肉勝食氣。」朱熹的這一理解，看來還是合於當時實際的。《招魂》更是把飯寫在「食譜」的第一條——「稻粢穱麥，挐黃粱些。」稻是稻米，粢是稷，穱麥是早熟之麥，黃粱是小米，挐是摻雜混合的意思。

製作飯食的穀物，春秋戰國當時稱五穀，較之更早的，還有「百穀」之稱。百穀，當然並非穀物眞有百種，不過言其多罷了。發展到後來，就是孟子所說的「五穀者，種之美者也」。這正反映了春秋戰國時在穀類栽培上的進步：品種選擇得到了進一步發展，對作物分類有了更明確的概念。至於《招魂》中提到的穀物，各家注釋大都認爲只有四種，即稻、稷、早麥和黃粱。其中值得一提的是，對稷還有不同的解釋。現今不少《楚辭》學者均釋之爲小米，照此理解卻不免與黃粱重覆；洪興祖的《楚辭補注》和朱熹的《楚辭集注》在訓粢爲稷後，又訓稷爲穄，這穄即今天所稱的糜子，而把稷解釋爲糜子，正是現今多數農學史家的看法。

膳、饈、飲，是飲食四大部類的後三部分，在《招魂》這一節裡，它們佔了很大比重。

膳，是以肉類爲主體加工的菜肴，這肉有家養的禽畜，也有漁獵的捕獲。《招魂》的這一節，從「肥牛之腱」到「厲而不爽些」說的都是膳。不僅呈現了多種菜肴，而且其中還隱含了更多的內容。如「肥牛之腱」一句，提到了原料的選擇標準——即以肥壯爲準。爲了肥壯，有時還須專備草料餵養，這便是「芻豢」。戰國之後，芻豢之肥牛（「犓牛」）也仍然是公認的上品。在膳的烹飪上，除了用料的選擇，刀工、火候、調味，更是多樣而富於變化的。如「胹鱉炮羔」，裡面所含的技藝就十分高超。炮，如據常解，自然是合毛裹燒之意，是一種間接致熟的方法；但如據《禮記》，這炮就不那麼簡單了，它的第一步加工過程就有似今天風味名菜「叫化雞」的製作，接下還有精細繁複的加工。至於胴鱉炮羔（把鱉煮軟，用間接方法把小羊肉弄熟），當然又跟一般的炮有所不同。

饈又有百饈之稱，自然其製作也是多種多樣了。如綜合各種古代資料，不難看出，饈是以穀物爲主體加工的美味食品，如單說不帶湯水可以放在籩裡的「饈籩之實」，那便是後世的點心。由於《周禮》、《禮記》等述及飲食時均未將其具體化，鄭衆與鄭玄的訓注又各不相同，因而《招魂》的詩句反倒成了它們的具體詮釋：「粔籹蜜餌，有餦餭些。」這僅是饈的很少一部分，在現今所見的古文獻裡，它們的出現也還是第一次呢。粔籹亦即膏環，據《齊民要術》記載，膏環是用米粉合糖，做成環狀，在油裡煎炸而成的形狀類似今天「焦圈」的合糖炸糕。蜜餌，即施蜜的餅餌，餌是豆粉和米粉合蒸的糕餅。餦餭即為飴糖塊，顯然在《招魂》的年代製作糕點的工藝已經較為成熟了。

飲是古代飲料的總稱，它大體可分以下七個類型——清醴：清澄的甜酒；醫：帶糟的醪酒；漿：淡酒飲料；酏：薄粥；醷：酸梅湯；濫：冰凍冷飲；水：清涼白水。不過在我們的這段《招魂》中，寫到的只是其中的兩類——凍飲和漿，只是這裡漿又分為瑤漿、瓊漿二種，瑤漿、瓊漿與凍飲正好合為三飲。由此看來《招魂》中的瑤漿、瓊漿，並不是毫無意思的重覆，而是合乎古禮要求的。至於「挫糟凍飲」兩句，歷代注家衆說紛紜；如從考古收穫來看，王逸的冰鎮醇酒的解釋，實在更近眞實。西元一九七八年在湖北隨縣擂鼓墩發掘的戰國初期曾侯乙的墓葬，裡面就有一對相當大的冰鑒。兩具各半米多高的銅方鑒內，又各套有一個盛飲料用的銅方壺，並又各附一把用以提舀飲料的長柄提勺。用這樣的冰鑒來冰鎮專供夏季飲用的春酒，那自當是再清涼不過了。曾國是鄰近楚國的一個幾乎不見經傳的小國，其出土鐘鎛的銘文和竹簡證實了它跟楚國的密切關係。該墓的編鐘編磬，早已使世人震驚；而其一百餘件青銅禮器用具，亦顯示出它的烹飪技藝已達到了十分可觀的水平。這個受楚國影響的小國在戰國初年尙能如此，那麼强大的楚國在戰國末期的情況也就可以想像了。

從《招魂》中，不僅能看到戰國末期楚國食品的豐富、選料的精細、烹飪技藝的高超，還可以體察到其調味的考究。「大苦鹹酸、辛甘行些」，說的是在飲食調製中把五味都適當地用上。除了對飯的描述外，對膳、饈、飲的描述都涉及了五味調和問題。五味即由鹽、梅、醋、酒、椒、飴、蜜等製成的鹹、酸、苦、辛（辣）、甘（甜）這五種味道。《招魂》中將大苦列爲五味之首，這是因爲在古代，人們對飲食調味有這樣一個原則，即「春多酸、夏多苦、秋多辛、冬多鹹，調以滑甘。」因爲《招魂》中所描寫的多是夏季的情況，所以在詠及五味時用了「大苦」，並且將它提於其他諸味之前。這在一定程度上也反映了當時人們對五味已有了較深入的了解。

《楚辭．招魂》雖然是一篇文學作品，但它表現出的飲食文化是源於現實生活的。如果要了解我國古代的飲食文化，這段文字是不容忽視的，它的篇幅不長，卻是如此豐富，如此完整，確實可以稱之爲一份旣有價値又有趣味的古代食譜。

從饕餮說起

——談談先秦飲食文化思想

／王學泰

一、饕餮是什麽

《左傳・文公十八年》季孫行文曾派人給魯文公講了個故事說：「縉雲氏有不才子，貪於飲食，冒於貨賄，侵欲崇侈，不可盈厭，聚斂積實，不知紀極，不分孤寡，不恤窮匱。天下之人以比三凶，謂之饕餮。」原來饕餮是黃帝時代夏官縉雲氏的兒子，他是個貪吃好貨，崇尚奢侈，搜刮聚斂，沒有止境，不肯同情孤寡貧窮的傢伙。可見饕餮這個名字由來已久，幾乎是與我們的文明史一起產生的。當然，季孫行文歷數饕餮全面的罪狀是包括吃喝財物兩個方面的，而古人對饕餮的理解則偏重於「吃喝」的一面（這一點從饕餮字形也可看出）。《呂氏春秋・先識》云：「周鼎著饕餮，有首無身，食人未咽，害及其身，以言報更也。」《呂氏春秋》雖晚於《左傳》，但它所說的現象，卻在周初。認爲是周人把饕餮鑄在盛食器鼎上，用以告誡他人，不要貪吃過甚。其實鑄饕餮之形於鼎上，不始於周代，殷代禾大方鼎（西元一九五九年出土於湖南寧鄉），鼎腹四壁紋飾是四個大的人面像，高鼻闊嘴，面目凶惡。人面兩額旁有小曲折角，腮邊有兩爪。此像只有臉無身，其面團團，像個非常貪吃，而且十分能吃的形象。學者們認爲此即是饕餮。後來，歷代鑄鼎，或鑄其他食器，饕餮幾乎成了一種必要的妝飾，並衍化成爲獨特的花紋圖案，但其原始意義則被人們忘記了，只有饕餮作爲貪吃或能吃的象徵還活躍在人們口頭或書面。蘇東坡就有一篇有趣的小賦——《老饕賦》其實食器上雕鑄饕餮形象或花紋的原始意義在於告誡進食者對於飲食要有所節制，不要放縱，勿蹈饕餮之覆轍。

饕餮圖案

二、飲食上的豐儉與王朝的興亡

貪吃不是個好習慣，但也不是了不起的惡德。古代（先秦）告誡人們不要貪吃不是出自衛生角度，而是從品德、甚至是政治角度來考慮的。古人認爲貪吃與否（即飲食的豐儉）是和國家興亡聯繫在一起的。

一個人生活上的消費、特別是在吃喝上的消費總是有限的。《莊子》云：「鷦鷯巢於深林不過一枝，偃鼠飲河，不過滿腹。」難道一個人放縱飲食會把國家吃垮嗎？如果從唯物主義角度分析，會認爲這種看法是極端可笑的，可是古人（先秦）根據自己長期積累的經驗認爲這是千眞萬確的。夏、殷兩代的興亡就是證據。

人類從野蠻進化到文明社會經過了幾百萬年的奮鬥，在這漫長的歲月裡，人們的生活並不是像《莊子．馬蹄》中所描寫的「含哺而嬉，鼓腹而遊」，而是衣不蔽體，食不果腹的。那時，只要是能夠獲得食物的手段——如農、漁、牧、獵、採集——人們無不採取。經過了幾百萬年的進化，人們生產經驗日益豐富，生產工具逐漸進步，逮生產品有了餘裕，私有制度產生，國家逐步形成，人類跨進了文明社會的門檻，在我國，也就開始建立了第一個國家——夏王朝。人們第一次被分爲統治者和被統治者，統治者利用自己手中掌握的權利去佔有更多的生活資料（包括食品）。由於夏王朝以及後來的殷王朝都是處在草昧初開的階段，糧食以及其他食品的生產不會很發達。《逸周書．文傳》中說：「小人無兼年之食，遇天飢，妻子非其有也；大夫無兼年之食，遇天飢，臣妾輿馬非其有也；國無兼年之食，遇天飢，百姓非其有也。」這雖然意在說明糧食儲備的必要，但從中也可以看出大夫、國君都會出現沒有兩年儲備的情況，這樣，如果遇到災年，大夫就會失去奴隸車馬，國君就會失去百姓而垮台。這反映當時糧食餘裕是不多的，因此，在飲食上過度的消費，甚至浪費，就會引起人們的反對。與此相反，如果在飲食上節儉，就會受到人們的稱讚和擁護。

夏王朝的建立者大禹被人們歌頌爲「卑宮室，菲飲食」的節儉模範。《戰國策・魏策一》記了一個故事說：「昔者帝女令儀狄作酒而美，進之禹，禹飲而甘之，遂疏儀狄，絕旨酒，曰：後世必有以酒亡其國者。」禹的繼承者啓，在繼位之初也是食不二味的。這些都被嚴肅地寫入史書，作爲歷史借鑒的。看來飲食的節儉，量腹而食，不僅是當時政治家引人注目的美德，而且是重要的統治經驗。但是物質畢竟是誘人的，「口欲豢芻也」，夏殷兩朝的後繼統治者不能保持這個美德，而是向相反的方向發展，飲食的奢侈在夏殷時代引起人們的憂慮。幾乎所有失德的統治者都犯有飲食過於奢侈的罪過。前面提到夏代發明了酒，殷代造酒技術有了很大的提高，可是造酒要耗費大量的糧食，因此更會引起人們的反對。我們從大禹疏遠儀狄和他關於「後世必有以酒亡其國者」的議論以及大量的飲酒敗德的故事中，可以感到人們對造酒術發展的憂慮。到了殷代，人們對酒的需求量越來越大，殷代統治者自己也感到「我用沈酗於酒，用敗厥德於天下」，敗壞了聖祖湯的好傳統，並且把殷人沈酣於酒看成天降的大災。這些想法，不僅像後人恐懼鴉片一樣恐懼酒，認爲它毒害人們的身體、麻痹人們的意志，而更重要的是因爲造酒要消耗大量的糧食，人們更多的是從物質角度來考慮飲酒的危害的。剛剛擺脫了饑餓時代（這一時代有幾百萬年之久）的人們，饑餓的恐懼感還盤踞在人們心頭。因此，人們的眼睛都在盯著那些過度消費的統治者，對他們貪於飲食十分反感，這一點是後人難以體會的。

夏殷兩代遺留下的傳說和文獻都說明了一切惡德、特別是統治者的塝台都和貪飲、嗜食有密切關係。僞《古文尚書》中的《五子之歌》云：「甘酒嗜音，峻宇雕牆。有一於此，未有不亡。」

（此書出現很晚，但有些思想和上古時代有聯繫）認爲飲食過度是造成亡國的最重要的原因之一。啓繼位之初還算節儉，但他消滅了有扈氏之後，就開始放縱起來。《墨子・非樂》中說：「啓乃淫泆，放縱康樂，野於飲食。將將鍠鍠，筦磬以方。湛濁於酒，渝食於野。萬舞翼翼，章聞於天，天用弗式。」夏啓放縱的罪狀主要就是沈湎於酒，在外面野餐，並在進餐時用歌舞取樂。夏代後來的君主太康，代夏政的后羿，繼后羿而起的寒浞以及其子澆，這幾個敗德的君主都犯有飲食奢侈的罪過。夏朝末代君主桀是一個放縱自己口腹之慾的人，後人記錄他的罪行，其中主要一條就是大吃大喝，說他成天與寵妃妹喜飲酒「無有休時，爲酒池可以運舟，一鼓而牛飲者三千人，輢其頭而飲之於酒池，醉而溺死者，妹喜笑之，以爲樂。」（劉向《列女傳》）正是因爲如此揮霍放縱，所以商湯滅了夏朝。隨著經濟的發展，殷代統治者的奢侈程度比夏朝更甚，特別是和夏桀同樣是亡國之君的殷紂更是如此。他的罪行和夏桀差不多，尤其在飲食的奢侈方面，簡直和夏桀如出一轍。《史記》說他「好酒淫樂……於是使師涓作新聲，北里之舞，靡靡之樂……大最（聚）樂戲於河丘，以酒爲池。縣（懸）肉爲林，使男女倮（裸）相逐其間，爲長夜之飲。」以音樂舞蹈佐餐助興，只是夏桀劣迹的翻版，酒池肉林，這是比夏桀還過分的地方。難怪推翻殷朝的周統治者說：「無若殷王受之迷亂，酗於酒德哉！」《詩經・大雅・蕩》中，周人列舉殷紂幾大罪狀時有這樣的詩句：「文王曰咨，咨汝殷商。天不緬爾以酒，不義從式。既愆爾止，靡明靡晦。式號式呼，俾晝作夜。」詩中說：在紂的影響下，殷人沒日沒夜的喝酒，喝到大呼大叫，完全沒有一點儀止。不僅推翻殷朝的周人這樣看，就連殷人自己也感到太過分了。《尚書・微子》中就充滿了殷人自己的懺悔。認爲自己的民族如此好飲，理當滅亡。

我們從夏桀、殷紂同樣的貪吃好飲的「罪行」和人們對這些罪行的切齒憤恨，可以看出當時生產力的低下，人們的頭腦中充滿了對饑荒的恐懼，他們想不出還有什麼比「多吃」、「多喝」更可惡的了，於是對於放縱飲食的聲討就成爲普遍的社會輿論，以致於希望子孫永保福祿的統治者們要把貪吃的象徵——饕餮——鑄在鼎上，傳給子孫，希望他們世世代代永以爲戒，不要重蹈前人覆轍。這是從一些朝代的興亡所引出的教訓。

三、刑罰的懲處與道德的約束

周人不僅告誡子孫不要貪於飲食，要以殷紂爲誡。並且爲了使警誡得以認眞貫徹，周統治者甚至用嚴刑峻法來對付貪杯好飲者。武王滅紂之後，周人便把酗酒問題當作政治問題處理。《尚書・酒誥》是周公派康叔去監視殷民之前發布的命令。文中說：「天降威，我民用大亂喪德，亦罔非酒惟行。越小大邦用喪，亦罔非酒惟辜。」上天降罪，致使亡國喪身，無非是飲酒導致的。周統治者竟然把上天人格化，說上天也是厭惡飲酒的，痛恨他們糟蹋糧食，所以周公告誡康叔要愛惜自己的土地穀物，只有在祭祀、父母有慶、敬老等場合才可以飲酒。平時不許飲酒，特別是不許羣聚酗酒，如果出現這種情況，就要殺頭。這簡直是比近代禁煙還要厲害的懲罰。《周易》中告誡人們要「愼言語、節飲食」，並說不如此就會大禍臨頭。當然，嚴刑峻法只能行於一時，基於生理要求的飲食慾望總是難以遏制的，周末統治者的飲食奢侈又蔚成風氣，這在《詩經》與先秦文獻中有許多記載，於是，有遠見的統治者和思想家希望用道德規範來加以約束了。

如果說周朝以前人們對於節制飲食的要求僅僅是出於對放縱飲食的普遍反感、是一種自發行為的話；那麼，這種意識眞正形成為一種道德規範，並在封建社會（甚至直至今天）有著强大的輿論力量則是經過春秋戰國時期統治者、思想家提倡之後。節制飲食本來只是人們對於有權大量佔有生活資料的統治者的要求，此後變成一種對人們的普遍的要求，甚至是對廣大人民的要求。於是，它就日益變得虛僞和反動了。

孔子是儒家創始人，是古代影響最大的思想家。他的關於飲食文化的思想，在飲食文化思想史上也起著奠基作用。

孔子自己雖然「食不厭精，膾不厭細」，並且也懂得「食」對廣大人民羣衆的重要性，但是他從自己的飲食習慣和衞生出發主張飲食從儉，並且他把這一點和個人道德修養以及當時封建等級制度聯繫起來。例如他稱讚顏回「食無求飽，居無求安」。《孔子家語》中記錄了一個故事。魯君用桃子招待孔子，旁邊置有雪洗桃子毛的黍米飯，結果他把黍米飯先吃掉，引起侍者的竊笑。其實孔子是不贊成用人們的主食——黍米去洗桃毛，並認為這是「以貴雪賤」。這些想法和說法都是零碎和片斷的，但從西漢中葉獨尊儒術之後，孔子的說法被奉為金科玉律，而且解釋者都在統治者一邊。當他們自己放縱飲食、追求豢芻美味時便用「膾不厭細」來說明它是多麼合乎聖道；而當他們要求人們、特別是對廣大羣衆和貧寒士子則是「食無求飽」、「憂道不憂貧」了。

先秦思想家幾乎都是節制飲食的提倡者，（雖然其目的不同），特別是被譚嗣同批評爲「鄉愿之學」的荀學則更是這樣。荀子是「性惡論」的提倡者。他把人的「口好味」、「饑而欲飽」、「食欲有芻豢」看成是人的惡的本性，他要矯正人的惡性，就包含要求人們不要貪嗜飲食。他在批評「子游氏之賤儒」時，說他們「偷儒（懦）憚事，無廉恥而耆（嗜）飲食」，並且把有這種行爲的人稱之爲「惡少」，他主張「量腹而食」。這種思想正是封建統治者用來針對廣大羣衆的。

如果說懲處酗酒的目的在於調整統治階級內部矛盾，那麼，要求節制飲食的道德準則而主要是針對廣大人民的。因爲統治者要無止境地擴大剝削，滿足不了人們吃飽吃好的要求，所以只能乞靈於精神的安慰和道德的欺騙。

茶葉與中國佛教

／王宏凱

一、茶葉與佛教

西漢末年，佛教傳入中國以後，由於教義和僧徒生活的需要，茶葉與佛教之間很快就產生了密切的聯繫。根據佛教的規制，在飲食上，僧人要遵守不飲酒、非時食（過午不食）和戒葷食素等戒律。佛教重視坐禪修行。坐禪講究專注一境，靜坐思維，而且必須跏趺而坐，頭正背直，「不動不搖、不委不倚」，更不能臥牀睡眠，通常坐禪長達九十天之久。長時間的坐禪會使人產生疲倦和睡眠的慾望，爲此，需要一種既符合佛教戒律，又可以消除坐禪產生的疲勞和作爲午後不食之補充的飲料。這樣，具有提神益思、驅除睡魔、生津止渴、消除疲勞等功效的茶葉便成爲僧徒們最理想的飲料。

佛教徒飲茶的歷史可追溯到東晉時代。《晉書．藝術傳》記載，僧徒單道開在後趙的都城鄴城（今河北臨漳縣西南）昭德寺內坐禪修行，他不畏寒暑，晝夜不臥，「日服鎮守藥數丸，大如梧子，藥有松蜜薑桂伏苓之氣，時復飲茶蘇一、二升而已」。中國古代有將茶葉摻和果料香料一同飲用的習慣。「茶蘇」是一種將茶和薑、桂、桔、棗等香料一同煮成的飲料。雖然，這時茶葉尚未單獨飲用，但它表明佛教徒飲茶的最初目的是爲了坐禪修行。

唐宋以後，佛教中的禪宗得到迅速發展。禪宗强調以坐禪的方式，徹悟自己的心性，所以，禪宗寺院十分講究飲茶。《封氏聞見記》記載，「（唐）開元中，泰山靈巖寺有降魔禪師大興禪教，學禪務於不寐，又不夕食，皆許其飲茶，人自懷挾，到處煮飲。從此轉相仿效，遂成風俗。」由於禪宗的大力提倡，不僅寺院僧人飲茶成風，而且促進了北方民間飲茶習慣的進一步普及。一些僧人嗜好飲茶，竟至「唯茶是求」的地步。唐大中三年（西元八四九年）「東都進一僧，年一百二十歲。宣皇問服何藥而至此。僧對曰，臣少也賤，素不知藥，性本好茶，至處唯茶是求，或出亦日遇百餘碗，如常日亦不下四、五十碗」（宋錢易《南部新書》）。宋代禪僧飲茶已經十分普遍。道原《景德傳燈錄》中說及吃茶的地方就有六、七十次之多。其中有：「問如何是和尚家風，師曰飯後三碗茶」的記載。溫州瑞鹿寺的本先禪師，「晨起洗手面盥漱了吃茶，吃茶了佛前禮拜，歸下去打睡了，起來洗手面盥漱了吃茶，吃茶了東事西事，上堂吃飯了盥漱，盥漱了吃茶，吃茶了東事西事。」（《景德傳燈錄》卷二十六）。此時，飲茶成爲禪僧日常生活中不可缺少的重要內容。

二、寺院飲茶及對社會風俗的影響

佛教對飲茶的重視，使得飲茶逐漸成爲寺院制度的一部分。寺院中沒有「茶堂」，是禪僧辯論佛理，招待施主，品嚐香茶的地方。寺院內演說佛法皈戒集會之處稱「法堂」，法堂設有二鼓，居東北角的稱「法鼓」，居西北角的稱「茶鼓」。茶鼓是召集衆僧飲茶所擊的鼓。宋林逋詩曰：「春煙寺院敲茶鼓，夕照樓台卓酒旗。」寺院專設「茶頭」掌管燒水煮茶，獻茶待客；並在寺門前派「施茶僧」數名，施惠茶水。佛教寺院中的茶葉，稱作「寺院茶」，一般有三種用途：供佛、待客、自奉。《蠻甌志》記載，覺林院的僧人「待客以驚雷筴（中等茶），自奉以萱帶草（下等茶），供佛以紫茸香（上等茶）。蓋最上以供佛，而最下以自奉也。」「寺院茶」按照佛教規制具有不少名目。每日在佛前、祖前、靈前供奉茶湯，稱作「奠茶」；按照受戒年限的先後飲茶，稱作「戒臘茶」；請所有衆僧飲茶，稱作「普茶」；化緣乞食得來的茶稱作「化茶」等等。平時坐禪分六個階段，每一個階段焚香一枝，每焚完一枝香，寺院監値都要「打茶」，「行茶四、五匝」，借以清心提神，消除長時間坐禪產生的疲勞。

歷史上許多僧人以煮茶、品茶而聞名於世。唐代著名詩僧釋皎然，善烹茶，能詩文，留下許多有名的茶詩。他的《飲茶歌誚崔石使君》詩，讚譽了剡溪茶的清郁雋永的香氣，甘露瓊漿般的滋味。詩云：「越人遺我剡溪茗，採得金芽爨金鼎。素瓷雪色飄沫香，何似諸仙瓊蕊漿。一飲滌昏寐，情思爽朗滿天地；再飲清我神，忽如飛雨灑輕塵；三飲便得道，何須苦心破煩惱。」五代十國時，吳僧文了善烹茶，遊歷荊南，被稱之爲「湯神」，授予華定水大師上人的稱號。宋代南屏謙師妙於茶事，自云：「得之於心，應之於手，非可以言傳學到者」。宋代有一種傾注茶湯於碗中使湯紋形成各種物象的遊戲，稱作「茶百戲」。僧徒福全擅長茶百戲，能使湯紋組成一句詩，並列四碗可組合成一首絕句。由此可見佛教徒對於茶事的鑒賞研討可謂精妙非凡。

後世尊爲「茶神」的陸羽，雖然不是僧人，但卻出身於寺院，他一生的行迹也幾乎沒有脫離過寺院。三歲時，被竟陵西墖寺智積禪師收養。智積禪師嗜好飲茶。陸羽專爲他煮茶，久之練成一手高超的採製、煮飲茶葉的手藝。他遍遊各地名山古剎，採茶、製茶、品茶、結識善烹煮茶葉的高僧，並不斷總結自己的經驗，吸收前人的成就，著成《茶經》一書。書中論述了茶的形狀、品種、產地、栽培、採製、煮飲和茶具等問題，是世界上最早的一部茶葉專著。

佛教寺院的飲茶習慣，對整個社會飲茶風俗的許多方面都有影響。宋代浙江餘杭徑山寺經常舉行由僧徒、施主、香客參加的茶宴，進行鑒評各種茶葉質量的「鬥茶」活動，並發明了把幼嫩的優質芽茶碾成粉末，用沸水沖泡調製的「點茶法」，即現在我們常用的沖泡茶葉的方法。名冠中外的宜興紫砂陶壺，是茶具中的珍品。相傳，紫砂陶壺是明代宜興金沙寺中一位不知名的老僧創製的。他選用精細的紫砂細泥，捏成樹癭形坯胎，採用特殊的燒製方法製成。燒出的紫砂壺不僅造型簡練大方，色調淳樸古雅，而且有很好的保味功能，泡出的茶湯醇郁芳馨，深受人們的喜愛。

三、寺院與茶葉的生產

佛教寺院提倡飲茶，同時有主張親自從事耕作的農禪思想，因而許多名山大川中的寺院都種植茶樹，採製茶葉。如唐代湖州（今浙江吳興縣）的山桑、儒師二寺，鳳亭山的飛雲、曲水兩寺；常州（今江蘇常州市）圈嶺善權寺；錢塘（今杭州市）天竺、靈隱兩寺都出產茶葉。五代十國時，揚州禪智寺，寺枕山崗，建有茶園。宋代以後，南方凡是有條件種植茶樹的地方，寺院僧人都開闢爲茶園。由於佛教寺院大都建在羣山環抱的山腰峽谷之中，自然條件宜於茶樹生長。所以，現今我國衆多的名茶中，有相當一部分名茶最初是由寺院種植的。如四川蒙山出產的蒙山茶，相傳是漢代甘露普慧禪師親手所植，稱作「仙茶」。福建武夷山出產的「武夷岩茶」是烏龍茶的始祖。宋元以後「武夷寺僧多晋江人，以茶坪爲生，每寺訂泉州人爲茶師，清明之後谷雨前，江右採茶者萬餘人。」（清郭柏蒼《閔彥錄異》）。武夷岩茶以寺院所製最爲得法，僧徒們按照不同時節採回的茶葉，分別製成「壽星眉」、「蓮子心」和「鳳尾龍鬚」三種名茶。北宋時，江蘇洞庭山水月院的山僧尤善製茶，出產以寺院命名的「水月茶」，即有名的碧螺春茶。明隆慶年間，僧徒大方製茶精妙，其茶名揚海內，人稱「大方茶」，是現在皖南茶區所產「屯綠茶」的前身。浙江雲和縣惠明寺的「惠明茶」具有色澤綠潤，久飲香氣不絕的特點，它曾以特優的質量在西元一九一五年巴拿馬萬國博覽會上榮獲一等金質獎章和獎狀。此外，產於普陀山的「佛茶」、黃山的「雲霧茶」、雲南大理感通寺的「感通茶」、浙江天臺山萬年寺的「羅漢供茶」、杭州法鏡寺的「香林茶」等都是最初產於寺院中的名茶。

佛教寺院在長期的種植和飲用茶葉的過程中，對栽培、焙製茶葉的技術均有所創新。茶樹有喜愛溫濕和耐陰的特性，爲了創造茶樹生長的良好環境，唐代湖南佛寺中創造了竹間種茶的方法。唐永貞元年（西元八〇五年）柳宗元被貶謫到湖南，在永州龍興寺品嚐到新採的「竹間茶」，作《巽上人以竹間自採新茶見贈酬之以詩》。同年，劉禹錫被貶郎州（今湖南常德市）司馬，作《西山蘭若試茶歌》曰：「山僧後簷茶數叢，春來映竹抽新茸。宛然爲客振衣起，自傍芳叢摘鷹嘴。斯須炒成滿室香，便酌砌下金沙水。驟雨松聲入鼎來，白雲滿碗花徘徊。……。」詩中提到在竹間種茶的方法，可使茶樹有適度的庇蔭環境，並且「竹露所滴其茗，倍有清氣」（道光《永州府志》卷七）。佛教徒們創造的「竹間茶」是我國古代最早的茶園庇蔭栽培方法。從劉禹錫的詩中，可以看到僧徒們將新採的竹間茶，經過炒焙的工藝處理，使滿室生香。這種炒青工藝方法，以往認爲始於明代，其實，在唐代湖南的佛寺中就已經產生了。

四、佛教與茶葉的傳播

西元四世紀末，佛教由中國傳入朝鮮。隨著中朝兩國華嚴宗、天臺宗禪師的往來，茶葉被帶到朝鮮半島。西元十二世紀時，朝鮮松應寺、寶林寺和寶慶伽寺等著名寺院都提倡飲用茶葉。不久，飲茶的風俗也在民間廣泛流行起來。中國茶葉雖早在漢代就已傳入日本，但到唐宋時期，由於佛教僧人的傳播提倡，飲茶才成爲日本社會生活中重要的習俗。唐代時，日本最澄禪師和空海禪師到中國留學，回國時將茶種和製茶工具帶回日本，在寺院附近栽種，得到嵯峨天皇的稱讚。在宋代日本榮西禪師從中國引進了寺院的飲茶方法，制定了飲茶儀式，著《吃茶養生記》一書，被譽爲日本第一部茶書，對推動日本社會飲茶風俗有重大作用。元代，日本聖一禪師將中國的「點茶法」和「鬥茶」的習俗傳入日本。

總之，中國是茶葉的故鄉，中國佛教不僅在茶葉的種植、飲用等方面做出了傑出的貢獻，也是茶葉向海外傳播的一座橋樑。

酒在我國是何時起源的

／袁庭棟

酒的起源是一個有趣而又複雜的問題，我國古代就有許多說法。在《呂氏春秋・勿躬》和《世本》等較早的文獻中就有了「儀狄作酒」的說法；在醫書《素問・湯液醪醴論》中，更有黃帝與岐伯關於製酒的對話；而比較著名的還是杜康或少康造酒說。當然，這些都屬於傳說，同火的使用一樣，酒也絕不可能是某一個人的發明。西晉文學家江統曾寫過一篇《酒誥》，其中有這樣的話：「酒之所興，肇自上皇；或云儀狄，一曰杜康。有飯不盡，委餘空桑，郁積成味，久蓄氣芳。本出於此，不由奇方」（見《古今圖書集成・食貨典》）。他認爲，酒不是某一位古人所發明，煮熟了的穀物丟在野外就會變成酒。這種見解無疑是較「儀狄始作酒醪」之類說法要高明得多。從理論上講，酒是含有酒精即乙醇的飲料，各種各樣的酒，根據製作方法，大致可分爲釀造酒與蒸餾酒兩大類。但無論哪一類酒，它們所含的酒精，都是由糖類（如葡萄糖、麥芽糖等）經過酵母菌的發酵才產生的。野生的水果中含有糖，一遇到自然界中存在的酵母菌，就會通過自然發酵產生酒精；各種糧食作物中的澱粉也是這樣，經過大自然中所存在的某些微生物醣化，穀物發芽時自身也會產生醣化酵素，醣化後的糧食作物再遇上酵母菌即可酒化。因而，水果或穀類作物自然發酵而成爲酒，這種現象是正常而又不難見到的。遠古時期的人們發現了這種食物酒化的現象，經過長期觀察，並不斷總結，逐步就會有意識地造酒，並總結出造酒的技術。事實上，我國古代並不乏自然發酵的記載，袁翰青先生在《中國化學史論文集》中曾列舉了周密《癸辛雜識》、元好問《蒲桃酒賦・序》、劉祚蕃《粵西偶記》中關於古代山梨、葡萄久儲而自然發酵成酒的記載。當然，在進入農業時代之後，穀物自然酒化的現象也是不難發現的。《淮南子・說林訓》中說：「清醠之美，始於耒耜。」認爲製酒與農業同時產生，這是頗有見地的。我國古代造酒起源很早，大約在新石器時代晚期就已經比較普遍了。這一點，可以從考古發掘中找到旁證：龍山文化遺址就曾出土了大量尊、壺、斝、盉、杯等陶製酒器。

從有文字記載的歷史看，殷商時造酒是十分發達的。殷人嗜酒之烈，在歷史上也是十分罕見的。在《尚書・微子》、《尚書・酒誥》、《詩・大雅・蕩》中，都說殷代統治階級是因沈湎於酒而亡國；西周銅器《大盂鼎》銘也說：「唯殷邊侯甸粵殷正百辟，率肆於酒，故喪師。」殷代青銅器被發掘出來的品種與數量，也可以證明殷商時嗜酒成風，造酒也十分發達。根據對甲骨文的分析，殷代已經以黍即穀子爲主要原料，用「櫱」作爲醣化劑釀造甜酒「醴」，和用曲作爲醣化劑與酒化劑釀造香酒「鬯」（詳見溫少峯、袁庭棟《殷墟卜辭研究——科學技術篇》第八章第五節）

櫱，即長芽的穀物，它所含的醣化酵素可以促使澱粉水解爲葡萄糖，我們的祖先長期用以生產麥芽糖（即飴糖），殷周時也用以作爲製酒工藝的第一步。這種方法生產的醴是一種甜酒，酒味不濃，因而後來就不再生產。「古來麴造酒，糵造醴，後世厭醴味薄，遂至失傳，則並糵法亦亡。」（《天工開物》）卷十七）麴是一種既含有富於醣化能力的絲狀菌毛霉，又含有富於酒化能力的酵母等多種微生物的澱粉塊。麴的使用，是我國古代在微生物利用上的重大創造。麴可以使澱粉的醣化與酒化兩個步驟同時進行，直接將穀物變爲酒，這就是近代所稱的「復式發酵法」。早在《尚書・說命》和《禮記・月令》中都已有「麴糵」的記載，《左傳・宣公十二年》有「麥麴」的記載。麴的發現是我們的祖先在實踐中長期觀察、總結的結果，是製酒史的一個轉折點。此後，我國酒的生產就與製麴密不可分，而且酒的品種與質量的發展，主要就是通過麴的生產與改進來進行的。

周代不僅有「酒正」、「漿人」、「大酋」、「酒官」等專門掌管釀酒的職官，而且在《禮記・月令》中已有了十分精闢的製酒經驗總結：「乃命大酋，秫稻（指製酒的原料）必齊，麴糵必時，湛熾必潔，水泉必香，陶器必良，火齊（指發酵時溫度的掌握）必得，兼用六物。大酋監之，無有差貸。」這裡把製酒中各方面應注意的事項都已講到了。按這類方法生產出的酒又分爲三類：「事酒」，可能是普通的連糟酒；「昔酒」，可能是陳年的老酒；「清酒」，可能是濾出渣滓的酒。酒在存放過程中會產生「酯化」現象，增加酒的香味。由周代「昔酒」的名稱，知道周人已經有了這種經驗，開始研究吃「陳年老窖」了。西元一九七四年在河北平山縣的戰國中山國墓葬中曾出土了兩壺酒，至今酒香猶存。據初步分析，這酒中除含酒精外，還有醣和脂肪等十多種成分，是一種麴釀酒，這是研究我國乃至世界釀酒工業史極可寶貴的實物資料。

秦漢以後，釀酒發展的主要表現是製麯業的興盛和麯的種類的增多。適於北方使用的大麯和適於南方使用的小麯，在魏晋時均已有全面的發展。有了各種特點的麯，就可以釀造出風格各異的酒。漢代的《方言》與《說文》中所記的各種麯的名稱已將近十種。北魏的《齊民要術》一書更有專門一卷記述造麯釀酒，其中共介紹了十二種造麯法，有的方法至今仍在農村中使用。宋代朱肱寫的《北山酒經》中介紹了十三種麯的製法，麯中都加入了一些藥物如川芎、白朮之類，這就更可增加酒的特色，而且與近代所用的酒麯基本一致了。

從殷周到唐代，我國的酒雖有種種不同，但都是以穀物釀造的酒，也就是今天的黃酒類型，含酒精濃度不高，有糟，並不是今天常見的蒸餾酒。最初的酒，是連糟一起吃的。過去有這樣一種看法，認爲古代釀酒是在農業發展，糧食有剩餘的時候才有可能，多飲酒就是浪費糧食，這種說法很值得討論。事實上，古之釀酒有如今之「醪糟」，一般都是酒與糟一同吃。《周禮・天官・酒正》注：「醴猶體也，成而汁滓相將，如今恬（甜）酒矣。」這樣的吃法是不會浪費糧食的。這種酒每家可自行釀製，有如今天民間蒸醪糟一般。這種特點，在古代文獻中也可以見到若干記述。例如：以飲酒聞名的陶淵明，有「春秫作美酒，酒熟吾自斟」（《和郭主簿》）的詩句，表明他所飲之酒無須去酒店購買，乃是自釀。王安石《江上》的「村落家家有濁醪」，陸游《遊山西村》的「莫笑農家臘酒渾」，都寫的是農家生活，所飲的就是連糟吃的濁酒。歷史上最著名的酒客劉伶寫過有名的《酒德頌》，其中有「枕琉藉糟」之句，更是很客觀地反映了當時釀酒必用麯、吃酒連糟吃的現實。當然，也有把糟濾掉的，李白在《行路難》中說：「金樽清酒斗十千」，就是用高價去買糟的「清酒」喝。杜甫在《羌村三首》中說：「賴知禾黍收，已覺糟牀注。」其中的糟牀，就是用來壓榨過濾酒糟的。古代還有若干豪飲的記載，動輒就是幾斗幾大碗，甚至以「石」計，如西漢的于定國、東漢的盧植、曹魏的劉伶，據說分別有「至數石不亂」、「能飲一石不醉」、「一飲一石」的海量。這些記載當然有誇張之處，但如果知道他們所飲的都是含酒精量不高的黃酒，也就不會太驚異了。

釀造酒是我國歷史最悠久的酒類，因爲酒中之糟要用壓榨法除去，故而又稱爲壓榨酒。這類酒在今天的代表就是產於紹興的著名的紹酒，如果追溯歷史，南朝梁元帝蕭繹在《金樓子》一書中就已有「山陰甜酒」的記載，可知紹酒被民間稱爲「老酒」，確實名不虛傳。

由於釀造酒含酒精不高（以今天紹酒爲例，含酒精在百分之十三～二十左右），好酒者深感不能滿足，於是從周代起，我們的祖先就開始探索提高酒中所含酒精濃度的辦法。《左傳・襄公二十二年》有「見於嘗酎」之載，《漢書・景帝紀》有「高廟酎」之載，這類「酎」酒，據《說文》和《廣韻》的解釋，就是以酒作爲水再重新釀造之後的高級酒。古人以爲這樣反覆釀造之後會使酒味更加濃烈，可事實上效果卻很不理想。這是因爲，酒精本身具有抑菌作用，當酒精成分達到百分之十以上時，酵母菌就停止繁殖了，發酵作用不可能迅速進行，酒精濃度也就不會有多大提高。要增加酒精含量，必須另尋新路。經過多方探索，終於產生了蒸餾酒，也就是今天的燒酒，酒精含量可以達百分之六十以上。

燒酒是在釀造的基礎上加熱蒸餾而成的，在蒸餾過程中可除去過多的水份，大大提高酒精的濃度，以至點火可以燃燒，故而稱爲「燒酒」。這種酒的製作是何時發明的，學術界至今尚無一致意見。雖然李時珍在《本草綱目》卷二十五中曾明確說過「燒酒非古法也，自元時始創其法」。然而在唐代就有了「燒酒」或「白酒」的名稱，如白居易《荔枝樓對酒》：「荔枝新熟雞冠色，燒酒初開琥珀香」；李肇《唐國史補》：「酒則有……劍南之燒春」。而陸游在《老學庵筆記》中認爲燒酒是指紅色的酒。這「燒酒」，是否指蒸餾酒呢？不能肯定。至今也尚未發現古代蒸餾酒或蒸餾器的實物，因而目前尚無充分的根據確定蒸餾酒究竟何時產生。不過，我國古代最著名的法醫學著作《洗冤集錄》寫於南宋，其中有對於毒蛇咬傷的解毒法：「令人口含米醋或燒酒，吮傷以吸拔其毒，隨吮隨吐。」這裡的「燒酒」肯定是含酒精較濃的烈性酒，只有如此才可能有消毒的功效。西元一九七五年，在河北青龍縣出土了一套銅製蒸酒鍋，經鑒定，確認爲金代遺物，其鑄造年代不會晚於金世宗大定年間，相當於南宋初年。由此可以推知，燒酒的產生，肯定不晚於南宋。

燒酒是我國最有代表性的酒類，宋元以後，發展極快，因其原料、水質、麯種、蒸餾、貯存、勾兌等一系列工藝流程的不同，從而形成了我國以茅臺爲代表的有各種獨特風格的若干品種。

除了傳統的釀造酒和蒸餾酒之外，我國古代還有一類從國外學習的釀造酒，這就是葡萄酒。野生葡萄在我國是古已有之，但品種不佳，未被祖先所利用。漢代張騫通西域時，從西域引進了栽培葡萄，並知道葡萄也可以釀酒。當葡萄在我國逐漸普遍之後，東漢時期西北地區就開始釀造葡萄酒了，《藝文類聚》卷八七引《續漢書》：「扶風孟他以葡萄酒一升遺張讓，即稱涼州刺史。」這是目前已見到的我國最早的關於葡萄酒的記載。三國時，魏文帝曹丕曾詔羣臣說：「且說蒲萄，……釀以爲酒，甘於麴糵，善醉而易醒，道之固以流涎咽唾，況親食之耶！」（《魏文帝集》卷一）這是我國釀造葡萄酒的最早記載。不過，由於葡萄在我國一直未有大面積種植，加之多按照我國傳統釀酒方法用麯發酵，破壞了葡萄酒的美味，因而一直發展不快。葡萄本身在表面就帶有酵母菌，自行發酵所釀之酒味道更美。這種不用麯的釀酒法在古代也有，但不普遍，被稱爲「眞葡萄酒」。唐太宗曾從西域高昌引種優質的「馬乳葡萄」和引進釀酒法，在宮中釀成「味兼醍盎」的葡萄酒，「頒賜羣臣」，京師始「識其味」（《太平御覽》卷八四四引《唐書》），可能就是用的無曲釀造法。唐詩中膾炙人口的名句「葡萄美酒夜光杯」中的葡萄酒，則可能是我國所釀的眞葡萄酒，也可能是來自西域。在《本草綱目》中還提到過用葡萄製蒸餾酒的方法，這正是歐洲的白蘭地酒的前身，不過在我國未能推廣。我國大規模釀造葡萄酒，則是近代才有的事。西元一八九五年在煙臺開辦的張裕釀酒公司，是我國第一家使用近代工藝技術的葡萄酒廠。

我國古代的裳和裙

／閻玉山

我國有一些很有影響的書把古代人們所穿的「裳」當作「裙」，這個看法一直延續到現在。實際上這是一種誤解。無論是在形制上，還是在出現的時間上，裳和裙都是有很大差別的。

裳是由遠古人類的遮羞布演變而來。它的功用主要是蔽體遮羞，其次才是保溫禦寒。它最初是用樹葉、獸皮製作，後來才改用布帛。起初，人們下身只穿裳，裳之內並不穿褌褲，天冷時就在腿上套上脛衣——褲，《韓非子·外儲說左下》：「齊有狗盜之子與刖危（跪）子戲而相夸，盜子曰：『吾父之裘獨有尾。』危子曰：『吾父獨冬不失袴』。」受過斷腳之刑的人，再冷的天氣也沒有必要穿套褲。由此可知，「褲」才是古人下身禦寒的服裝，而裳的主要作用當是蔽體。《禮記·曲禮》：「諸母不漱裳。」漢代鄭玄解釋說：「諸母，庶母也。」「庶母賤，可使漱衣，不可使漱裳。裳賤，尊之者亦所以遠。」地位低下的庶母可以替洗衣，卻不可替洗裳，我們可以由此推知，裳是類似遮羞布一類的「賤」物，所以不便讓庶母去洗滌。屈原《天問》：「女歧縫裳，而館同爰止。」王逸注云：「女歧，澆嫂也……言女歧與澆淫泆，爲之縫裳，于是共舍而宿止也。」女歧和澆叔嫂二人由代縫裳而共宿同居的傳說，也可以說明裳不是普通的衣服。《國語·鄭語》記錄了史伯引《周書》所載的一則傳說：夏曾把二龍相交時流出的精液——漦，「櫝而藏之」，商周之人對櫝藏的「漦」奉若神明，沒有一個人敢於發櫝窺視。但是，「及厲王之末，發而觀之」，結果「漦流于庭，不可除也。王使婦人不幃而噪之」，漦化爲玄黿，觸一宮女，宮女因而有孕。《史記·周本紀》在記敘這一段傳說時寫作「厲王使婦人裸而譟之」。可見「不幃」就是「裸」，裳不就是與遮羞布類似嗎？

根據古文獻記載：「裳」分爲裳和帷裳。帷裳，或稱帷。帷，圍也，顧名思義，它是用一幅布帛圍在腰身之下。這種帷裳，可能是裳的一種原始形制，後來只有在有意存古的祭祀中，或兵隸等人在服役時穿用。《論語·鄉黨》說：「非帷裳必殺之」。「殺」，這裡指殺縫，既然不是帷裳，即需殺縫，那麼帷裳就是不殺縫的了。這正好反映了帷裳的特點，因爲它是用整幅的布帛橫著圍繫在腰身之下，所以不用剪裁和縫製，「不殺」是自然的。

裳是帷裳的發展。裳不再是簡單的一塊布帛了。漢代的鄭玄說：「凡裳前三幅，後四幅也」（《儀禮·喪服》注）。賈公彥在解釋這個注釋時說：「爲裳之法：前三幅，後四幅，幅皆三辟攝之，以其七幅，布幅二尺二寸，幅皆兩畔，各去一寸，爲削幅，則二七十四尺。若不辟積其腰中，則束身不得就，故須辟積其腰中也，腰中廣狹在人粗細，故衲之辟攝。」經過賈氏的說解，裳是個什麼樣子，已經比較清楚了：裳是前由三幅聯綴，後由四幅聯綴，腰部帶褶，褶的多少與大小，以使裳的上腰部適宜於穿著者身腰的粗細爲度。

這前三幅聯綴的衣片和後四幅聯綴的衣片是成筒狀縫合然後穿在身上，還是聯綴成一片，然後圍繫在腰間的？王國維認爲是七幅並聯成一個衣片，穿時將後四幅中的一幅「掩於內」（見《王靜安遺書》卷二六），如圖一。王氏的這個推論，很像是帷裳，但是帷裳是不殺縫的，只能是整幅布帛。王氏的推論還有一個問題：既然七幅聯成一片，就不好確定何者爲前，何者爲後。所以，古代的裳不大可能像王氏推論的那樣。

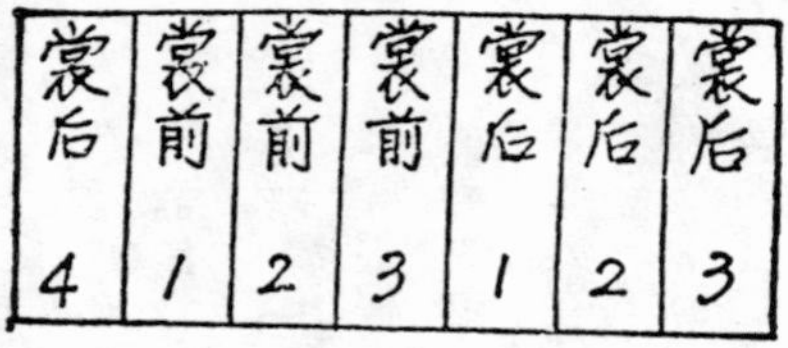

〔圖一〕

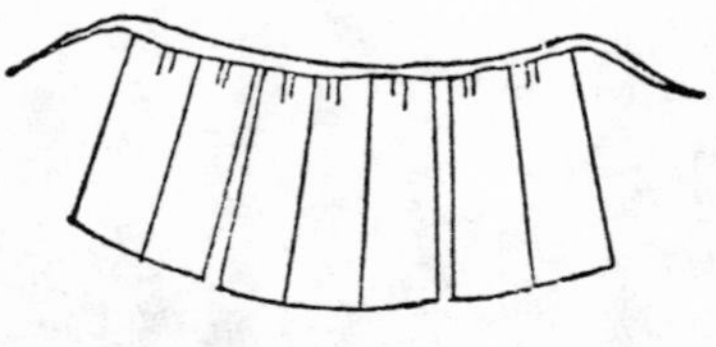
〔圖二〕

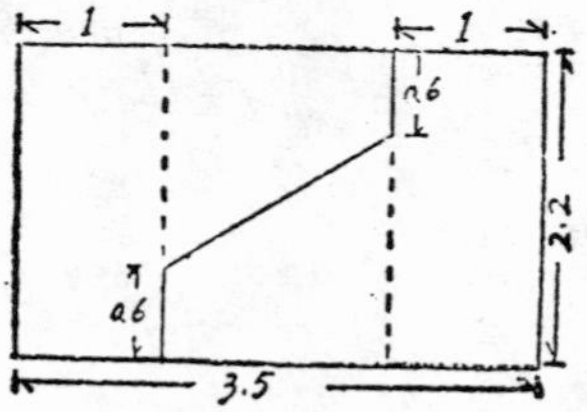

〔圖三〕

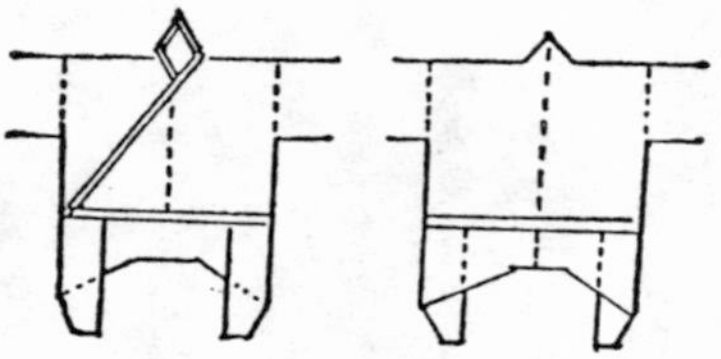
〔圖四〕

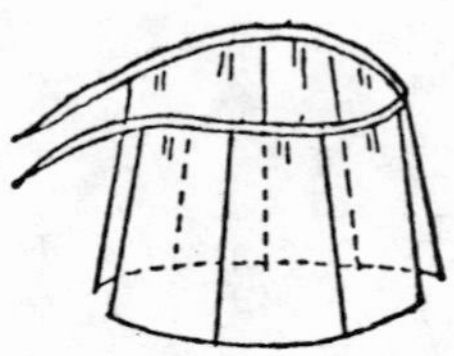
〔圖五〕

清人江永認爲「裳前三幅，後四幅，裳際不連者，有衽掩之。」按照這個推論，江氏認爲裳的形制如圖二（見《鄉黨圖考》）。江永提出了裳和衽的關係問題。爲了弄清裳製，有必要弄清楚「衽」是什麼。

據《儀禮．喪服》記載，「衽二尺有五寸」。鄭玄說這二尺五寸長的衽，是「上正一尺，燕尾一尺五寸，凡用布三尺五寸」，它的作用是「所以掩裳際也」，同時也可以作爲衣服的一種裝飾。賈公彥對此說得很具體：「……此掩裳兩廂下際不合處也……云上正一尺者，取布三尺五寸，廣一幅，留上一尺爲正。正者，正方不破之言也。一尺之下從一畔旁入六寸，乃下邪向下，一畔一尺五寸，去下畔亦六寸橫斷之，留下一尺爲正。如是則用布三尺五寸得兩條衽，衽各二尺五寸，兩條共用布三尺五寸也。然後兩旁皆綴於衣，垂之向下，掩裳際。」按照這一段說明，衽的形狀和製法當如圖三：把這兩條衽縫綴到上衣上，便是圖四所示形制。衽是掩蓋裳兩旁不縫合的縫隙的、「垂之向下」的懸著的燕尾狀飾物。著裳有衽，當初是與裳的遮羞作用有關：裳前後兩片之間不縫合，縫際由衽來掩蓋，這實際是蔽體作用的補充。文獻上有許多古人著裳垂衽的記載。屈原《離騷》：「跪敷衽以陳辭兮。耿吾既得此中正。」洪興祖注曰：「蓋跪則膝加裳幅，兩旁出膝外，故敷布之，使整理也。」兩腿跪在裳幅上以後，兩旁即外露，這說明了衽是下垂而懸的，同時也說明了裳的前後兩片之間是不經縫合的。《左傳》中有僞裝打架而「結衽」者，即把衽的兩個燕尾結繫起來的記載①。因爲衽的兩個燕尾下垂，打架不方便，既要僞裝打架，故而先結其衽。司馬相如《子虛賦》在記敘鄭國美女穿著時寫道：（鄭女曼姬）衯衯裶裶，揚衪（衣裙的下緣）戌削，蜚襳（古代婦女上衣上用裝飾的帶子）垂髾」。「垂髾」也叫「飛髾」，如《文選》傅毅《舞賦》：「華袿飛髾而雜纖羅。」李善認爲髾就是燕尾式的「袿衣之飾」。漢代的劉熙在《釋名》中更明確地記著「婦人上服曰袿，其下垂者，上廣下狹。」從「其下垂者，上廣下狹」，狀如燕尾的形制看，「髾」就是我們所討論的衽。古人衣必有衽，看來是可信的。

聯繫到衽的形狀、功用，我們再考慮江永所推論的裳制，問題就出來了：按照江永所說的裳制，前三幅聯綴成一片，後四幅並沒聯綴成一片，這樣穿用起來，下身就不是兩個不合之縫際，而是三個：兩側各一，身後一。而衽只在兩側「掩不合之處」，身後一處，就只能聽之任之。這樣，裳還能起遮羞蔽體的作用嗎？所以，江永的結論也有問題。

全面考察衣、裳、衽的關係，我們認爲，裳應該是前三幅、後四幅分別聯綴成各成單元的兩片。因爲上部要由褶的多少來調節腰圍的大小，它的形狀大體應該是上腰闢褶，前三幅、後四幅，彼此分離的兩個衣片。爲了穿用的方便，腰部（即裳的上部）由一條帶子聯結起來，穿用時只要結繫在腰間就可以了，它的大致形制應該是如圖五那樣。裳的前後兩分的形制，還可以從許多古代的繪畫、圖案、雕刻中找到旁證。《戰國水陸攻戰紋鑒》上的攻戰圖案、西南晉寧石寨山銅鼓、銅盤圖案中的人物，由於攻戰、舞蹈等動作，下衣都呈前後兩分狀。我們可以設想，如果裳制如王國維所說，無論著裳者如何動作，裳也不會前後兩分的；若如江永氏所說，著裳者動作起來就不是前後兩分，而是三分了。

《詩・鄭風・褰裳》：「子惠思我，褰裳涉溱」，王念孫《廣雅疏證》釋「褰」爲「舉」，《文選・射雉賦》：「褰微罟以長眺」。爰注：「褰，開也。」所以「褰」即是「舉而開之」的意思。《鄭風・褰裳》所言「褰裳涉溱」，正好說明了裳前後分爲互不相連的兩片。只有分作兩片，裳才能「舉而開之」，即將它前後分開摟起來以便涉水。

「裳」儘管有「衽」的輔助，可以蔽體，但局限性很大。漢代以後人們索性把裳的前後兩個衣片聯綴起來，這就是人們所說的「裙」。「裙」是「羣」的同源派生詞。意思是將多（羣）幅布帛聯綴到一起的意思，所以《釋名》釋「裙」爲「聯結羣幅也」是完全正確的。所謂「聯結羣幅」，就是將數幅布帛縫合起來，成一筒狀。從時間上看，裳在前，裙在後，二者可能有一段短暫的並行時期，但很快裳就讓位給裙，被裙代替了。

「裙」字是漢代才出現的字。《史記・萬石張叔列傳》有萬石君之長子建「爲郎中令，每五日洗沐歸謁親，入子舍，竊問侍者，取親中帬廁牏，身自浣滌」的記敍（《漢書石奮傳》也有類似的記載）。「中帬」即「中裙」，不過司馬貞、王先謙都認爲是貼身的短褲，不是「聯結羣幅」的裙。直到東漢時期，文獻中始有人穿裙的記載，如《東觀漢記》：「王良司徒司直妻布裙徒跣曳柴」。《後漢書・明德馬后傳》：「常衣大練裙，不加緣，特崇儉也。」「裙」到這時才成爲人們經常穿的一種服裝。《太平御覽》引《西河記》：「西河無蠶桑，婦女著碧縜裙，加細布裳。」由此推斷，裙、裳曾一度並行，穿著時裙居裡而裳居外。由此也可看出，裙、裳並非一物。

注釋

①《左傳・成公十七年》：「壬午，胥童、夷羊五帥甲八百將攻郤氏，長魚矯請無用衆。公使清沸魋助之。抽戈結衽，而僞訟者。」

漫話「斗帳」

／楊　泓

古詩《孔雀東南飛》中，新婦被休，與府吏臨別時把自己的衣物遺贈新人，用以「時時爲安慰，久久莫相忘」。其中有「紅羅覆斗帳，四角垂香囊」這兩句詩形象地告訴我們漢代一般下層官吏家庭中，少婦使用的坐帳的形狀，以及它的色澤、質料和裝飾情況。提到坐帳，人們自然會問，帳是張在牀上的，而牀是專爲睡眠的家具，那麼怎能有專用的「坐帳」？說來並不奇怪，因爲中國古代家具在漢魏和唐宋間，有過一個很大的變化。特別是北宋以後，桌、椅等家具流行以來，人們的生活習俗有了很大的改變。從那時起，牀才轉而成爲專供睡眠的家具，沿襲至今已逾千年，人們自然忘掉了它本來的職能。原來在我國脫離了原始狀態的席地坐臥以後，從殷周歷經秦漢魏晋乃至隋唐之際，低矮的牀一直是人們坐臥寢處都離不開的多功能家具，同時也是室內陳放的最主要的家具。一些別的家具，多是圍繞著牀而陳設的，它的側後可安放屏扆，前面可陳置几案，牀上可放席及伏倚的憑几，頂上可懸掛「承塵」，旁邊可放較小的供客坐的榻，等等。而與牀關聯最緊密的，則是張設在牀上的帳，它具有保暖、避蟲、擋風、防塵等多種用途。同時，在用各種色澤鮮明的絲織品精工製造的帳上，還可以加施華美的紋飾，懸垂流蘇，起著豐富室內裝飾的作用。

帳，《釋名》：「帳，張也，張施於牀上也。」說明帳之定名，是由於張施於牀上的緣故。但是廣義的帳，則不僅限於張於牀上，凡有頂的帷幕都可泛稱爲帳。因此漢魏時帳的種類繁多，大致歸納爲以下幾大類，有行軍中使用的帳，有張設於殿堂上的帳，有用於饗神或喪禮的帳，有用於一般衙署的帳，也有平時家居用的坐帳。它們都是禮儀、宴樂乃至辦公、家居時使用的，不具有睡眠時臥帳的功能，特別是張設於殿堂上的大型帳，更是規模寵大，結構複雜，裝飾華美。例如在河北滿城發掘的西漢中山靖王劉勝墓，於象徵「前堂」的中室中出土過兩套完整的銅帳構，經過修整復原後，一具爲四阿式頂的長方形帳架，銅構件的表面皆鎏金，垂柱的柱頭和立柱的底座還飾有龍紋等圖案花紋；另一具僅部分外露構件鎏銀，復原後爲四角攢尖式頂的方形帳架。可以作爲漢代皇族廳堂用大型帳的代表。至於皇帝宮中的御用品，更是垂珠懸玉，奢華異常。據文獻記載，漢武帝時曾興造甲乙之帳，甲帳以居神，乙帳武帝自居，「以琉璃珠玉明月夜光雜錯天下珍寶」爲之。一般官吏衙署廳堂中所張的帳，則形制較小，常爲斗帳。據《釋名》：「小帳曰斗帳，形如覆斗也。」說明這類帳的頂像一個覆著放的斗。平時家居使用的坐帳，也都是斗帳。

漢魏時「斗帳」的具體形制，可以從考古發掘中獲得的帳構實物及有關斗帳的畫像進行了解。隨葬入墓葬中的絲織的帳和帳架的木質部分都早已腐朽無痕，但裝在帳架上的金屬帳構常常保存完好，目前獲得的一套完整的斗帳鐵帳構，是曹魏時期的文物。這套鐵帳的構出土於河南洛

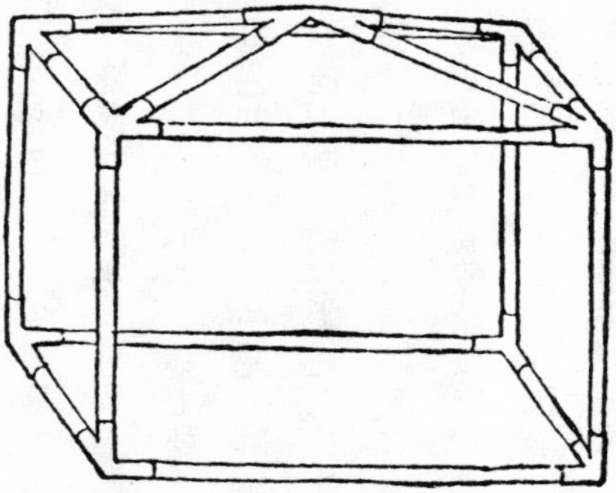

〔圖一〕曹魏時的斗帳

陽澗河西岸一座大型磚室墓中，全套共九件，都由垂直或斜交的圓鐵管柱構成，每節鐵管柱各長十六釐米、直徑四釐米。四件由互相垂直的三管柱構成，用於帳架底邊的四角處；四件除三向垂直的三管柱外，再向上斜伸一柱，與相對的垂柱形成一百零九度角，用於帳架頂部四角處；最後一件用於頂部，由下斜的四柱聚成尖頂，頂下中央鑲有一鐵餅。經復原以後，正是一具四角攢尖的斗帳（圖一）。在其中一件帳構上刻有「正始八年八月」的銘文，時當西元二四七年。同樣類型的金屬帳構，還有河南鄭州王灣村的東漢銅、鐵帳構，鞏縣的東漢至魏晉時的鐵帳構，澠池的曹魏鐵帳構以及南京通洛門外發現的六朝銅帳構等，也都是斗帳用的帳構。上述帳構中，造型最精美的是南京出土的六朝銅帳構，所有五件銅柱交角向帳內的裡側，全飾有優美的蓮花裝飾，在帳頂的一件居中是一朵寶裝的八瓣仰蓮，周圍環繞鏤雕的忍冬紋。其餘四件是帳上四角的帳構，裝飾的是復瓣的仰蓮圖案。

斗帳的圖像，在漢魏至南北朝的墓室壁畫和畫像石中是常見的。漢代的如內蒙古和林格爾漢墓中，在後室西壁繪有夫婦二人各坐在一具斗帳中的壁畫，又如河南密縣打虎亭一號漢墓中，北耳室西壁畫像石刻有小帳，內有墓主人坐像。到兩晋南北朝時，斗帳的圖像更是經常可以看到。東北地區的東晋墓中，多畫有墓主人端坐斗帳中的壁畫。例如遼寧朝陽袁台子東晋幕中，前室右龕繪墓主像，黑冠朱衣，手持麈尾，端坐斗帳中，帳用朱帶繫結。遼陽上王家村晋墓右壁也有墓中主人坐在帳中旁有侍吏的畫像，所坐帳也是朱色斗帳，坐牀後側置朱色屏扆。帳頂飾一朵大蓮花，帳角置金龍、龍口銜著下垂的流蘇（圖二）。可惜上述兩幅壁畫均有殘損，因此難於窺其全貌。保存最完好的一幅，是葬於東晋永和十三年（應爲升平元年，西元三七五年）的冬壽墓中的畫像。冬壽和他的夫人分別端坐在牀上，牀後設屏風，牀上都張有朱紅色斗帳。帳門中開，掀起的帳分向兩側縛結在帳柱上。用朱絛繫結。在斗帳頂端飾有大朵仰蓮，四角也安有蓮花並垂飾羽葆流蘇（圖三）。兩具斗帳的裝飾略有不同，冬壽坐帳的帳角裝飾的是含苞欲放的蓮蕾，而冬

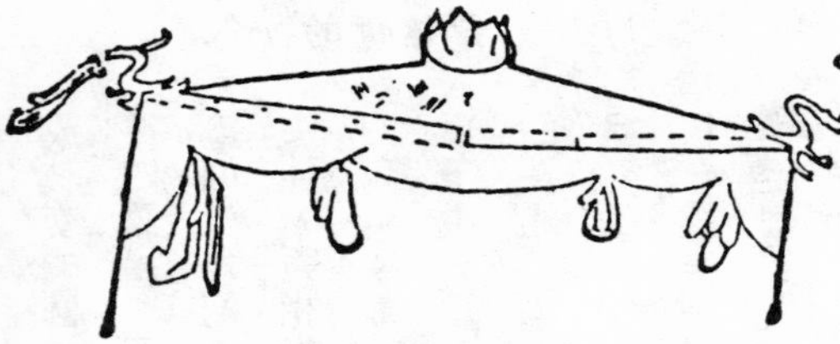

〔圖二〕

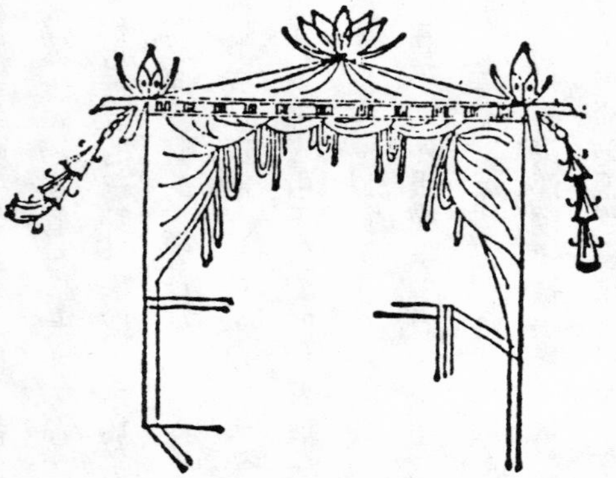

〔圖三〕

壽夫人坐帳的帳角裝飾的是已開放的蓮花。她的帳面朱紅，素白的帳裡上面滿繪朱紅色紋飾，纖巧美觀，可能模擬著漂亮的錦綺等絲織品。由於冬壽高冠佩綬，前憑獸足憑几，持麈尾端坐帳內，帳的左側樹立有朱紅色三重旄的節。帳的兩側還侍立有榜題著「記室」「小吏」「省事」等的屬吏。因此表明這不是平時家居，而是在官署廳堂上的形象。如果聯繫朝鮮的德興里壁畫墓形象相同的畫像來看，就更清楚了。那座墓的墓主人身著與冬壽相同的服飾，端坐在斗帳中，接受十三太守來朝，更說明這種斗帳是可以張設在官署的廳堂之上的陳設，可在正式儀禮中使用。同時可以看出，這種斗帳不是臥具而是供單人獨坐的坐帳。文獻中記述後漢名儒馬融，博學多才，豁達任性，不拘守儒者的小節。他講課授經時，與衆儒迥然不同，「常坐高堂，施絳紗帳，前授生徒，後列女樂，弟子以次相傳，鮮有入其室者。」這個故事極其有名，由此「設帳」就變成了教授生徒的別稱。當年馬融所施的絳紗坐帳，也應是這種斗帳。斗帳用於平時家居，前引和林格爾漢墓壁畫、密縣打虎亭漢畫像石都是例證，自然《孔雀東南飛》詩中的紅羅覆斗帳，更是下層官吏家中婦人使用的了。

《孔雀東南飛》詩中還講到在斗帳「四角垂香囊」，這正是相當於冬壽墓壁畫中斗帳四角蓮花流蘇的位置的裝飾。不過帳角垂香囊並不只是閨中少婦才使用的，而是當時宮廷中流行的作法，現存文獻中最奢侈的例子是後趙統治者石虎。據《鄴中記》，石虎所用的帳四時不同，「冬月施熟錦流蘇斗帳，四角安純金龍頭，銜五色流蘇。或青綈光錦，或用緋綈登高文錦，或紫綈大小錦，絮以房子綿百二十斤，白縑裡，名曰覆帳。帳四角安純金銀鑿鏤香爐，以石墨燒集和名香。帳頂上安金蓮花，花中懸金薄織成綩囊，囊受三升，以盛香。帳之四面上十二香囊，彩色亦同。春秋但錦帳。裡以五色縑爲夾帳。夏用紗羅，或綦文丹羅，或紫文縠納帳。」由此看來，冬壽墓等壁畫上斗帳頂上所飾蓮花，也很可能是盛有香囊的。至於斗帳角飾金龍頭，除石虎外，別的統治者也同樣施用。據《晉書．桓玄傳》，桓玄曾「小會於西堂，設伎樂，殿上施絳綾帳，鏤黃金爲顏，四角作金龍，頭銜五色羽葆旒蘇。」因此，從這個時期的墓葬中有時出土一種鎏金的銅龍頭飾，也許就是用於斗帳的角飾。

隋唐以後，隨著生活習俗的變化，室內家具中的牀逐漸失掉了原來的多種功能，降爲只是專供寢臥睡眠的家具，桌、椅的普遍使用，淘汰了漢魏以來廳堂居室內必備的坐牀，與之相聯繫的斗帳也就同時被淘汰，從人們的生活中消逝了。到了今天，僅能從古代詩文或文物中去探尋它的蹤迹了。

家具演變和生活習俗

／楊　泓

東漢時期孟光「舉案齊眉」的故事，在封建社會中一直被視爲妻子敬愛丈夫的典範。這裡講的「案」，並不同於後世的桌子，否則儘管孟光能「力舉石臼」，要想把上面擺放著飯菜的桌子舉到齊眉高也是不可能的。漢代的案，是一種類似今日的大型托盤的家具，形狀或爲長方形或爲圓形，有的下面附有矮足，方形的多爲四足，圓形的或有三足。從漢墓出土的文物看，案多是木質的，高級的製品則髹漆並施彩繪，華美異常，例如湖南長沙馬王堆一號墓中出土的斫木胎漆案（見圖一），長方形，平底，底部四角附有矮足，足高僅有二釐米，案全高只有五釐米，案面的面積是60.2×40平方釐米。面髹黑漆，用紅漆繪

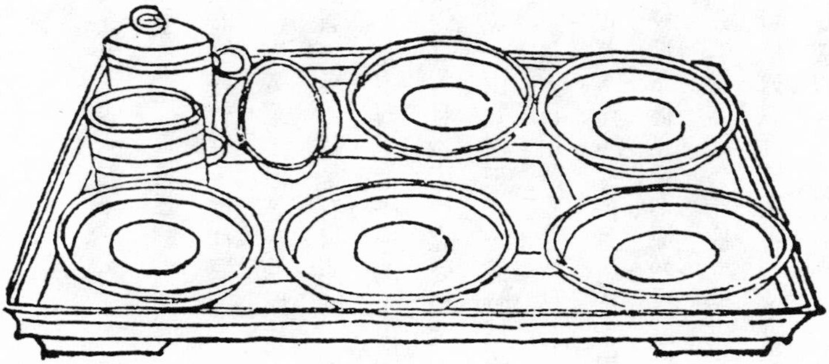

〔圖一〕

出兩重方框，然後在案心及兩重方框框間的黑底上繪紅色和灰綠色組成的雲紋。底部亦髹黑漆，用紅漆書寫「軑侯家」三字，表明該案所屬主人爲誰。出土時案上放置著五個小漆盤、一件耳杯、兩件漆卮。小盤內盛食物，盤上放有一件竹串，耳杯上放有一雙竹箸，這種擺設，表明了當時貴族宴飲時的情形。至於一般人使用的案和食器，自然沒有這樣豪華，但是案的形狀，仍然是差不多的。因此，案加上擺放的飯菜的重量是有限的，舉案齊眉表示尊敬是有可能的。然而，人們如果直立在地上把放滿東西的案高舉至頭頂，眼睛向下看，那是很難保持平穩的，但漢代的習俗是席地起居，人坐在鋪著席的地上，把案舉至眉際距地並不太高，且坐姿比立姿穩定，因此雖然眼睛不看前面，也還可保持案的平穩而不致使上面的食物傾覆。由此看來，一個時期的禮節是與當時的社會習俗緊密關聯的，受到當時的建築技術、房屋、家具、日用器皿等特點的制約。

在中國古代，人們席地起居的習俗由來久遠，延續的時間很長，至少保持到唐代。根據考古發掘，最遲在距現在七、八千年的新石器時代，人們已經較熟練地掌握了建造原始房屋的技術，以已經建成遺址博物館的西安半坡村仰韶文化村寨遺址爲例，那裡發現了幾十座當時的半地穴式的房屋的基址，有方形的也有圓形的，有較小的還有較大的，可以據以復原出這些遠古房屋的面貌。局限於低下的生產力和原始的技術條件，它們都是簡陋而低矮的，內部空間狹小，人們在裡面只能席地坐臥，還談不到使用家具。爲了乾燥舒適，人們建造時把泥土的地面先加焙烤，或是鋪築堅硬的「白灰面」，同時在上面鋪墊獸皮或植物枝葉的編織物。這些鋪墊的東西，也可說是當時室內僅有的陳設，它們就是後代室內離不開的必備家具「席」的前身，或許可以算是家具的最原始的形態。當時日常生活使用的器皿主要是陶質的，它們都是放置在地面上使用的。進入青銅時代以後，隨著生產力的發展，工藝技術日益提高，自然導致人們日常生活的面貌發生了變化。首先是居住條件有所改善，殷周時期中國古代建築形成以木構架爲主要結構方式，抬樑式木構架已初步完備，並使用了高臺基，開始用瓦鋪蓋屋頂。統治階級的官室更是宏大華美，在河南安陽殷墟和陝西岐山周原等地發掘出土的宮室建築羣都是很好的例證。一般的居民，也比新石器時代有所改善。隨著房屋建築日漸增高和寬闊，室內空間隨之日益增大，僅有供鋪地和坐臥的席既不能滿足室內陳設的需要，又難於滿足人們爲使生活更舒適的追求，於是室內家具的設計和創造自然提到日程上來了。同時，在構築房屋和修造棺槨中成熟的木工技術，特別是各種榫卯結構，爲製造家具準備了技術方面的條件。新石器時代已經出現的漆製日用器皿，在殷周時期有了很大發展，又爲家具製造提供了保護和裝飾的手段。不過，當時的建築技術雖大有進步，但與後代相比室內擧高的增加和空間的加大還是有限的。同時，傳統的席地起居的習俗也是新的家具必須適應的基本條件。因此，最早出現的家具除席外，還有可供坐臥的低矮的牀，更小些僅供坐的榻，可以靈活地分割室內空間的屛風（扆），盛放衣物的箱、笥。有了牀、榻，一切日用器皿都放在地面上就太不方便了，即使不坐在牀上，進食時一切器皿都放在地上也不夠舒適，於是陳放器皿的「几」「案」也隨之出現（見圖二）。在這些家具中，最古老的「席」的位置還是最重要的，在室內地面先要用它鋪滿，以保持清潔舒適，因此這種專供鋪底的席——筵，也被用作爲計算較大的宮室建築面積的單位，據《考工記》記載：「周人明堂，度九尺之筵，東西九筵，南北七

〔圖二〕四川漢畫像磚上宴飲圖

筵，堂崇一筵，五室凡二筵。」如果以周尺一尺為十九·九一釐米計，九尺之筵約為一百八十釐米，也可證當時室內的高度是有限的，僅宜於席地坐臥。除了筵外，供放在筵上坐臥的席及几、案、屏風等，都是隨用隨置，根據不同場合而作不同的陳設，不像後世的家具那樣一般有固定位置，平時陳放不動的。

由於上述情況，相應地就出現了一些基本的禮節。因為室內滿鋪著筵，整潔美觀，所以人們進室內要先脫掉鞋子——屨，以免將污泥塵土帶進室內，踏髒鋪筵。於是這就形成了一種禮節，在室內是不應穿鞋的，人人如此，君王也不例外。《左傳·宣公十四年》，楚莊王聞知宋人殺死聘於齊的楚使申舟，氣得「投袂而起。屨及於窒皇，劍及於寢門之外，車及於蒲胥之市。」因為在室內不穿鞋，所以楚王氣得衝出室外時，不及納屨，從者送屨到前庭（即窒皇）才追及。同時，臣下為了表示尊敬，去見君王時不僅在室內不能穿鞋，連襪子——韤也不能穿，必須赤足。《左傳·哀公二十五年》記述了下面一件事，「衞侯為靈台於藉圃，與諸大夫飲酒焉，褚師聲子韤而登席，公怒。」於是褚師聲子趕忙解釋說，我的腳有病，與平常人不同，如果見到了，您會嘔吐的，因此不敢脫去襪子。衛侯更加生氣，大夫們都爲褚師辯解，衛侯仍以爲不可。直到褚子出去後，衛侯還以手叉腰罵道：「必斷而足！」可見當時在王侯面前不脫襪子是極爲失禮的。直到隋代，還認爲「極敬之所，莫不皆跣」，見《隋書．禮儀志》。由於進室脫屨，因此就形成了與之相關的許多禮節，在《禮記．曲禮》中有許多規定，例如：「侍坐於長者，屨不上於堂。解屨不敢當階。就屨，跪而舉之，屏於側。鄉長者而屨，跪而遷屨，俯而納屨。」另外，看到門外有兩個人的屨，如果聽不到屋內談話的聲音，就不能進去，那是因爲兩個人小聲說話不讓人聽見，自有隱私之事，而知道人家的私事是不禮貌的。

再如席是起居所不可少缺的家具，圍繞著它也有許多禮節派生出來。一個有禮貌的人應該「毋踖席」，也就是席的方位有上下，當坐時必須由下而升，應該兩手提裳之前，徐徐向席的下角，從下而升。當從席上下來時，則概由前方下席。陪同客人一起進室時，主人要先向客人致意，請先入而將席放好，然後出迎請客人進室。如果客人不是來此赴宴，而是爲了談話，就要把主、客所坐席相對陳鋪，其間隔一丈左右，以便於指畫對談。一般同席讀書，多係摯友，但那也許會又因志趣不同而分開，例如《世說新語》中有一則關於管寧和華歆的故事，二人同席讀書，「有乘軒冕過門者，寧讀如故，歆廢書出看。寧割席分坐曰：『子非吾友也。』」在《儀禮》中的「士冠禮」、「士昏禮」、「鄉飲酒禮」等禮進行中的許多繁縟的規定，常常缺少不了升階、鋪筵、布席、授几、升席、降席……等細節。《周禮．春官》在禮宮之屬中有司几筵下士二人，府二，史一人，徒八人。

西晉以後，居住在邊遠地區的一些古代少數民族先後進入中原地區，出現了規模空前的民族大融合的局面，自然也引起生活習俗方面的新變化。同時暢通的絲綢之路成爲加强中外文化交流的紐帶，佛教東傳和流行，改變了古代中國傳統的宗教信仰，也在文化藝術乃至生活習俗方面有著深遠的影響。因此，舊的傳統和舊的禮俗都受到了前所未有的衝擊。建築技術的進步，特別是斗拱的成熟和大量使用，增高和擴展了室內空間，也對家具有了新的需求。凡此種種，使席地起居的習俗受到衝擊，隨著社會習俗的變化，也影響到家具產生了新的變化，形成由矮而高的趨勢，開始出現新的器類，桌、椅都在唐代的壁畫中出現了，特別是在西安唐玄宗天寶年間高力士的哥哥高元珪的墓中，出現了墓主人端坐在椅子上的壁畫（見圖三），椅子的形象較拙樸，椅腳粗大，像是立柱；在靠背的立柱與橫樑之間，用一個大「櫨斗」相承托，明顯地說明是汲取了木構建築中大木構架的式樣，結構笨重，但造型頗爲穩定，表明這時椅子還屬於「啓蒙時期」。到五代時這些新出現的家具就趨於成熟了，著名的《韓熙載夜宴圖》中，可以看到各種桌、椅、屏風

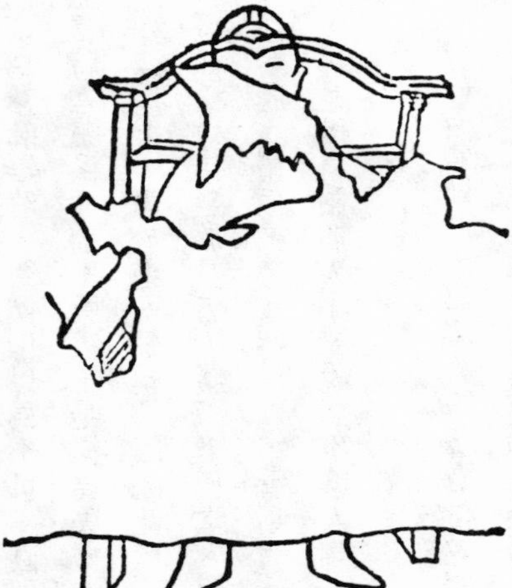

〔圖三〕

和大牀，圖中的人物完全擺脫了席地起居的舊的習慣，自然也無從遵守進室脫屨的舊禮俗了。不過守舊的習慣勢力還是相當頑固的，桌、椅的流行直到宋代還受到上層社會的頗大的阻力，據陸游《老學庵筆記》卷四：「徐敦立言：往時士大夫家，婦女坐椅子兀子，則人皆譏笑其無法度。」可見北宋時士大夫家內婦女還不得坐椅子這類新式家具。不過在一般居民中乃至地主的家庭中，桌椅已頗爲流行，這可從北宋墓中壁畫常見桌椅圖像，而墓壁也常用磚嵌砌出桌椅的形像得到證明。無論如何，新式的家具和新的生活習俗最終是淘汰了已過時的家具和舊的習俗，與之相適應，人們的禮節也自然隨之有了新的變化，於是與席地起居相聯繫的禮儀制度也就成爲歷史的陳迹而被人遺忘了。

古代的扇子

／傅同欽

扇子在我國有悠久的歷史，而且名目繁多，然而就其功用而論，則可分爲二大類：一是引風逐暑的實用扇；一是用以表示人物權威、地位……的儀仗扇。前者爲短柄扇，後者則是「偉而立張」（《留青日札》）的長柄扇。儀仗扇伴隨著階級的產生而出現，同時也伴隨著封建統治階級的覆滅，而退出了歷史舞臺，而人們夏日所用的實用扇，則因其實用遠傳至今。

儀仗扇的悠久歷史

在人類去遠古不久的年代裡，人們在烈日炎炎的夏季，亦不過隨手獵取植物葉或禽羽，進行簡單的加工，用以障日引風，故扇子在古代有「障日」之稱。

「門」從二戶象形，古稱之爲戶扇、門扉或闔。從文獻記載看，舜受堯禪後，始作「五明扇」，用以表示「廣開視聽，求賢以自輔」（《古今注》）的良政。舜時的「五明扇」，很可能是

「偉而立張」，其形如闔的二個儀仗扇。舜設之，以示「廣開」「求賢」之門，由他人持之，立張擁身，並不是用來招涼引風的。從舜制「五明扇」起，儀仗扇就有了表示王者、統治者的身份、地位的政治意義。

夏禹是夏王朝的創始人，他執耒臿爲民先，以躬耕而有天下，行五政「禁扇去笠」（《管子》），以示簡政。夏禹的「禁扇」是禁用儀仗扇，實際上是對前朝政治措施的一個否定，也可以看作是一次政治改革。至殷，又恢復了儀仗扇，並用雉尾做成，以表示其高貴和權威。周武王亦以雉尾扇擁身，並稱這種集雉羽而製的儀仗扇爲翣。周制重等級，規定天子八扇，諸侯六扇，大夫四扇，士二扇的差異，以示等級尊貴、高低。上述各級的儀仗扇作用，不是爲了遮蔽日曬，或「障翳風塵」（《西京雜記》）。由於儀仗扇非自持之物，而是由他人持之，所以又被叫做掌扇；或說其形似手掌，故名掌扇。秦漢時，公、卿、大夫皆可用雉尾羽」。魏晉時「非乘輿不得用雉尾扇」（《古今注》）。此後，王公以下改用絲織朱團扇爲儀仗扇。朱團扇的使用和流行與漢代絲織業的發展，以及王公日益增多有著密切關係。唐開元年間，以孔雀羽代替雉羽，時稱鳳尾扇，如唐．張萱所繪《皇后行幸圖》中，宮女所持即鳳尾扇。

自漢唐至明清，凡表示皇帝、后妃以及達官貴人等起居、住、行的場所，多以成雙的儀仗扇來表示其高貴的社會地位。從漢代畫像石、歷代人物繪畫以及清代的照片中可以看到持扇的往往立於主人身邊，如唐．閻立本《步輦圖》。因此儀仗扇可做爲表明古代貴族身分、權威的一個標誌。

在清代及民國年間，民間婚喪嫁娶也有用掌扇作儀仗的風俗習慣，如蘇州人娶婦「不論家世何等，輒取掌扇、黃蓋、銀瓜等物，習以爲常，殆十室而九，而掌扇上尤必貼『翰林院』三字」。爲此，有一揚州人問蘇州人，爲什麼「蘇郡庶民俱不娶婦，……所見迎娶者，無非翰林執事，何嘗有一庶民邪！」（《柳南隨筆》）由此可以看出古代標誌高貴社會地位、權威的掌扇，到清末已成爲民間婚嫁的儀仗。

先秦時期實用扇的式樣

古代夏日引風逐暑，多用集羽或竹葦編的扇子，其形如鵲翅或門扇。

周昭王時，「聚丹鵲毛羽爲扇」（《拾遺記》），使二名侍女搖動，輕風四散，冷然自涼。這種用以取風的實用扇，以竹或葦編成，其形似門的單扇（戶）左右不對稱，扇面在一側，成爲長方形。這種形狀的扇子，可暫定名爲單門扇式，在先秦時期最爲流行。近年來的考古發現爲此類扇形提供了實物資料，如湖北江陵拍馬山磚廠一號戰國墓出土的短柄竹扇，其扇面略近梯形，用極細薄的紅黑兩色篾片編成矩形紋，靠近柄的一側有兩個長方形孔，周邊夾以較寬厚的竹片（圖一）。又如在四川宜賓東漢崖墓畫像石棺上有《持扇圖》（圖二），五人中一人持單門扇式的扇子，四人持團扇。漢魏時期是團扇和單門扇並行時期。

古代的羽扇，其形類飛禽的單翅，如魏晉南北朝時，時人目爲山中宰相的陶弘景手中常持羽

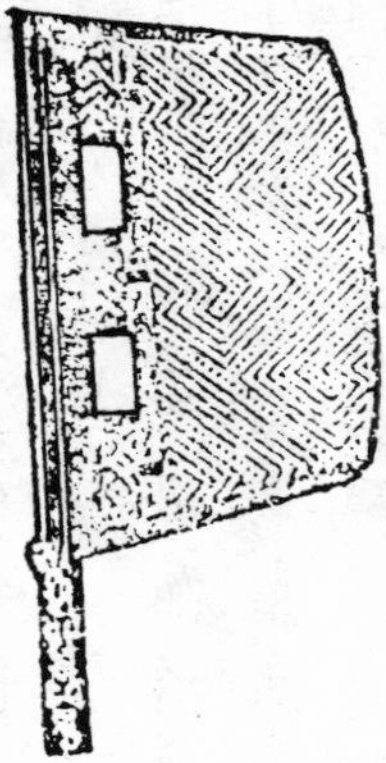

〔圖一〕

〔圖二〕

〔圖三〕

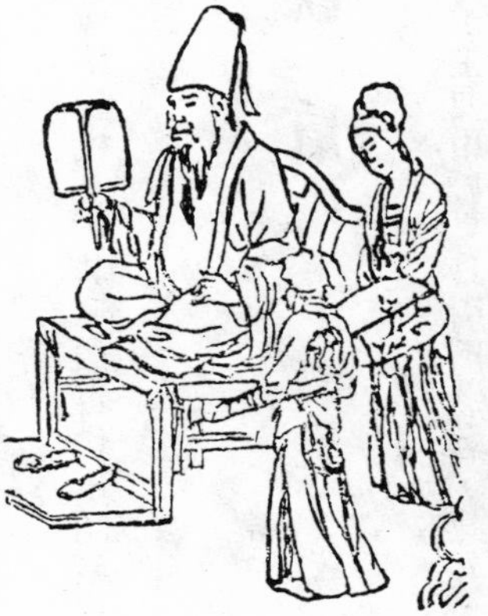

〔圖四〕

〔圖五〕

扇，其形仍保留了飛禽翅的原樣（圖三）。明代陳老蓮木刻「嬌娘」，其所持的扇面也是團扇面的一側，飾以羽毛（圖四）。這種綾、羽複合扇面，保留了古代單翅扇的原始形態。古文獻對羽扇，多描述其色和用途，很少談及羽扇的樣式，如談及諸葛武侯時「乘素輿，葛巾，以白羽扇指揮三軍進退」。又晋·張載《羽扇賦》云：「有翔云之素鳥，體自然之至潔，飄縞羽於清風，擬妙姿於白雪」，都沒有描寫扇形，但由此可知在三國、魏晋時，社會上流行素白色的羽毛扇，而其形態應是單翅式。

建國前，一些小理髮館中，室內夏日高懸布製大風扇於樑上，其形如古代單門扇式之扇而橫置，這種風扇使人牽引取風，或爲古扇子的又一新發展。

漢代流行的對稱式「合歡」扇

實用扇子在漢代稱爲便面，或稱障面或屏面。扇子主要用於夏日引風逐暑，此外，也常用來遮面，故名便面。如漢代宣帝時，京兆尹張敞有管理市井之才，然無威儀，嘗走馬於街上，「自以便面拊馬，又爲婦畫眉……」（《漢書·張敞傳》），這裡所說的「便面」即扇子。「便面」就是用扇子遮住臉部，又如三國時，魏之韓宣爲丞相軍謀，一次步入宮門內，與臨淄侯相遇，時新雨，道路泥潦，「宣礙不得去，以扇自障」（《魏略》），因此各得其便。從上述諸事可知，早在漢代社會上已有用扇子障面的習慣。

漢代的絲織手工業發達，故製扇原料多用絹、紈、素、綾、繒等爲面料，而色尚素白，不著筆墨彩繪。扇形尚圓，故時人稱之爲團扇或「合歡扇」。合歡扇的特點是以扇柄爲中軸，左右對稱，似圓月。圓扇的出現打破了門扇式扇面的老樣式。西漢時的貴族婦女尤其喜歡這種新流行的樣式，並賦詩頌之，例如漢代班婕妤的扇詩：「新裂齊紈素，鮮潔如霜雪，裁爲合歡扇，團團似明月，出入君懷袖，動搖微風發。」（《太平御覽・服用》）從其詩中，可得知扇子的面料、形態、作用以及扇面上有無文字和彩繪。對稱「合歡」式的白色扇子，直到魏晋南北朝時，尚爲女子所喜好。

自對稱式團扇出現後，歷代沿用而不衰，並成爲我國傳統風格的扇型。對稱類型的扇面除圓形外，還有長圓、扁圓、方圓、梅花式、葵花式……這些扇形突出的特點是對稱。（圖五）對稱式的扇面除其外形美觀之外，更主要的是它較單門扇式的扇面使用起來方便，因此自漢代定型以來，至唐宋而未改。如唐・張萱繪《美人搗練圖》、《明皇納涼圖》以及唐永泰公主墓壁畫中的扇子等皆團圓形，故唐、宋詩人亦多以圓月形容扇面，如杜甫詩：「月生初學扇……」，李商隱詩：「扇裁月魄羞難掩……」。近年考古發掘出南宋周瑀墓，墓中所出土的團扇，更有力的說明團扇在當時的流行。唐宋時不僅流行團扇，還同時使用其他形狀的扇子。近年在江蘇武進南宋墓出土的戧金花卉人物漆奩蓋上，有三女子，一持團扇，一持折扇，二人並肩而行，另一女侍者抱瓶。這正反映了南宋時，女子已使用折扇的實況。團扇在唐宋時期，已傳到海外鄰國，在趙汝適《諸蕃志》中就有所記載。

魏晉時期盛行書字繪畫扇

自漢代以來絲織手工藝相當的發展，特別是到了東漢，絲織品上除了織出花、鳥、蟲、草之外，更出現了織字文錦，其文字有「延年益壽」、「長樂明光」等，這些織字的出現對在素白的扇面上加文字，或加花鳥都有著直接的影響。魏晉南北朝時期，在扇面上繪畫、書寫文字已相當的普遍。這不僅美化了扇面，而且人們也常以手持社會名流書繪的扇子，來表示自己高尚的文明修養。例如，大書法家王羲之，居蕺山時，見一老姥持賣六角竹扇，買者甚少。王羲之見之，取扇各書五字。老姥初嘆息，王因謂之日：「無苦，但言是王右軍書，以求百金價」，老姥如言，人競買之（《晉書·王羲之傳》）。又如《宋書》記載，范曄善隸書，皇帝亦慕其名；送去白團扇，令書詩賦美句。從而可知，上自皇帝，下至庶民，皆喜名家書法。隨著書寫文字進入扇面的是人物、山水畫等。南朝時即有人「於扇上圖山水，咫尺之內，便覽萬里爲遙」。（《齊書》），這是文獻上記載較早的山水扇面。又南朝著名畫家陸探微、顧寶元等名畫家，也經常爲他人繪畫扇面。隨著書字、繪畫扇面的流行，社會上也出現了與此有關的新的行業，如縛筆、織扇等，據《太平御覽·服用》記載，「何植……常以縛筆、化事織扇爲業」；這也從側面反映了此時文業的興旺發達。

魏晋時期，上層社會的人士所用扇子，甚爲講究，而一般的百姓多使用以竹、葵、蒲等爲原料的扇子，例如，晋時謝安是京都中很有名望的人士，其同鄉到嶺南經商，販運回「五萬蒲葵扇」（《晉書》），但已是非時不售之貨。謝安爲解決其出售之難，乃取其一執之，於是京都士庶競相爭購，扇子「增價數倍」，旬日則無所賣矣。

唐宋以來的折扇

古代稱折扇爲聚頭扇，或稱爲撒扇，或折疊扇，以其使用時則敞開，不用時可疊起，因取其名。自唐宋以來，中國和其東鄰朝鮮、日本的經濟、文化交往日益增多，交流的物品是多方面的，扇子僅是其中之一。明代鄭舜功《日本一鑒》中所談到的中國「五明扇」（掌扇或稱儀仗扇）、團扇（左右對稱的合歡扇）傳入日本；日本的蝙蝠扇，也於宋太宗端拱年間（西元九八八～九八九年）傳入宋朝。又江少虞（《皇朝類苑》的作者）在宋神宗熙寧末年（西元一〇六八～一〇七七年）遊大相國寺時，看到一把日本折扇出售。這大約與前述端拱年間傳入的蝙蝠扇已相距八十餘年。在八十年間雙方尚可能多次有交換，但目前尚難覓於文獻記載。宋徽宗宣和年間（西元一一一九～一一二五年），高麗折扇也以貢品的形式傳入宋，大文學家蘇東坡曾談其形：「高麗白松扇，展之廣尺餘，合之止二指」，在數十年間，做爲入貢禮品的折扇，已由宮內傳於社會，故能爲蘇東坡等社會名流所見。折扇由日本、朝鮮傳入中國，事實應早於文獻的記述。從歷史上看，唐代文化興盛，與日本、朝鮮的政治、經濟、文化交流也是歷史上空前的，故明代方以智《物理小識》云：「搊扇（折扇）則唐人已有矣！」當時是宮中留用，因此，把搊扇列入「宮扇類」，這一分類是符合折扇在唐朝初期傳入中國時的實際情況的。到了宋代折扇作爲入貢禮品漸漸增多，有的官吏可以看到或得到。蘇東坡所記述的折扇樣式，正是這一歷史狀況的反映。此後使用折扇的人逐漸增多。凡「高麗國使人至中國，每用折疊扇爲私覿物」，（《圖畫見聞錄》）據《雨山墨志》記載：「元初，東南使有搱聚頭扇者，人皆譏笑之」，折扇在元初尚被視爲奇異物，然而也有人爲收名家手迹字畫，而收藏扇面的，如元．鄭元祐收藏「題趙千里聚頭扇上寫山詩」的扇面（《知寒軒譚薈》下）。從上述情況可知，折扇在元代並沒有廣泛使用。

折扇盛行於明代。明永樂年間（西元一四〇三～一四二四年），「朝鮮進撒扇，上喜其卷舒之便，命工部如式爲之」。（劉元卿《賢奕編》）永樂帝也曾把「朝鮮充貢」的折扇「遍賜羣臣」。自製折扇，爲全國普遍使用提供了方便條件。從目前考古等發表的資料看，現存有明代宣德帝朱瞻基書寫的大折扇（故宮收藏）（《文物》西元一九七九年九期），是明成祖命工部自製折扇之後的實物。武宗正德年間（西元一五〇六～一五二一年），又專門派人去日本學習製扇技藝，從而爲在全國各地發展製扇業提供了有利的條件。嘉靖時（西元一五二二～一五六六年），全國已有很多地區可以自製折扇（《文物》西元一九八二年七期），江陰出土明正德十年（西元一五一五年）剪紙藝術折扇（《文物》西元一九七九年三期），江西南城明益宣王朱翊鈏夫婦合葬墓出土四把折扇（《文物》西元一九八二年八期），均是當時自製折扇的精品。

由於折扇使用、收藏方便，乃漸漸爲廣大庶民所喜用。清光緒年間（西元一八七五～一九〇八年），「僕隸所持皆此物」（《知寒軒譚薈》），從而可見折扇已在社會上廣泛流傳普遍使用。至今，折扇、團扇仍受到人們的喜愛。

文房四寶

——筆、墨、紙、硯

／許樹安

一、筆

中國自古以來就有「蒙恬造筆」的說法，認爲傳統的書寫工具——毛筆是秦始皇時的這位將軍創造發明的。現在從歷史記載和考古實物等許多方面都可以證明，在蒙恬以前很早的時候，中國就已經有了毛筆。只是到了秦朝，蒙恬又對毛筆加以改進罷了。

毛筆的產生和使用可以溯源至距今五、六千年以前。在中國原始氏族社會晚期仰韶文化的陶器上，繪有許多美麗的彩色花紋，線條勻稱，色澤鮮明，很像是用毛筆一類的軟性描繪工具塗畫出來的。所以，當時即使還沒有完善的、定型的毛筆，也會有近似毛筆一類的寫畫工具。

到了商朝，在甲骨文中已經有「筆」字了。甲骨文的「筆」字寫成、、，像是一隻手

在拿著筆寫畫。當時的甲骨卜辭雖然絕大部分是用刀直接把字刻在甲骨上的，但是人們發現，也有少數卜辭是先用紅色筆寫在甲骨上，然後再刻出來。這表明，中國毛筆的製造和使用，早在商朝就已經達到一定的水平了。

近代考古事業的發展，爲我們發掘出埋藏在地下兩千多年的戰國時代的毛筆實物，它是一九五四年在湖南省長沙市左家公山一座戰國古墓中發現的。筆的全身套裝在一個小竹管中，筆桿是竹製的，直徑○．四釐米；筆頭是用優質的兔箭毛製成，不是插在竹筆桿內，而是將竹桿端部劈開，把筆毛夾在當中，然後用絲線纏牢，外面再塗上漆。筆長近二十一釐米。這支筆的筆毫剛勁尖銳，很便於書寫。同這支筆一起出土的還有一些竹簡和用來刮削竹簡的銅刀，爲我們生動地展現出一套古代書寫工具。解放後，在中國各地還多次出土了戰國時代的許多竹簡、帛畫、陶器、漆器等等，在它們上面有的寫有文字，有的描繪著花紋。從那些筆畫具有彈性和粗細變化看，都是運用了毛筆的結果。這些文物反映出春秋戰國時期使用毛筆的普遍性，也表明當時製造毛筆的技術正在日益完善。古書中也有關於春秋戰國時期使用毛筆的一些記載。例如《莊子》中就有「臣以秉筆事君」、「畫者吮筆和墨」的記述，這裡顯然是指毛筆而言。這時期各國對筆的稱呼也不一致，東漢許慎在《說文》中釋「聿」云：「聿，所以書也。楚謂之聿，吳謂之不律，燕謂之弗……秦謂之筆。」

這時期都是用毛筆蘸墨把字寫在竹木簡上，如果寫錯了，需要刪改，就要用刀把簡上的字迹刮削掉。所以寫字的人也要準備一把小刀，這刀叫做削。這樣一來，人們便常把刀和筆聯繫在一起。戰國、秦漢時期人們就習慣以「刀筆吏」或「刀筆」作爲官府中從事書寫工作的小吏的代稱。

秦朝將軍蒙恬曾對毛筆加以改進，古書中說他造的毛筆是用柘木爲筆桿，用鹿毛和羊毛做筆毫的。西元一九七五年在湖北省雲夢縣睡虎地古墓中出土了三支秦時的毛筆。它們都是竹桿的，在製造方法上的確比過去有改進。它們的筆頭是插入竹桿端部內腔的，與現代毛筆的製法很相近了。

漢代的毛筆實物出土比較早，西元一九三一年在西北地區古居延澤（今甘肅省額濟納旗一帶）發現了屬於西漢末或東漢初年的毛筆。它的筆桿是用四條長木片拼合在一起的，上下用細麻纏束。筆的毫毛爲黑色，但是筆鋒呈白色。人們習慣稱它爲「漢居延筆」。這支筆桿所以是木製的，是因爲西北地區少竹的緣故。西元一九七五年在湖北江陵鳳凰山的一座西漢墓中出土了一套文具，其中的毛筆是竹桿的，與秦筆極爲相似。這些出土的毛筆多是普通的書寫工具，至於皇室貴族們使用的毛筆，往往十分講究裝飾。例如筆桿要用錯金，筆套上鑲嵌寶石等等，據說一支筆價値可達百金。當時的一些郡縣也要按時向皇帝貢獻上等的兔毛用來製筆。

魏晉時期繼承了漢代的製筆技術。當時有一個名叫韋仲將的書法家已經被公認是製筆專家了。著名的北魏農學家賈思勰在《齊民要術》中把韋仲將的製筆經驗記錄下來了，使我們能夠對當時的製筆過程和工藝水平有所了解。晉代大書法家王羲之在《筆經》中也講到了製筆方法。

隋唐時期，伴隨著封建經濟的繁榮，封建文化也得到蓬勃發展；科學制度的實行，使文化教育事業更加普及。在這樣的形勢下，毛筆便成爲文人學者們一刻不可離身的書寫工具了；毛筆的製造，無論在數量上還是在質量上，這時都達到了前所未有的水平。

唐朝製造毛筆以宣州（今安徽省宣城縣）的紫毫筆（即兔毫筆）最爲出名。秦漢以來，毛筆多用兔毫，也有人試用雞毛、虎毛、豬毛等等。唐朝宣州紫毫筆是以深色兔毫爲主，製作技藝高超，在當時就已經稱冠全國了。唐朝大詩人白居易在《紫毫筆》詩中說：「紫毫筆，尖如錐兮利如刄。江南石上有老兔，吃竹飲水生紫毫，宣城之人採爲筆，千萬毛中選一毫。」詩中告訴我們，這種紫毫筆價值昂貴，每年都要作爲貢品進獻給皇帝，一般文人都很難得到，人們把它視爲文房四寶中的珍品。唐代其他著名詩人如韓愈、薛濤、耿湋等也都有詩盛贊紫毫筆。

在唐代，宣州不僅是全國的製筆中心，而且出了一批製造毛筆的名工巧匠，其中以陳氏和諸葛氏兩家最爲著名。據說唐朝大書法家柳公權曾向陳氏求筆，也只得到了兩支，表明陳氏製造的毛筆是十分難得的。當時一支普通毛筆價值僅三個錢，而諸葛氏造的毛筆價值高達十金。還有記載說，每逢科舉考試的時候，都有一羣小販在考場前爭相叫賣健毫圓筆，稱爲「定名筆」。這時筆價比平日高出十倍。凡有考生購買，小販便記下考生姓名。若考生被取中，小販便去討賞錢，稱爲「謝筆」。這種情況反映出唐代製筆業的發達與科舉制度的建立有著密切關係。

隨著中日兩國文化使者的頻繁往來，毛筆也傳到了日本。西元八世紀日本高僧空海和尚還特意把中國製造毛筆的技術帶回日本。現今日本奈良正倉院還保藏有中國的唐筆多支，其中有斑竹管、象牙管等多種。

北宋時候把唐朝宣城毛筆的製作技術加以發展，尤其是諸葛氏世代相傳，技藝愈發精湛。宋代的大文學家歐陽修、蘇軾、黃庭堅等人都曾經撰寫詩文歌誦諸葛氏製作的毛筆。傳說蘇軾最喜歡用宣城諸葛齊鋒筆，使用起來得心應手，隨意緩急。南宋時期，由於朝廷南遷臨安（今浙江省杭州市），全國的政治、經濟、文化中心也隨之南移。於是，製造毛筆的中心也由安徽宣城轉移到浙江吳興縣一帶。這裡在元代屬於湖州路，因此後來有「湖筆甲天下」的聲譽。湖州製筆業從此得到發展，直到明、清兩代，湖筆水平都居全國第一位。

湖筆製造中心是吳興縣的善璉鎮，又名「蒙溪」，這是古人爲紀念蒙恬而取名的。善璉鎮還有一座蒙恬祠，內有蒙恬塑像。距離蒙恬祠不遠的地方還有一座永勝寺，相傳隋朝時候，晉代大書法家王羲之的第七世孫智永和尙曾在這裡居住多年。智永不僅擅長書法，而且對製筆工藝作了很大改進，他對於紫毫筆、羊毫筆的製造創出許多新法。智永住在永勝寺時，用自己製造的毛筆書寫，據說單是用廢了的毛筆頭就有五大筐，這些廢筆頭被埋在蒙恬祠外的樹林中，並立有石碣，上面有智永自題的「退筆冢」三個大字。

湖筆的最大優點是「尖、齊、圓、健」，人們把這稱爲湖筆的四德。尖是指筆毫有鋒芒，即使飽含了墨汁，筆鋒仍是尖形；齊是說把筆頭鋪開來，內外的毛長短一樣齊；圓是指選毛純淨，經縛紮後，筆頭圓渾勻稱；健是說筆毫富於韌性，有彈力。元代大書法家趙孟頫是湖州人，他平日就很喜歡用柔健的湖筆，最後在書法藝術上自成一家。

中國的毛筆生產並不僅限於宣州、湖州兩地。例如湖南省由於製造毛筆的原材料豐富，其中長沙、衡陽、湘潭、湘陰、零陵等地的製筆工業都比較發達。此外如北京、蘇州、杭州等地也是毛筆的重要產地。

二、墨

墨是中國傳統的書寫工具之一，它適合中國的毛筆用以著色、書寫漢字，它還被中國的畫家們利用墨色的濃淡相濟，創造出具有獨特風格的中國水墨畫。墨的出現，也爲後世印刷術的產生準備了必要的物質條件。所以墨和毛筆一樣，都爲中國文化的發展進步作出了巨大貢獻。墨除了它的實用價值外，還是珍貴的藝術品。中國人喜歡在墨上面鐫刻圖畫、文字。在一塊高質量的墨上面，往往凝聚著中國繪畫、書法、雕刻、製墨等高超的技藝和功力。有趣的是，在中國古老的醫藥學中，墨還是一種治療疾病的藥材呢！

一般人認爲，原始的墨應該是伴隨著毛筆同時出現的。在我國新石器時代，曾經普遍存在一種繪有黑色花紋的陶器，上面的黑色線條，色澤黝光漆黑，它表明中國人早在四、五千年以前就已經使用黑色來寫畫了。

那麼，墨是什麼時候產生的呢？

長久以來，在民間流傳著邢夷造墨的故事。據說邢夷是西周宣王（西元前八二七～前七八二年）時人。有一天，邢夷在小溪邊洗手，發現一塊木炭漂在水中。當他撿起木炭時，手就被染黑了。他從這裡得到啓發，把木炭帶回家，搗成細灰，並用粥飯一類粘性物拌和，再把它搓成一塊塊圓餅形狀，就成了最早的墨。當然，這只是個傳說，古人往往喜歡把某一事物的發明權附會到一個具體人身上。

本世紀初發現的甲骨文，是商朝人的占卜記錄。那些文字大多數是刻寫在甲骨上面的，但是也有一部分是用筆寫在上面的，有朱書也有墨書，陳夢家先生在《殷虛卜辭綜述》中對此作過分析，他說：「在卜用的甲或骨上，在刻辭以外還用朱或墨用『毛筆』寫字在甲骨的背面。」「朱是丹砂，墨是炭素，但這還需要經過化驗。」據有人化驗證實，紅色是朱砂，墨色正是碳素物質。可見在三千多年前的商朝，確實已經使用炭質墨色來書寫甲骨文字了。關於這一點，古文獻中也有旁證。《禮記．藻玉》云：「卜人定龜，史定墨。」說的是古人占卜時，先由卜人選出要用的龜板，再由史官在上面畫出墨紋，然後燒灼龜板，根據灼出的紋路與畫出的墨紋異同推斷吉凶。與此同時，商周兩代很可能已經使用簡册記錄文字了。《尙書．多士》中說到「惟殷先人，有册有典」。甲骨文「册」字爲冊，像是把竹木簡編串成册的形狀。繼簡册之後又有帛書，就是在絲織品上書寫文字。這自然需要用筆墨才能寫成。在《管子》、《莊子》兩書中更是直接提到了筆墨。顯然，逮至春秋戰國時期，隨著文化的發展，筆墨的使用也更廣泛了。建國後，考古發掘有戰國竹簡，我們看到上面的字迹都是用毛筆沾墨寫成的。所以對於上述文獻的成書年代雖然有不同看法，但它們對於春秋戰國時期使用筆墨的記述應該是可信的。估計戰國以前的墨還較原始，不易保存，所以至今沒有見到實物出土。

根據文獻記載，先秦乃至漢代的墨都是用天然石炭如煤炭等製成的，古人稱爲石墨。所以許愼在《說文解字》中解釋墨爲「書墨也。從土、從黑。」應劭《漢官儀》云漢代「尚書郎起草，月賜隃麋大墨一枚，隃麋小墨一枚。」說明漢代官府中已經廣泛使用墨了。隃麋在今陝西千陽縣，漢代屬於三輔的右扶風。隃麋墨是漢代被人推崇的優質墨。石墨在使用時要用研石在硯中將它磨成粉末，再兌水稀釋成墨汁。西元一九七五年考古工作者在湖北江陵鳳凰山一座西漢墓葬中發現了一套文具。其中有數塊碎墨，還有石硯及研墨用的研石各一件。石墨的使用一直持續到漢末三國時期。西晉文學家陸雲曾經發現曹操收藏在洛陽三台的石墨。他在《與兄平原書》中說：「一日上三台，曹公藏石墨數十萬片，雲燒此消復可用，然煙中人不知，兄頗見之不？今送二螺。」就在這同一時期，著名詩人曹植在詩中說道：「墨出青松煙，筆出狡兔翰。」證明了當時已出現用松煙作爲原料製成的墨了。建國後曾在河南陝縣劉家渠東漢墓中出土五錠東漢殘墨，經專家鑑定，它們是由松煙模壓而成的。這時期也有由松煙與漆煙摻混而成的墨，但仍以松煙爲主。所謂松煙和漆煙，就是將松木或漆點燃，又不使它們完全燃燒，這時就產生黑色煙塵，冷卻後便成極細的黑粉，可以用來做墨。總的說，漢魏時期石墨與松煙墨曾經並行一段時間；三國以後，製墨技術有了飛躍性的提高，石墨從此被淘汰。

還有一個問題值得在這裡說明一下。元代陶宗儀在《輟耕錄》中說：「上古無墨，竹挺點漆而書……」，從此人們根據這一說法認爲先秦時代古人也用漆代替墨來書寫文字，直至近年的一些有關文章，仍多採此說。而實際上古漢語中「漆」「墨」二字相通，因此「漆書即是墨書」①，並非是用漆寫字，況且從出土的戰國竹簡看，也都是墨書。

到了晋代，開始在墨中加入膠來調和，並做成丸粒狀。用這種摻膠的墨寫出字來，光耀燦然，富有光澤。西晋文學家陸機所寫的《平復帖》，流傳至今已有一千六百多年，上面的字迹仍然清晰醒目，這是世界上保存下來的寫在紙上的最早墨迹了。

唐朝時，製墨手工業得到發展，從陝西地區擴大到山西、河北。唐玄宗時，一些擅長寫字的書手被召雇到朝廷來抄書，朝廷要按季發給他們墨（見《新唐書·藝文志》）。隨著製墨技藝的提高，在北方出現了一批著名的製墨工匠，如祖敏、奚鼐、奚鼎、奚超等。他們有的還被朝廷任命爲專管製墨的「墨務官」。唐朝中葉，由於安史之亂，墨工奚超爲了逃避戰火，舉家南遷，最後在江南歙州（相當於今安徽新安江流域，包括歙縣、休寧以及江西婺源等地）定居下來。這裡有茂密的松林，優質的松木是製墨的上好原料。奚超一家在這裡重操舊業，並不斷鑽研和提高製墨技術。他們製造的墨肌理細膩、光澤如漆，後來受到五代時南唐皇帝李煜的贊賞，不僅封他們做官，還賜奚氏一家改姓李，以後奚超的兒子李廷珪聲望更高，成了這一時期製墨高手中的代表人物。李廷珪製造的墨，除了以松煙爲基本原料外，還加入了珍珠、玉屑、龍腦、生漆等，並且一定要搗夠十萬杵，令上述原料成爲極勻細的粉末，以保證墨的質量。據說李廷珪的墨泡在水中，可以三年不壞。這時墨的質地優良，一些墨中還攙入蘭麝等高級香料。唐代許多詩人學者筆下都有對墨的歌頌之辭。李白在《酬張司馬贈墨》詩中吟道：「上黨碧松煙，夷陵丹砂末。蘭麝凝珍墨，精光乃堪掇。」

到了宋代，由於雕版印刷事業的大發展，以及科舉考試規模不斷擴大，成千上萬的讀書人爲了應考、做官而讀書、寫文章，需要大量的筆墨文具，製墨業也從歙州不斷擴展，江南許多地區都有了製墨手工業。歙州在當時是全國製墨業的中心。北宋末年，歙州改稱徽州，所以後來「徽墨」便在全國號稱第一了。

宋代湧現出一大批製墨的能工巧匠，在古書中記載有確切姓名的，就不下六、七十人。潘谷是這時具有代表性的一位製墨巨匠，他是北宋哲宗時歙州人。潘谷製造的墨被人們贊爲「墨中神品」，不僅質地極佳，而且香氣濃郁。潘谷經常背著墨囊親自在大街小巷售墨，遇到貧寒書生買墨，他就只收很少的錢。在北宋都城開封的大相國寺廟會上，文人們都爭相購買潘谷製的墨。潘谷的人品、墨品在當時都很受人敬重和推崇，一些著名的文人學士如蘇軾等都和他結爲好友。蘇軾把潘谷與唐朝詩人李白並稱，贊譽他是「墨仙」。

宋代製墨除了用松煙外，也有人用油煙作爲原料。油煙一般是用桐油燒製而成的。高級墨中還常常加入麝香、金箔等，不僅提高了墨的質地，而且使墨的身價也愈加貴重了。西元一九七八年在安徽祁門的一座北宋墓穴中，出土了一錠堅實的古墨。這錠墨呈扁長方形，長八．三公分，下端磨去少許，面上壓刻楷書陰文「文府」二字。或謂刻文當爲「大府」，是唐墨。這錠墨至少在水中浸泡了八百多年，可是質地形狀絲毫未變，可見其質量之高了。

在明朝，價錢比較低廉的桐油煙和漆煙製墨法被廣泛應用。同時製墨手工業也出現了有雇佣工人的專門製墨的手工作坊。當時，不僅製墨工匠在不斷探索如何進一步提高技術，而且一些對筆墨具有癖好的文人士大夫也在傾心鑽研、改進製墨技藝。這些文人精心製墨不是爲了出售獲利，而是爲了自我鑒賞或者贈送親朋。

明代的製墨業以歙派與休寧派兩大派系爲代表。

歙派是以安徽歙縣爲中心的製墨業，它的代表人物是嘉靖時的羅小華、程君房、方于魯等人。羅小華善於利用桐油煙製造出優質墨。他的墨「堅如石，紋如犀，黑如漆，一螺値萬錢」②。有些商人就是由於販賣羅墨而發了大財。程君房使歙墨製造技術達到了登峯造極的水平。他的製墨技術富有創造性，善於吸取前人各家的長處而自成一家。程墨不僅堅硬，而且煥發光彩，舔筆潤滑而不澀，寫在紙上不會發暈。當時的大書畫家董其昌曾極加贊譽。方于魯與羅小華、程君房齊名，他的「寥天一」、「九鼎圖」墨以及羅小華的「象」墨、程君房的「荔枝香」等墨都流傳至今，被作爲古代藝術珍品藏於故宮博物院、上海博物館等處。方于魯和程君房二人還分別編有《墨譜》、《墨苑》，輯錄了他們所製的三、五百種明墨。

此外，歙縣人潘一駒、汪仲淹等人製墨則是屬於「文人自娛」型的。他們大多自幼酷愛製墨，長期鑽研製墨技術，從而製造出一些高質量的墨。潘一駒造的墨質地堅細，其邊緣部分可比刀刃，能用來裁紙。汪氏所製的「山龜輕煙」、「龍香劑」等墨，都是明萬曆年間的著名佳品。

安徽休寧縣人汪中山等人是休寧派的代表。他們製造的墨除了質地高級外，還以配套成「集錦墨」爲其特色。所謂集錦墨，又稱「瑤函墨」、「豹囊叢墨」等，就是將各種形狀的墨配成一套，上面繪有名山大川若干景，或者是人物、花草魚蟲以及詩文題辭等等。對於每一套集錦墨，製造者還爲它們冠以十分雅致的名稱，如紫玉光，天瑞、瀟湘八景、耕織圖、羅漢贊等等。汪中山是明朝嘉靖、萬曆時人，他製造的「太元十種」墨包括十錠精品墨，每錠上面分別以鳥獸題名爲：太極、兩猊、三猿、四象、五雀、六馬、七鷗、八仙、九鷥、十鹿。這套墨放在楠木匣中，更添一層光輝。

吳叔大也是休寧的著名墨工，他曾經在休寧開設「玄粟齋」墨店，製作了不少集錦墨。例如他的「千秋光」墨，即是根據古代公、侯、伯、子、男五等爵制度，做成三圭二璧，共五錠，被世人視爲精品。

清初，徽州製墨以曹素功、汪近聖、汪節庵和胡開文四大家最爲著名。

曹素功是歙縣人，清朝初年的秀才，由於一直未能做成官，於是在家鄉一心經營製墨。他曾經製出一套高級墨，共三十六錠，墨面分別繪有黃山三十六峯圖，每錠墨形也依各峯形狀大小不一，拼合起來，恰是一幅完整的黃山圖。康熙皇帝南巡時，曹素功將這套墨作爲貢品獻上，很受康熙的贊賞，並且爲該墨賜名曰「紫玉光」。從此曹素功的製墨名聲也更大了。

汪近聖父子是技藝高超的製墨工匠。當時就有人贊許他們製出的墨，光潔可作鏡子照人。乾隆時，汪近聖的兒子汪惟高曾應朝廷徵召，到內廷任「製墨教習」之職，主持皇家用墨的製造。

汪節庵也是歙州的製墨名家。他製的「蘭陵氏書畫墨」、「新安大好山水墨」等都是當時人們稱贊的名墨。據說當時江南的官員們向皇帝貢獻地方物產時，汪節庵的精品墨常在被選之列。

胡開文是乾隆時人，他的製墨和經營方式在四大家中最有特色。他一方面精心研製一些高級的集錦墨作爲貢品，在上層社會占有一席之地；另一方面又大量製造零錠的普通墨，以滿足下層社會的廣泛需要。所以清朝後期，當封建經濟大爲衰落、製墨業普遍不景氣的時候，胡開文墨店卻能超過其他各家而保持比較繁榮的局面。胡開文所製的集錦墨如「御園圖墨」，共收六十四圖，每圖一錠墨，或作長方橢圓形，或爲鐘鼎爵壺形，圖中建築、山水紋理細緻入微。這套墨分別裝在四函楠木漆盒中，每函又分四屜，襯以黃綾，函面以赤金隸書題「御園圖墨」四字。又有「十二生肖墨」、「手卷墨」等，都是精妙絕倫的藝術珍品。胡開文所製的零錠普通墨有「驪龍珠」、「古隃麋」、「烏金」等衆多品種，都很受歡迎。特別是西元一九一五年在巴拿馬國際博覽會上，胡開文墨店以其「地球墨」獲得金質獎，爲中華民族爭了光。

在製墨的工藝過程中，還值得一提的是墨模的設計和製造。墨錠及其上面的圖案、題字並非是用刀雕刻出來的，而是用墨模扣壓出來的。墨模是由石楠木、棠梨木等優質木材做成的。模的四框確定了墨的形狀，然後請高手在墨模木板上用反體寫畫，再以陰紋雕出，這樣製的墨才是正體陽紋。這種雕刻需要相當深的功力，必須保證底面平整、筆畫清晰，不是一般刻工所能勝任的。

清朝末年，有人利用製墨的基本技術，創製出液態的墨汁，使讀書人從此可以擺脫研墨之苦，因而大受歡迎。現今北京琉璃廠文化街的「一得閣」墨店就是由當年最早製造墨汁的作坊發展而來的，現在被人們贊爲「墨大王」。

墨汁的傳統配製方法也分爲油煙和松煙兩種。油煙是取礦、植物油的炭粉作原料，松煙則是用松香半燃燒後產生的炭粉製成的。墨汁中還要添加冰片、樟腦等，因此香氣撲鼻。墨汁又根據兌入膠的比例不同而有許多品種，有的適宜寫字，有的適宜繪畫或捶拓等等。墨汁便於在羣衆中普遍使用。但是它並沒有妨礙高級墨錠的使用和流傳。

三、紙

紙的產生

中國是最早發明造紙技術的國家，紙的產生對人類文化的發展有著巨大的影響。

在談紙的產生時，首先應明確「紙」的概念。我們今天所說的紙，是指植物纖維構成的紙，而東漢以前的文獻中所提到的「紙」有時則是指絲綿紙。許愼在《說文解字》中解釋紙是「絮——笘也。」說明紙最早同絲絮有關係。絲絮是把蠶繭煮過以後，放在錫箔上並浸入水中反復捶打，使蠶繭鋪開成了絲綿，用以製衣禦寒。當把絲綿取下以後，錫箔上就留有薄薄的一層絲絮碎屑，將它們曬乾揭下來，就形成了輕薄的絲絮片，可以在上面寫字，這就是許愼所說的「紙」。《漢書・外戚傳》中稱它爲「赫蹄」。東漢學者應劭注曰：「赫蹄，薄小紙也。」曹魏時人孟康注說：「蹄猶地也，染紙素令赤而書之……。」素本是白色的生絹，孟康稱紙素，很可能是指白色的絲絮片，把它染成紅色就叫赫蹄了。《後漢書》蔡倫本傳中講到「自古書契多編以竹簡，其用縑帛者謂之爲紙」。這裡關於紙的概念，同東漢許愼在《說文》中對紙的解釋是一致的。就是說在蔡倫之前，人們所說的紙是絲綿構成的。但是在蔡倫之前並非沒有植物纖維紙，早在蔡倫前一、二百年西漢武帝、宣帝時已經有了原始的植物纖維紙，只是由於其質地粗劣，不能用於書寫。考古發掘也證實了這一點，迄今四次出土的西漢麻紙也都沒有用於書寫文字。蔡倫的功績在於他善於總結前人的造紙經驗，改進了造紙技術，造出了便於書寫繪畫的植物纖維紙。

蔡倫是東漢和帝時的宦官，在內廷任尙方令，主持製造宮廷御用的各種器物。《後漢書》本傳說他「用樹膚、麻頭及敝布、魚網以爲紙」。唐人徐堅在《初學記》中說：「倫搗故漁網作紙，名網紙。」這種將原料搗爛的做法，在造紙工序中稱爲「打漿」。蔡倫通過打漿，提取出純淨的纖維製成紙，這樣的紙雜質少、色較白，可以用於書寫。人們把這種紙稱爲「蔡侯紙」。

蔡侯紙問世後，很快受到讀書人的歡迎。據《北堂書鈔》引《崔瑗與葛元甫書》的記載說：東漢安帝時，學者崔瑗在給朋友的信中講，現在把《許子》這部書送給你，共十卷。因爲貧窮，我無力用帛抄寫，只能用紙了。這個記載表明在蔡倫改進了造紙技術後，幾乎立刻就有人用紙抄寫書籍了。同時，造紙技術也被廣泛推廣。東漢末年，一位名叫左伯的人，也是善於造紙的能手。當時人們稱他造的紙爲「左伯紙」。

紙的普遍使用

紙作爲主要的書寫材料完全取代簡牘是東晉以後的事。東晉末年，桓玄稱帝後曾經下令說：

「古無紙，故用簡……今諸用簡者皆以黃紙代之。③」政府帶頭改用紙，對紙的普及有很大的推動作用。又《隋書・經籍志》說到，由於連年戰亂，南朝宋武帝劉裕稱帝後「收其圖籍，府藏所有才四千卷。赤軸靑紙，文字古拙」等等。這些都說明了在兩晉南北朝時期，用紙抄寫書籍已是尋常之事了。本世紀初在甘肅省敦煌縣的莫高窟等處還發現了北魏乃至隋、唐、北宋等時期的紙寫本經卷實物。東晉以後，由於紙的普遍使用，造紙技術也不斷提高。據載，東晉時的葛洪已掌握了用黃蘗染紙防蟲蛀的技術。造紙術還由洛陽一帶傳播到南方，並在江南地區得到迅速發展。宋朝人趙希鵠在《洞天淸錄集》中談到這時期的紙時說：當時「北紙用橫簾造，紙紋必橫……南紙用豎簾，紋必豎。若二王眞迹④，多是會稽豎紋竹紙。」這說明南、北方在造紙技術、選用原料等方面已各具特色。這時各地的工匠們還利用當地的特產，摸索出多種多樣的造紙原料，紙的品種也越來越多。西晉張華在《博物志》中就曾指出，剡溪（今浙江嵊縣）多產古藤，可用來造紙。這種藤紙質量好，很受文人的喜愛。北魏賈思勰在《齊民要術》中還專門講了造紙原料楮樹的栽種和培育的問題。

在唐朝，紙的品類名目更加繁多，李肇在《唐國史補》中有較詳細的介紹。他說：「紙則有越之剡藤苔箋，蜀之麻面、屑末、滑石、金花、長麻、魚子、十色箋，揚之六合箋，韶之竹箋，蒲之白薄、重抄，臨川之滑薄。」還有薛濤箋，也受到文人才子們的歡迎。薛濤是唐朝女詩人，她善作小詩，她用芙蓉花創製成深紅色的小彩箋，用來錄詩，詩人稱爲「薛濤箋」。又據元末文人費著《蜀箋譜》記載，唐代還盛行以楮樹皮製紙，稱爲廣都紙。據說今天日本東京的帝國大學還藏有唐朝初年造的楮皮紙。

唐宋時期，有許多名貴的紙，如四川的蜀紙，蘇東坡說：「成都浣花溪水清滑異常，以漚麻渚作箋紙，潔白可愛。數十里外便不堪造，信水力也。」此外浙江的竹紙、九江的雲藍紙、江西的白藤紙觀音紙、溫州的蠲紙、蘇州的春膏紙、安徽的宣紙等等，也都是聞名全國的上等佳紙。隨著造紙技術的精益求精，不僅紙的質地不斷提高，而且在染色、印花等再加工方面也有許多創新。名貴的紙，有的有十幾種顏色，有的有山林、人物、鳥獸等砑花（即以石碾磨紙，使紙光滑並有暗花紋）。據《文房四譜》說，唐人造的十色箋「逐幅於文版之上砑之，則隱起花木鱗鸞，千狀萬態。」

明朝的造紙業也很發達，除了久負盛名的宣紙外，明末的毛邊紙也很受世人歡迎。所謂毛邊紙，並非是紙的邊緣有毛，而是因爲晚明藏書家毛晋在大規模刊刻古書時，爲了降低書的成本，選用了一種特製的紙印書，並且在紙的邊緣處印有「毛」字爲記，於是人們便稱這種紙爲毛邊紙。毛邊紙是選用嫩竹，經石灰處理後搗爛成漿，再用竹簾抄造而成的。這種紙平滑、均勻，利於托墨吸水，具有宣紙的一些優點，而價錢又較宣紙低廉，因此很受一般初學書畫人的歡迎。毛邊紙主要產於江西、福建等省。直到清末民國時期，這種紙仍有廣泛的市場。

中國人民不僅把紙用於文房，而且還利用紙製做了多種用具。據《新唐書・徐商傳》記載，徐商爲河中節度史時，曾用厚紙製成鎧甲，能抵住勁矢。至於古人以紙製衣的事，更不乏記載了。唐宋時期都有人戴紙帽子。西元一九七三年在新疆出土了一具紙棺，內中盛有屍體。這具紙棺是以細木桿做成骨架，外面再糊上紅紙，很是奇特。古人還用紙做被子、帳子。宋代著名詩人陸游曾經在《謝朱元晦寄紙被》詩中對紙被大加贊揚：「紙被圍身度雪天，白於狐腋軟於綿。」據說古人還製有紙硯、紙酒杯，使用時絲毫不滲不漏，令人喜愛把玩。至於紙扇、紙錢幣等一直是人們生活中的必需之物。

宣紙

宣紙是中國特產的一種書寫繪畫用紙，它具有純白、細密、均勻、柔軟、經久不變色等優點。在書寫繪畫時，它潤濡性能好，又耐搓折。由於有了宣紙，中國的書法繪畫藝術才得以表現出絕妙的藝術神采和風韻。另外由於宣紙具有質地細密、耐老化等特點，使得許多古代書畫珍品賴以保存至今，正如一份調查報告中所說的：歷觀唐宋元明各朝書畫用絹寫者，脆而黑，存者甚少；用宣紙者，歷千百年而不變色，光潤如故，故有「千年紙五百年絹之說」⑤。現今故宮博物院珍藏的唐代著名畫家韓滉的《五牛圖》、《文苑圖》等都是畫在唐代宣紙上的，因此宣紙獨享「紙壽千年」的美名是當之無愧的。

宣紙出產於安徽省涇縣等地。由於它多集中在附近的宣城銷售，逐漸被人們稱爲宣紙。關於宣紙的產生，在涇縣民間流傳著一個故事說，蔡倫有一個徒弟叫孔丹，東漢時他在今天安徽省南部地區以造紙爲生。爲了表達對老師的懷念之情，他很想造出一種上等的白紙爲蔡倫畫像、修譜。有一次，他在山中偶然發現有些檀樹倒在山澗水溪旁，由於年長日久，被水浸泡得腐爛發白了。這給了他很大啓發。於是他用這種樹皮反復試製，終於造出了質地優良的白紙。我們知道製造宣紙的主要原料是青檀樹皮，而青檀樹只有涇縣及其附近的太平、宣城等十數個縣的部分地區才有生長，因此也只有在這一地區才能造出宣紙。青檀樹屬於榆科落葉喬木，它與楮樹、桑樹很相似，所以有人誤認爲宣紙是以楮樹爲原料的。宣紙的優越性能還得利於當地終年長流的山泉，清洌純淨的泉水是保證宣紙質量的重要條件。在製造宣紙過程中，除了對原料、水質有嚴格的要求外，還需要一套精湛的製作技藝。宣紙的製造過程包括浸泡、灰掩、蒸煮、洗淨、漂白、打漿、水撈、加膠、貼烘等十八道工序，一百多項操作要求。一張宣紙要經過一年多的時間才能製造出來。

宣紙在唐朝已負盛名，《新唐書．地理志》中記載，當時宣紙已被定爲宣州每年向朝廷進獻的貢品了。唐朝張彥遠在《歷代名畫記》中說到，當時「好事家宜置宣紙百幅，用法蠟之，以備摹寫」云云。唐代以前，書畫家們多用絹作爲寫畫材料，自唐以後則多用宣紙了。由於宣紙「紙性純熟細膩，水墨落紙，如雨入沙，一直到底，不縱橫浸滲」⑥，使得中國的書法繪畫藝術與它結下了不解之緣。唐代，宣紙就已有生紙、熟紙之分。所謂生紙，又稱生宣，就是用紙簾把紙漿抄出來以後，再經烘乾便直接使用的紙。熟紙又稱熟宣、礬宣，是把生紙再進一步加工而成的紙，如進行塡粉、加蠟、施膠等等，使它沾墨而不暈。在繪畫中，生宣適用於水墨寫意，畫家可以隨意渲染，表現出虛濛縹緲的意境。熟宣則適用於工筆畫，便於細描細寫，可以微入毫髮。

五代時，南唐後主李煜特別設立了專門機構監造宣紙，並且把這些精品宣紙貯藏在澄心堂。

據說這些宣紙「膚如卵膜，堅潔如玉，細薄光潤」⑦，從此澄心堂紙便成爲衆紙之冠了。澄心堂紙藏於深宮之中，一般人很難得到。至北宋時，方才傳於世間。宋朝著名的文學家、詩人歐陽修、梅堯臣、蘇軾等人在得到一些澄心堂紙後，都驚喜萬分，並且賦詩贊美備至。歐陽修曾用這種紙撰寫《新唐書》和《新五代史》。畫家李公麟的《五馬圖》、《醉僧圖》等名畫也都是畫在澄心堂紙上的。詩人梅堯臣在得到歐陽修贈送的澄心堂紙以後，把一些紙轉送給他的好友、製墨能手潘谷。潘谷又依樣精心製出了仿澄心堂紙，質量同樣很高。所以有人認爲，宋代的澄心堂紙「除了少數是南唐的遺物而外，應該說大多數都是宋時的仿製品⑧。」這個估計是有道理的。

據記載，宋代負有盛名的，除了仿澄心堂紙外，還有宣州涇縣的金榜、畫心、潞王、白鹿、卷簾等紙，歙州的碧雲春樹箋、龍鳳印邊三色內紙、印金團花紙及各色金花箋等，池州的池紙，無爲的細白佳紙，休寧的玉版、觀音、京簾、堂札等紙。蘇易簡在《文房四譜》中還提到「黟縣多良紙，亦有凝霜、澄心之號」。南宋陳槱的《負暄野錄》說：「新安玉版，色理極細膩……㮂而後用，既光且堅，用得其法，藏久亦不蒸蠹。」這些不僅反映了當時優質宣紙品種之多，而且說明了造紙技術的高超。

明朝是宣紙生產的鼎盛時期，中國的水墨寫意畫也因而在這時得以迅速發展。明代的文人墨客對宣紙推崇備至，爭相購買，這又促進了涇縣、太平等地製紙手工業的進一步發展。

清朝前期，宣紙的製造仍然十分興旺發達，當時安徽省的涇縣、太平、寧國、歙縣、黟縣、休寧、池州等地都是宣紙的著名產地。在這些地方，有相當多的民戶完全以製造宣紙爲職業。清朝的宣紙分為棉料、皮料、淨料三大類，並且有單宣、夾貢宣、羅紋宣等二十多個品種。經過加工複製後，又有虎皮宣、玉版宣、泥金宣、蟬翼宣等繁多名目。其中涇縣人汪六吉所製宣紙享譽最高，被人們視為珍品，世稱「汪六吉紙」。

到了清朝末年，由於帝國主義的殖民侵略，中國的造紙手工業在洋紙、機器紙的排擠下日益衰落，紙的產量也不斷減少。宣紙因為具有獨特的優越性能，非其他紙張所能代替，才得以苟存。

造紙技術的外傳

中國的紙和造紙技術最先傳到近鄰朝鮮。又於隋朝末年，由朝鮮傳到了日本。朝鮮人民和日本人民又利用本國所產的樹皮、痲料等創製了一些新品種的紙。其中有些質量比較高，又在唐朝時輸入中國。例如朝鮮的高麗紙柔韌潔白，很受中國人的歡迎。還有一種稱為「蠻紙」的，也是朝鮮經常獻給中國皇帝的貢品。

西元二世紀初，當蔡倫改進了紙技術，製出了能用於書寫的紙張的時候，正是中國和西域交通暢達之時，中國的紙張自然會隨著商人、使臣沿著絲綢之路傳往西域諸國，並且繼續向西傳到阿拉伯地區。唐朝玄宗天寶十載（西元七五一年），安西節度使高仙芝曾率領軍隊攻打阿拉伯的大食國。唐朝軍隊最終遭到了失敗，但是造紙技術卻隨被俘的士兵傳到阿拉伯。在中國造紙工匠的指導下，撒馬爾罕建立起第一座造紙廠。隨後，造紙術又傳到報達（今巴格達），傳到達馬司庫斯（今大馬士革），傳到開羅，傳到摩洛哥。這些地方生產的紙，數量很大，主要銷往歐洲，成爲阿拉伯對外貿易的一項重要出口物品。到八世紀初，造紙術就傳到了歐洲。然而直到西元十世紀末，歐洲大陸才開始有用紙的紀錄。西元十三世紀後期，西班牙和義大利才有了自己經營的造紙廠。

在相當長的一段時間裡，歐洲人一直認爲植物纖維（他們稱爲「襤褸紙」）是由德國人或義大利人發明的。後來他們不得不承認，紙是由阿拉伯那裡傳來的，但是說阿拉伯人的紙是用生棉造的，麻紙的產生則仍歸功於歐洲人。現在經過中國的許多文獻記載和考古出土實物的證實，全世界已經一致公認是中國最早發明了造紙技術。

四、硯

硯的產生和演變

硯是與中國的毛筆、墨相配合使用的寫畫工具。《釋名》云：「硯者，研也，可研墨使和濡也。」由於早期的「墨」是天然的石墨或一些礦物顏料，人們在寫畫之前必須把它們放在硯中研細，再兌水使之溶化才能使用，所以最初的硯總是和研石並提。關於古代最早於何時有硯，現在尚無定論。幾年前在陝西臨潼縣姜寨一座古代仰韶文化初期遺址的墓葬中「發現了一塊石硯，上面還蓋著石蓋，掀開石蓋，硯面凹處有一支石質磨棒，硯旁有黑色顏料（氧化錳）數塊以及灰色陶質水杯，共五件，構成了一套完整的彩繪陶器的工具」。（見新華社西元一九八〇年五月二十六日訊）。這說明早在五千年前的原始社會後期就已經有了作爲寫畫工具的研磨器具，它們至少可以看作是硯的前身。

從筆墨的發展以及漢代硯在造型上的完美程度可以斷定，春秋戰國時期已經有了名副其實的硯。西元一九七五年底在湖北雲夢縣睡虎地的秦墓中，出土了石硯和研石各一件，由鵝卵石加工製成。硯面與研石面均有使用痕迹與墨迹，屬戰國晚期之物。這是我們見到的最早的古硯實物。同年在湖北江陵鳳凰山的一座漢墓中，也發掘出石硯和研石。石硯由細砂岩製成，呈圓形；研石是由石英質砂岩製的，呈圓錐形。整個硯面及研石已經磨得平整光滑，並且留有明顯的墨迹。這套石硯和研石的出土說明，自戰國至西漢前期，硯的形制變化不大。西漢中期以後，硯的製作工藝水平有了明顯的提高，出現了雕刻紋飾。例如藏於洛陽博物館的一方西漢石硯，在外側邊緣便刻有鳥獸圖案；收藏在安徽博物館的一方東漢石硯，不僅側緣有淺刻花紋，而且硯蓋上還有鏤空的雙螭紋。這些漢硯都是圓形，且有三足。

什麼質料是製硯的最好原料呢，漢代有用玉石製硯，也有陶硯，例如解放後在安徽巢县曾經出土一件漢代雙足陶硯。《文房四譜》根據傅元《硯賦》云「木貴其能軟，石美其潤堅」，認爲古代還曾經有過木硯。魏晋時期又有人製出了瓷硯、銅硯、銀硯、漆硯、鐵硯等等。

唐代，陶硯比較流行。當時已經開始製出著名的澄泥硯了，這是用一種特殊的泥土燒製成的陶硯。唐朝人也已發現端石、歙石、洮河石是製硯的上好材料，並且開始用這些石料製硯。著名詩人李賀在《青花紫硯歌》中，用洗煉生動的詩句歌頌了採石工匠的勇敢和端硯的優越性能，其中如「端州石工巧如神，踏天磨刀割紫雲」歷來爲人們所傳誦。自唐朝以後，優質石料便成了製硯的主要原料。

唐代以前沒有高腿桌椅，人們都是跪坐在席上，憑借矮几讀書寫字。那時硯是放在矮几下的。爲了適應這種情況，當時硯的造型多是圓形和箕形，並且沒有墨堂與墨池的區分，以便多聚墨汁。還有的硯足在硯的一側把硯撐高，使硯面傾斜，便於擱筆。唐末五代時，出現了高腿桌椅，人們伏案寫字作畫，硯的擺放位置也從几下移到桌上，於是無足的平台硯逐漸多起來。

宋代是雕硯工藝大發展的時期。宋代的雕硯不僅擅長選用優質石料，而且善於利用石上的星眼紋色設計出巧妙的造型。宋代名硯上也多用單線陰紋雕鏤人物花草或文人題贊。有的人物還呈半浮雕式，更富於立體感。自宋代開始，硯的工藝鑒賞價值大爲提高。

在元代石硯中，有一件出土於北京（元大都）的很特別的石硯，人們叫它「石暖硯」。這方硯在一塊石上雕有並列的兩個墨堂，墨堂下面鑿成空膛，膛內可以燃火，把石硯加熱，以解決冬天墨水結冰的問題。這方硯在古硯中別具一格。後來清朝有用金屬或瓷製成底座的暖硯，底座中可以燃燒炭火，用來保持硯的溫度。

明朝，多用端石製硯，端硯在文人墨客中也備受推崇。明硯的雕琢更加精緻細巧。有時採下的端石不及手掌大，工匠們也捨不得丟棄，就隨形巧飾，雕刻出小巧玲瓏、精美別緻的端硯。

清朝由於乾隆皇帝喜愛文房，於是在內廷特別設立作坊，專門徵召技藝卓越的工匠在那裡精心製硯。當時除了京城外，在南方如安徽、廣東、江蘇、浙江等省也逐漸形成多處製硯中心，它們自成流派，風格各異。這些製硯中心都有一批技藝高超的工匠。例如端州藝人黃純甫及羅贊、羅寶兄弟所刻制的端硯都曾享譽文壇；蘇州顧二娘的製硯技藝也蜚聲全國，據說她非端溪老坑佳石不肯動手。故宮博物院至今還珍藏有他們的佳作。與此同時，一些文人也以擅長琢硯而自詡風雅。在這樣一種風氣影響下，有些文人和達官貴人便成了古硯的收藏家和鑒賞家。

中國的硯，既是寫畫文具，也是精美的工藝品。一方硯石，從開採到雕琢成硯，不僅體現出卓絕的藝術匠心和功力，也凝聚著工匠們的辛苦和血汗。蘇軾曾在「硯銘」中感慨地說：「千夫挽綀，百夫運斤，篝火下縋，以出斯珍。」

端硯

端硯出於廣東肇慶市。隋唐時期這裡屬端州，當時就已有人在這裡採石製硯了，人們稱爲端硯。這裡有一座斧柯山，山下有端溪水透迤流過。人們認爲，斧柯山的端石質地最好，適宜製出上品端硯來。

端石屬於水成岩中的輝綠凝灰岩。所謂水成岩，就是火成岩碎屑、火山噴出物、生物遺骸等經過一系列物理的、化學的作用，在水中長年沈積固結而成爲的岩體。端石在地質年代上屬於泥盆紀，距今有六億年，端硯以紫色爲佳，若是紫中透出紅潤，或者夾有青氣，都被視爲珍品。所以古人以爲如豬肝色者最佳。自古以來人們推崇端硯是因爲它具備發墨快、不損害筆毫，硯中墨汁不易乾燥、凍結等多種優點。又由於硯石中含有硫、磷成分，可使墨色油潤生輝，並且蟲蟻不蛀墨迹。

唐代開採端石的地方叫龍岩，宋代開採的地方分爲上岩、中岩、下岩，其中以下岩距離端溪最近，石質最好。明朝萬曆時開採的水岩，幾百年來一直受人重視。

端石有「石眼」，這是石的紋理顯現出來的，也有人認爲是蟲體的化石，它們像動物的眼睛一樣，有的還有「瞳孔」，或者四周暈成青、綠、黃三色，映襯在深紫色的硯石上，晶瑩可愛。「眼」是端石特有的。人們根據眼的顏色、形象給它們起了許多名稱，如鴝鵒眼、貓兒眼、丹鳳眼、綠豆眼等等，有眼的端硯愈加貴重。現今存世的有一方「端石百一硯」，是北宋時雕造的。這方端硯的奇特之處在於底部鏤雕有一百零一個長短參差不齊的小石柱，每個柱端都有一個淡黃色的石眼。此硯被歷朝收藏家視爲至寶。

有的端石上還有各種形狀的「青花」。這種青花在一般情況下看不出來，只有把硯放入水中，才能夠辨認出來。

此外，在端硯中還有蕉葉白、胭脂暈、魚腦凍、冰紋等許多名色。還有一種綠色端石製成的硯，據說最適宜研磨朱色墨。有記載說，元朝書法家趙孟頫就喜歡用這種綠端石硯。

歙硯

古代記載歙硯的製作和使用，最早也見於唐朝。唐代歙州所轄歙縣、祁門、休寧、婺源等縣出產的歙石都可以製硯，其中以龍尾山的石質最佳，故又稱歙硯為龍尾硯。

歙石屬於水成岩的粘板岩，含有碳質、粘土、雲母、石英、硫化銀、硫化銅、鐵等，屬地質年代的震旦紀，距今有十億年以上。歙石一般色澤黝黑，略顯青碧，石質堅潤。用歙石製成的硯，研磨出的墨汁細膩、有光澤並且不易乾涸。優質的歙石有幾十種，如粗細羅紋、刷絲羅紋、金星、金暈、眉子等，其中以古犀紋、對眉子紋最為珍貴和罕見。歙硯中最常見的是金星、金暈，它們是硫化鐵的點滴物，大的似豆，小的如魚子大。這些金星硬度大，既容易銼墨，又損傷筆毫，本來不適宜製硯，但是由於它們閃耀光澤，可以美化硯石，因此古人對金星歙硯仍然給予很高的贊譽。高明的硯工善於利用金星、金暈巧作裝飾，以提高硯的價值。上品的金星歙硯應該是，金星分布在硯背、硯面的四周，硯堂擱筆處則避開它們。金星、金暈是區別歙硯與其他石硯的重要標誌。

歙硯在唐代就已經受到文人學士們的賞識。五代時，南唐在歙州設置了硯務官，專門為皇室搜求美石製硯。宋代歙硯的名色更為繁複多彩。宋人唐積的《歙州硯譜》較完備地輯錄了宋代歙硯的硯式。宋朝的許多文人學士如歐陽修、蘇軾、蔡襄、黃庭堅等人也都有詩文贊美歙硯。清人徐毅在《歙硯輯考》中收有黃庭堅的《硯山行》詩：「鑿礪磨形如日生，刻骨鏤金尋石髓。選湛去雜用精奇，往往百中三四耳。」

由於官吏只顧取石，逼迫工匠們長年挖掘，而不採取措施保護洞穴，以至到了元代，著名的坑洞相繼崩塌。從此歙石停止開採長達五百年，直到清朝乾隆時才又徵調工匠重新開坑取石。這時所製的歙硯大多作爲貢品獻給了皇帝。

總的說來，歙石大規模開採的次數少、時間短，因此傳世的歙硯也比端硯數量少。從形體上看，歙硯的雕琢造型以雍容大方爲自己特有的風格。古代歙硯多是方正大硯，鐫刻古樸，硯的側邊常常刻有蟈紋、雲雷紋、幾何紋等。近年在江蘇崑山發現了一塊清代巨大歙石硯。該硯大如桌面，呈正方形，邊長七十七釐米、厚六·五釐米，通體黑色，石質純細，重達一百多公斤。硯的背面刻有清朝大書畫家鄭板橋「難得糊塗」的題辭和跋一篇，字體剛勁。如此巨大的石硯，實屬罕見。

澄泥硯及其他名硯

澄泥硯源於陶硯、瓦硯。魏晋以後，有人喜歡用秦漢磚瓦改製成硯。這樣的硯大多質地鬆脆、容易滲水，並不利於使用，它們多是一些文人墨客追求古雅、好古成風的產物。不過東漢末年建造銅雀臺所用的磚瓦，由於製法不同一般，其質地十分緊密，卻是製硯的上好材料。據說在製作銅雀臺的磚瓦時，需先將泥土澄濾，然後再加入胡桃油拌和，這樣製出的磚瓦就堅實無比了。《文房四譜》記載了後人多有在銅雀臺遺址發掘古磚瓦，用來雕琢成硯的事。據說這種硯可以貯水數日而不乾。後來的澄泥硯就是硯工們在此基礎上，不斷總結經驗，改進澄濾、烘燒等技術而製造出來的。據記載，製造澄泥硯有兩種取泥辦法：一種是用雙層細絹縫袋放在河裡，經過一年時間，袋內充滿了極細的沈泥，可以用來製硯；另一種辦法是，把泥土放入絹袋中，然後在水盆內擺動，於是細泥逐漸滲出袋外、沈於盆底，去水遂得泥。取泥後再加入鉛丹（由黑鉛、火硝、硫黃、食鹽、白礬等鍛煉而成），琢成硯形，經過曬、燒、蒸等十幾道工序才能最後製成。這種澄泥硯以其「含津益墨」，即發墨快、不易乾燥而躋身於名硯之列。在唐代還沒有「澄泥硯」這一名稱，人們仍稱之爲陶硯。唐朝文學家韓愈在《瘞硯文》中就曾描述這種硯「土乎成質，陶乎成器」。由於銅雀臺建在古代的鄴城（今河北臨漳縣西南）附近，因此這一帶也就成了澄泥硯最初的產地。《硯史》中記載了人們利用銅雀臺遺址的泥土澄濾製硯的情況，文中說這種硯「著墨不費筆，但微滲」。唐朝時以虢州（今河南靈寶縣南）製造的澄泥硯最出色。

宋代製作澄泥硯的地區日益擴大。當時不僅虢州、相州（今河北成安等縣及河南湯陽等地的西南）等處仍然保持著自古以來製作澄泥硯的傳統，就是今山西絳縣、山東柘溝鎮及河北滹沱河沿岸地區，當時也都是製作澄泥硯的中心。傳說澤州（今山西東南部）有一呂道人，一向以擅長製澄泥硯而聞名。他製出的硯堅硬如石，同時硯質滑潤宜墨，研出的墨汁光溢如漆。

明朝以後，製作澄泥硯的技巧更趨於精細。由於泥的色澤有多種不同，製成的硯也分硃紫、黃綠等各種名目，眞是五光十色，相互爭輝。明朝對澄泥硯的雕琢也極爲講究，硯上常常有名家的銘刻題識，更提高了澄泥硯的藝術欣賞價值。

除了端硯、歙硯、澄泥硯外，還有許多著名的石硯。如菊花石硯，曾於西元一九一五年巴拿馬國際博覽會上獲獎。菊花石硯產於湖南瀏陽縣一帶的大河中。所謂菊花石實際上是一種古代軟體動物的化石。石有深灰、蟹青、蟹黃等顏色，上面有白色菊花紋。用這種石製硯，質地堅滑，不易發墨，本不屬上乘，但是由於工匠們巧奪天工，因材施藝，只略加琢磨便使硯式自然隨形，再配以美麗的菊花圖紋，自然博得人們的喜愛。還有金星硯，其優良質地可與端歙媲美，同樣被歷代文人視為珍品。金星硯產於江西星子縣駝嶙山。當地採石十分艱難，要在幾百米深的青石岩中掘尋含有粒粒大金星的石塊。這種金星石剛而不脆，溫潤瑩潔，易發墨而不傷筆，對它呵氣即可輕凝霧珠。它還具有耐寒、耐溫、保潮等優點。宋朝一些書法家如蔡襄、米芾、朱熹等人也都有詩盛贊金星硯，把它同價值連城的和氏璧相比；宋徽宗曾譽它為「硯中之魁」。

漆硯的製作也有十分久遠的歷史了。前文提到西晉時已有漆硯。漆硯主要是由生漆調合金剛沙製成的，使用時容易發墨而不損傷筆毫。漆硯的最大特點是重量輕，便於攜帶，因此也很受文人們的喜愛。晚淸時期，揚州的著名漆工盧蔡生是製造漆硯的名手。他製作的漆硯力求造型新穎脫俗，並且喜歡在硯匣上鑲嵌各種花紋裝飾。除以上介紹的諸硯之外，還有出於甘肅臨潭縣洮河內的洮河石硯、出於黑龍江省混同江內的松花江石硯等，也都是中國的名硯。中國的名硯不僅是利於寫畫的文具，也是精美的工藝品。宋朝人曾把端硯、歙硯、洮河硯以及產於青州（今山東地區）的紅絲石硯列為四大名硯。後來由於紅絲石停採，於是澄泥硯便補為四大名硯之一了。

注釋

①尹潤生《中國墨創始年代的商榷》，見《文物》一九八三年四期。
②《歙縣志》卷十。
③見《初學記》卷二十一。
④指晉代書法家王羲之、王獻之。
⑤安徽地方銀行《宣紙業調查報告》一九三六年。
⑥松年《頤園論畫》。
⑦民國《歙縣志》卷十六。
⑧穆孝天等：《中國安徽文房四寶》。

何物「同心結」

/陳 駒

在古代作品中，被用作象徵誠摯愛情的物品，爲數不少。除了相思子（紅豆）、連理枝、並蒂蓮、合歡樹、比翼鳥、雙鴛鴦、比目魚等等自然之物外，還有玉連環、連理杯、同心結等等人工之物。無非是取相思情深、成雙配對、彼此連合、永不離分之意。而在人工之物中，最常被提及的是「同心結」，尤以唐宋作品中爲多見。

何爲「同心結」？它是雙線結式的一種，也是我國傳統結飾的一種，由兩股彩繩綰成連環回文的形式（圖一）再抽緊而成。這種結飾後來又發展爲「同心方勝」。「勝」，本指首飾。把折疊成扁平條狀的兩根錦帶或彩紙條，按同心結的結法（圖二）編成長方形，用作飾物，即爲「同心方勝」。元代王

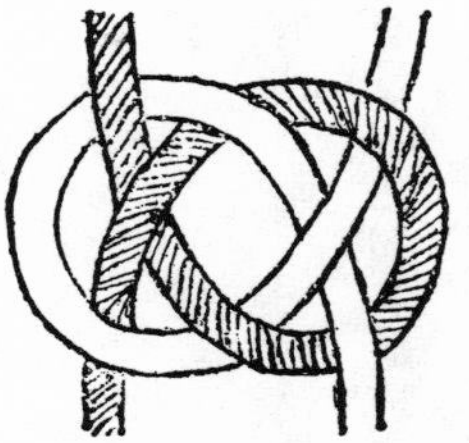

〔圖一〕

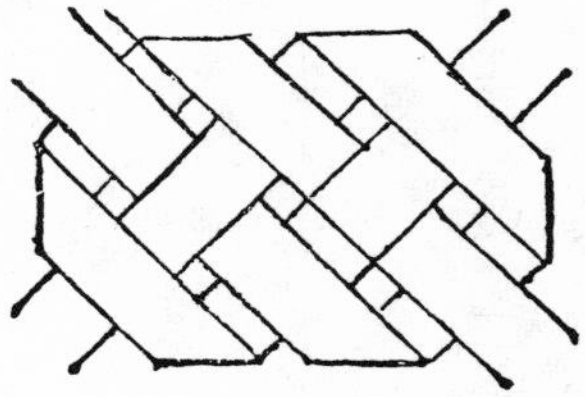

〔圖二〕

實甫《西廂記》第三本第一折裡說的「不移時，把花箋錦字，疊做個同心方勝兒」，指的就是把信箋疊編成這個樣子。

男女愛情的最高境界是心心相印，「同心結」正是因其形態是兩股彩繩交相盤繞於「結」的中心，而被賦予了男女「永結同心」的念意，從而成了象徵「恩深情長」之物。這種觀念及這種「結」，在南北朝時即已見諸記載。傳爲南齊錢塘名妓蘇小小所作的《西陵歌》，就曾經這樣寫道：「我乘油壁車，郎乘青驄馬；何處結同心？西陵松柏下。」《玉臺新詠》所收南朝梁武帝的《有所思》詩，也說到「腰間雙綺帶，夢爲同心結」。到了隋唐宋幾代，同心結更是盛行一時。隋煬帝賜夫人金盒子，盒中裝的就是數枚同心結。唐宋詩詞中提到同心結的很多；唐代教坊樂曲中，甚至有以它來命名者。

由於這種「結」被人們賦予了「永結同心」的寓意，因而它成了婚儀上不可缺少之物。整個婚儀過程有三次要用到它。

其一是「牽巾」。據北宋時孟元老《東京夢華錄》載，當新娘被迎至男家後，「二家各出彩緞綰一同心」，男女各執一頭，相牽而行，拜謁祖先，然後夫妻交拜。南宋吳自牧的《夢粱錄》也提到：「禮官請兩新人出房詣中堂參堂，男執槐簡，掛紅綠彩，綰雙同心結，倒行；女掛於手，面相向而行，謂之『牽巾』。並立堂前，遂請男家雙全女親以秤或用機杼挑蓋頭，方露花容。參拜堂，次，諸家神及家廟，行參諸親之禮。畢，女復倒行，執同心結，牽新郎回房，講交拜禮，再坐牀。」兩書都說到：「牽巾」要用同心結。

其次，婚儀的另一程序「合髻」也用到同心結。《夢粱錄》記載道：男左女右結髮，名曰『合髻』。又男以手摘女之花，女以手解郎綠拋紐，次擲花髻於牀下，然後請掩帳。」這「結髮」並非把新郎新娘的頭髮隨便拴在一起，而是兩人各剪下一縷頭髮結成同心結式樣的「髻」。唐代大曆年間的女詩人晁采（小字試鶯），寫有《子夜歌十八首》，第一首說：「依既剪雲鬟，郎亦分絲髮，覓向無人處，綰作同心結。」這寫的是她在少女時代與鄰生文茂私下暗締婚姻的情形。當時的婚儀，還在喝交杯酒時用到同心結。

《東京夢華錄》說，「合髻」之後，「用兩盞以彩結連之，互飲一盞，謂之『交杯酒』。飲訖，擲盞並花冠子於牀下，盞一仰一合，俗云大吉。」所謂「彩結」，就是同心結。這在《夢粱錄》中說得更明確些：「禮官以金銀盤盛金銀錢、彩錢、雜果撒帳，次，命妓女（按，宋時有雇用妓女作婚儀辦事人員的習慣）執雙杯，以紅綠同心結綰盞底行交巹禮。畢，以盞一仰一覆安於牀下，取大吉利意。」兩書記載，程序先後不同，具體內容基本一致。宋代一些民間歌詞對此也有描繪，如《鷓鴣天》：「傾合巹，醉淋漓，同心結了倍相宜」；又《少年游》：「合巹杯深，少年相睹歡情切，羅帶盤金縷，好把同心結。」

由於人們嚮往夫妻能夠「永結同心」、「白頭偕老」，故同心結成了愛情生活的象徵。這在唐宋詩詞中是不勝枚舉的。李白的《搗衣篇》，寫一個少婦哀嘆自己獨守空閨思念遠戍的丈夫，詩中在描繪她房中的陳設時就提到：「横垂寶幄同心結，半拂瓊筵蘇合香；瓊筵寶幄連枝錦，燈燭熒熒照孤寢。」這同心結，既是主人公房中的擺設，也是她與丈夫恩愛情深的證物。至於由它而引起對當初定情或對以往幽會情景的回憶，或通過它表現對情人的思念和期待的例子就更多了。如溫庭筠的《更漏子》之四：「垂翠幕，結同心，待郎熏繡衾。」爲表示愛情的堅貞不渝，同心結又往往被用作飾物。有的是用作束髮的帶飾，如李商隱的《李夫人三首》之一：「一帶不結心，兩股方安髻」；有的是用作身上的佩飾，如馮延巳的《虞美人》：「不知今夜月眉彎，誰佩同心雙結倚欄干？」更多的是作爲各種腰帶的結飾。如韋莊的《淸平樂》，寫女主人公長期望郎不至、獨守香閨的惆悵怨恨心情：「羅帶悔結同心，獨憑朱欄思深」；宋末賈瓊之妻韓希孟，家居巴陵（今湖南岳陽），元兵南下時她被俘，義不受辱，寫詩於衣帛上和練裙帶中投江而死。詩中有句云：「初結合歡帶，誓比日月炳；鴛鴦會雙飛，比目原常並……。」從這幾例中的有關詩句可以看到，腰帶繫結打成同心結式樣，在當時並非罕見的現象。也正因爲同心結在人們心目中有著如此重大的意義，因而它也被用作織錦圖案。溫庭筠《織錦詞》曾描繪說：「鴛鴦艷錦初成匹，錦中百結皆同心」，可見人們對同心結的推崇。而當愛情婚姻一旦發生變故或者情人不幸早死，當事人就不免對同心結格外難忘。李白的《去婦辭》（一說爲顧況詩），寫一個棄婦的悲憤心情，詩中就提到：「君恩旣斷絕，相見何年月，悔傾連理杯，虛作同心結」，她悔恨自己曾與對方飲過交杯酒、結過同心結。王建的《贈離曲》，也有類似描寫。

編結同心結，一般是採用彩色錦緞，但也有用其他材料的。劉禹錫的《楊柳枝詞九首》之七，寫隋亡之後煬帝行宮變得蕭條冷落的情景：「御陌靑門拂地垂，千條金縷萬條絲，如今綰作同心結，將贈行人知不知？」又宋代鄭文妻孫氏（一作李嬰）寄給她丈夫的《憶秦娥》詞，上闋爲：

「花深深，一鉤羅襪行花陰，閑將柳帶，試結同心。」這兩例都是用柳條來結。唐代女詩人薛濤有《春望詞》四首，抒寫等待意中人而不見來所產生的惆悵心情。第二首爲：「攬草結同心，將以遺知音；春愁正斷絕，春鳥復哀吟」。這是用草來結。五代的牛嶠寫有兩首思婦懷念征人的《菩薩蠻》，其中第二首的下半闕爲：「窗寒天欲曙，猶結同心苣，啼粉涴羅衣，問郎何日歸？」「苣」，是用葦桿紮成的火炬。詞中主人公在長夜裡思念丈夫，連所燃點的火把也要紮成同心結式樣，其情深之極致，可見一斑。

元代以後，同心結也仍在作品中時有提及。《詞綜》載沈景高的《沁園春》詞，有「時綰就同心羞自看」；李萊老《生查子》詞，有「羅帶綰同心，誰信愁千結？」……但在元明清各代，它都已遠不如唐宗時期那樣被廣泛應用，這也許同婚儀的變化有關。不過，在民間，同心結仍被用作裝飾。把它作爲愛情信物贈品的也仍有，如明代鄺露的《赤雅》、清代檀萃的《說蠻》等書，在記述壯族歌圩活動時，就說到歌圩上女子送給情人的禮品中有「五絲刺同心結、百紐鴛鴦囊」等。可見同心結之流風，在某些兄弟民族的風俗中並未泯滅。

先秦時期的獸角象徵

／李炳海

有角的反芻動物給人威武之感，它那堅硬、剛挺的角就是主要的武器，是其戰鬥力之所在，游牧部族對此有著深刻的印象。漸漸地，獸角在人們心目中就成了勇敢、力量的象徵，在我國先秦時期的禮儀、民俗、藝術等各個領域，都不乏有它的形象。

周代少年兒童的髮式是獸角形的，《詩經》中所說的：「總角」指的就是這種髮式。《衛風·氓》中寫道：「總角之宴，言笑晏晏。」這是棄婦對少年時代青梅竹馬生活的回憶，大意是，你（指負心漢）我頭上紮著犄角髮式的少年時代，說說笑笑，兩小無猜。把頭髮梳理成獸角的形狀，當是上古人民崇尚勇武精神的表現，它的起源很早。到了周代，則成了少年兒童的特有髮型，成年人則是把頭髮全部梳到頭頂上，加笄固定，男子還要加冠。因此在《齊風·甫田》中通過展現髮型和冠式，形象地描繪了一男子由少年成長青年的變化。「婉而孌兮，總角丱兮」，是加冠前的少年形象，頭髮束成犄角形，極其天眞可愛。「未幾見兮，突而弁兮」，則是說相別時間不長，再次見面，少年郎已經行過冠禮，變爲成年人了。

據《禮記·內則》記載，「男角女羈，否則男左女右」。「總角」儀式是在嬰兒出生三個月之後舉行的。「三月之末，擇日剪髮爲鬌。」即先剪髮，剪後所餘之髮結束起來，稱爲鬌。結束的髮型有兩種，又各有男女的不同，一種是「男角女羈」，一種是「男左女右」。「男左女右」容易理解，即只紮一個犄角，男孩在頭左側，女邊在右側。什麼是「男角女羈」呢？鄭玄注：「夾囟曰角，午達曰羈也。」囟，就是頭囟。在剪髮時把頭囟兩側的頭髮留下，結束成兩個犄角，這是男孩的髮型。午是縱橫交錯的意思，午達，就是一縱一橫，相交貫達。女孩剪後所餘之髮呈縱橫交錯形，與頭囟十字形縫相重合，以此「總角」。顯然，女孩只在頭頂紮一個犄角，這與男孩頭囟兩側各紮一隻角的髮型是不同的。「男角女羈」的髮式兼有保護頭囟的作用，男孩聚髮而成的雙角靠在頭囟兩側，是作爲頭囟的護衞者看待的。而有些物品成十字交叉形，在古人觀念中又具有鎭邪作用。《周禮·秋官·壺涿氏》載，在驅除水蟲時，就是把枯榆木和象牙交叉爲十字形，沈入水中。女孩十字交叉形的「總角」之髮，人們自然認爲也能充當頭囟的衞士。

象徵勇敢、力量的獸角，也成爲人們冠冕的樣式。漢代執法者戴的帽子叫法冠，又稱柱後、惠文，或稱爲柱後惠文。這種帽子的形狀像獬豸角，所以又稱爲獬豸冠。獬豸是傳說中的神羊，一隻角，「能別曲直，楚王嘗獲之，故以爲冠」（《續漢志·輿服志下》）。獬豸冠起源於楚國，從先秦一直沿用到漢代。這種獨角形的法官職業帽的具體製法是，「高五寸，以纚爲展筩，鐵柱卷」（《續漢志·輿服志下》），把帛或方目紗纏在鐵柱卷上，做成帽筒。人們將法冠製成獨角形，這是希望法官也能像獨角神羊那樣剛直、公正。

卜筮是古代巫術的重要方式，人們以此決疑解惑，推斷吉凶。巫術語言多是象徵性的，它既要把事情的結局告訴人們，又不能說得很確定。巫術爲了使人信服，增强語言的感染力，它所運用的事物都是具體的、爲人們所熟知的。而獸角作爲勇敢、力量的象徵物也被運用於《周易》中，用它表示陽剛。「羝羊觸藩，羸其角」（《大壯·九三》），羝羊是公羊，公羊任壯，頂觸籬笆，結果角被撞傷。這段爻辭意在說明陽剛過盛必然遇挫，但卻是以公羊撞傷角暗示的，抽象的觀念具體化、形象化了。獸角作爲象徵物還出現在《晋·上九》爻辭中，「晋其角，維用伐邑。」《晋》卦講的是進取、進攻，「晋者，進也」（《序卦》），這是它的宗旨。獸角的重要作用是觸犯、頂撞外物，因此，這裡用「晋其角」象徵攻城掠地。當獸角不是作爲主體，而是作爲客體出現的時候，它在《周易》中所表示的意義依然不變。「姤其角」（《姤·上九》），也就是柔遇剛。總之，儘管獸角作爲象徵物在《周易》中多次出現，但它的象徵意義卻是相同的，都象徵陽剛。

獸角作爲勇敢、力量的象徵物，還形象地反映在古代藝術中。

獸角是神話裡怪獸形象的重要組成部分。在古代社會，野獸是人們可怕的對頭，是威脅人生命安全的異己力量。正因爲如此，人們在神話中就選擇各種野獸對人危害最嚴重的器官融合成更加凶猛的怪獸。獸角也像虎爪一樣，成爲人們在觀念中構想怪獸的重要材料。那些帶角的怪獸，多具有令人畏懼的性質。「蛊雕，其狀如雕而有角，其音如嬰兒之音，是食人」（《山海經·南山經》）；土螻，「其狀如羊而四角，……是食人」（《山海經·西山經》）。神話中的這些怪獸之所以凶惡，重要的一點，就是它們頭上有角。

帶角的怪獸是人類的對頭，古人在對這些怪獸懷有畏懼之情的同時，又用它們來爲自己壯膽。「有獸焉，其狀如羊，九尾四耳，其目在背，其名曰猼訑，佩之不畏」（《山海經・南山經》）駮「一角，虎牙爪」，「是食虎豹，可以禦兵」（《山海經・西山經》）。神話中的這些怪獸都具有抗禦强暴的功能，並且能夠爲人所利用。顯然，這是用想像和借助想像以征服自然力、支配自然力。

古人把獸角安放在想像中的怪獸頭上，也把它安放在神話傳說中的英雄人物頭上，蚩尤就是這樣一位帶角的英雄。蚩尤是古代的戰神，他「耳鬢如劍戟，頭有角，與軒轅鬥，以角抵人，人不能向」（《述異記》）卷上。後來的角抵戲，就是摹仿蚩尤的形象而產生的。「今冀州有東，名『蚩尤戲』，其民兩兩三三，頭戴牛角而相抵。漢造角抵戲，蓋其遺制也」（《述異記・卷上》），角抵戲起源於民間，戰國時期就已經成爲一種普遍的藝術形式，秦代和漢代又被朝廷列爲官戲。

我國先秦時期的獸角象徵，是人類歷史發展一定階段的產物，這種以獸角爲象徵物的現象在古代其他民族中也存在過。易洛魁部落世襲酋長的就職、罷免和死亡，就分別有象徵性的「戴角」和「摘角」儀式。「當世襲酋長舉行就職儀式時，在他的頭上『戴上角』以作酋長的象徵，在被罷免退位時則將角摘下」（摩爾根：《古代社會》中譯本第七十七頁）。在這裡，獸角象徵權力和地位，也是取它强壯、有力的特點。當然，獸角在古代的象徵意義是多種多樣的，但上面所列舉的象徵意義則是基本的，各民族大體一致的。至於這種象徵意義以何種方式表現出來，卻又不盡相同，這又使得古代各民族的文化有著明顯的差異。

先秦時期是如何記時的

／宋鎮豪

先秦時期指西元前二二一年秦統一中國以前的歷史時期。在這一時期我們的祖先是如何畫分一天內的時間呢？那時的記時制性質又如何呢？下面試作簡單的考察。

先秦時期的記時制度主要有三種，即：刻漏制、分段記時制和十二辰制。

一、刻漏制

刻漏制是利用容器漏壺的水漏量來計算時間的制度。後漢許慎《說文解字》說：「漏，以銅受水刻節，晝夜百節」，因此刻漏制又通常稱作百刻記時制。

刻漏制的起源不太清楚，但可以肯定地說，它產生於西漢以前。我國最早的文獻記載是《周禮．夏官．司馬》的「挈壺氏，掌挈壺，……分以日夜」，據說挈壺氏是世代掌管刻漏的記時職官。目前所見最早的漏壺實物均屬西漢，共三件，分別在陝西興平、河北滿城，內蒙古伊克昭盟發現。這三件銅漏壺形制和運用原理大體相同，只用一把挈壺，出水口在壺底側，壺蓋上開小孔，標尺由此插入，壺中水外漏，標尺便逐漸下降，從而讀得尺上的時間刻度。這種洩水沈尺的型式雖與後世的多極漏壺或水平壺不同，但顯然是經過相當發展階段之後的產物。《史記・司馬穰苴列傳》上曾記載司馬穰苴在軍中「立表下漏」以待莊賈，日言而賈不至，則仆表決漏，處賈死刑的事件。由此可見，刻漏記時在先秦時期已經存在，春秋時，使用亦較爲普遍了。

刻漏記時是將一晝夜均分爲一百個等分，有人指出，這種百刻制在中冬（夏）的晝夜比是四○比六○，即冬至白天爲四十刻，夜間六十刻；夏至白天爲六十刻，夜間四十刻；這個晝夜比的適用緯度在434.6°～40.5°之間，殷商的都城和活動區域在這一範圍之內，故百刻記時制產生的時代應爲殷商的中後期（閻林山、全和鈞《論我國固有的百刻記時制》，刊《科技史文集・天文學史專輯》第二輯）。不過從商代晚期的甲骨文中還未發現當時使用刻漏記時制的證據，等間距的計量記時在商代是否已經產生尚是個疑問，這方面還有待於進一步探討。

二、分段記時制

分段記時制是我國最古老、沿用歷史亦最悠久的記時制度，它通過一批代表一天之內不同時間的時稱進行記時。分段記時制是建立在對於日月運行的觀察以及人類生活習俗和生產活動規律的基礎上的晝分時段的記時制度。早在大汶口文化時期的陶文中已有旦、炅等字，似乎與記時相關。我們曾經對甲骨文中所反映的殷商記時制作過全面考察，指出當時採用的是不等間距的不均勻分段記時制度。甲骨文中的時稱，按其性質可分兩大類，第一類與日月運行相關，如旦、朝、晝、昃、昏、莫等，顯然出於對太陽周日視運動的觀察，根據太陽在一天之中移動的位置及其在地面上的不同投影變化進行記時。還有一些與月相關的時稱均以半虧的月爲字形，這是因爲古人已注意到月亮的顯著特徵不在其位置而在其盈虧，又以虧月爲常，它與「日出東方，而入於西極，萬物莫不比方」（《莊子．田子方》），同樣體現出古人對於自然現象的辨識。第二大類的時稱大多是殷人生活習俗和生產活動中的用語，如大食、小食反映了殷人一日兩餐的生活方式，住、寤、郭是殷人住息或築室而居的用語，大采、小采、夙則來之於殷人的祭祀活動；殷王祖庚祖甲時的時稱「農」，揭示了殷代農業生產的狀況。這類用語被用作時稱，在於它們實際包涵的內容具有約定俗成的廣泛社會基礎。

殷商時代的分段記時制度，在殷王武丁時將一天分爲十二時段，白天九段，夜間三段；至廩辛、康丁、武乙、文丁時，將一天分爲十六時段，白天十段，夜間六段（見文末附表）。應該指出的是，殷人記時雖然使用的是不均勻分段法，段與段之間的時間間隔不等距，但是日中的時段卻是憑藉原始天文儀器圭表測度日影爲準則，是比較恆定的時間標誌。

西周時代大概承用殷人的記時制，西周典籍和金文中出現的時稱與甲骨文大致相同。

東周與秦代記時，因循舊典，另有釐革。或據《左傳．昭公五年》所說：「日之數十，故有十時，亦當十位，自王已下，其二爲公，其三爲卿」，以爲春秋時代記時採用十分法。但「十時」

與「十位」對文，是取整數寓意人事，不是實用記時制。我們對《春秋左氏傳》一書中的時稱作過統計，有十七個，除了同時異名者外，還缺少了好幾個時段的時稱，表明當時不可能採用十分法記時。秦代的記時制是比較清楚的，是將一天分爲十六時段，雲夢睡虎地秦簡《日書》甲種第八二八至八三六簡反面的下段記有下面一段文字：

正月日七夕九。二月日八夕八。三月日九夕七。四月日十夕六。五月日十一夕五。六月日十夕六。七月日九夕七。八月日八夕八。九月日七夕九。十月日六夕十。十一月日五夕十一。十二月日六夕十。

《日書》甲種的《歲》篇第七九三至七九六簡也記有同樣的文字。這是調整每月晝夜長短的表，晝（日）夜（夕）的總和是十六時段。由於日地運動的關係，晝夜的長短不一樣，自冬至到夏至，晝漸長，夜漸短；自夏至到冬至，晝漸短、夜漸長；這份表正著意在使十六時制與晝夜交替的實際天象相符合。這批秦簡西元一九七五年十二月出土於湖北雲夢縣睡虎地秦墓，墓主「喜」卒於始皇帝三十年（西元前二一七年），即秦統一中國後的第五年，這批秦簡中記載的十六時制應是戰國晚期至秦王朝時期的制度。

秦代的十六時制與殷周的十六段記時制相比較，前者的進步性是顯而易見的，它表現在記時較精確，時段間距均勻，有調整晝夜比的一定制度，使用地域範圍廣，這些是與戰國以來天文學的發展分不開的。如果說殷商晚期是十六時段記時制的形成期，那麼秦代以至漢代就是十六時制的鼎盛期。

我們曾從雲夢秦簡並結合西漢初馬王堆帛書隸書本《陰陽五行》以及《史記》中的有關材料，對秦代十六時制的時稱作了推定，它們大致是：雞鳴——平旦——日出——食時——莫食——東中——日中——西中——日昳——餔時——下市——舂日——日入——黃昏——人定——夜半。

三、十二辰制

最後來看十二辰制，它是以子丑寅卯辰巳午未申酉戌亥十二個地支計算時辰的制度。一般認爲，十二辰制起於戰國之際。出於當時天文學的認識，將天球沿赤道畫分爲十二個天區，也即十二星次；同時又將天穹以北極爲中心畫爲十二個方位，分別以十二辰來表示時段（參見陳久金《中國古代時制研究及其換算》，刊《自然科學史研究》二——二，一九八三年）。雲夢秦簡《日書》乙種第一〇五一簡記有目前所能見到的十二辰記時的最早最詳的原始材料：

〔雞鳴丑，平旦〕寅，日出卯，食時辰，莫食巳，日中午，椇（可能是「日失」的誤書）未，下市申，舂日酉，牛羊入戌，黃昏亥，人定〔子〕。

這是一份十二辰記時制與時稱的對照表。學術界主張是爲少數曆法家所使用。這份表有錯排處，亥時爲下午九至十一時，無論如何不可能是黃昏；牛羊入一名似俚俗語，與時稱日入相當，排爲戌時（即下午七至九時）也不妥。唐代《敦煌曲・白侍郎作十二時行考文》有同類內容的文字，說：

> 雞鳴丑，平旦寅，日出卯，食時辰，隅中巳，正南午，日昃未，晡時申，日入酉、黄昏戌，人定亥，夜半子。

兩相比較，秦簡一表應屬草創或形成階段的東西，它的表中似乎多排入了春日一名，缺了夜半的時段，要是改成「牛羊入（日入）酉，黃昏戌，人定亥，夜半子」就合適了。從秦簡一表來看，十二辰記時的起源可能在戰國中晚期，最早產生於民間曆法家之中，在秦代尚未成爲實用之制。

綜觀先秦時期的記時制度，雖然先後出現分段記時制、刻漏制和十二辰制，但是要數分段記時制最爲重要，占有主導的地位。分段記時制在殷商晚期已形成十六段的基本格局，至戰國秦代仍循舊制，沿用不衰，但內容和形式上卻是大大更新和發展了。至於刻漏制將晝夜分爲一百等分，可以視爲在分段記時系統之外的另一記時系統。而後出的十二辰制與十六時段的分段記時制多少是有其內在的聯繫的。現將這兩種記時制的一覽表附於文末。

歷代記時制	白					天						夜			間
殷代武丁時十二段記時	夙 旦	明 大采	蘇	食日（大食）		日中		昃	小食	小采	會 [illegible]		[illegible]	夕	
殷代廩辛～文武丁時十六段記時	夙 旦	朝 大采	食日（大食）			日中 晝督		昃 郭兮（郭）	小食	萌 小采	莫 會 [illegible]	昏	[illegible]	住	夕	寤
秦代十六時段	平旦	日出	食時	莫食	東中	日中	西中	日昳	鋪時	下市	舂日	日入	黃昏	人定	夜半	雞鳴

歷代記時制												
秦代十二辰時稱時照	平旦	日出	食時	莫食	日中	椇	下市	舂日	牛羊入	黃昏	人定	雞鳴
秦代十二時辰	寅	卯	辰	巳	午	未	申	酉	戌	亥	子	丑
現代二十四時	3–5	5–7	7–9	9–11	11–13	13–15	15–17	17–19	19–21	21–23	23–1	1–3

注：凡同一時段中上下並列者係同時異名，加括號者係或稱，表中粗線用以別白天夜間。表中倒數第三行「時照」二字去掉，倒數第四行「餔」應爲「鋪」。

清代皇帝怎樣避暑

／朱家溍

清代乾隆御制夏日養心殿齊居詩，有一句：「深沈彤殿暑全祛」，這裡對皇宮建築居住感受的描寫，實際和北京的大住宅也差不多。例如前廊後廈的北房可稱得起是冬暖夏涼。因爲北京的天氣夏季早晨和夜間都是比較涼的，居住深廣高大的屋宇，是早上九點鐘就把堂簾支窗放下來，這樣，外面的熱氣進不來，可保持室內涼爽（堂簾是廊簷每間按面闊尺寸製做的大竹簾）。到下午六點鐘太陽西下，把堂簾捲起，支窗支起，涼風進到屋內。皇宮中凡是寢宮也都是支摘窗、外簷掛堂簾。至今故宮博物院和頤和園還保存有竹製的堂簾。還有一樣設備，也是皇宮和大住宅都有的，就是在室內陳設的「冰桶」。從前北京夏季民間用冰，有什刹海冰窖、安定門外冰窖、阜成門外冰窖。皇宮內用冰自明代即取之於皇城內「御用監」冰窖（在北海東牆外），清代還沿襲使用這個冰窖。「冰桶」是木製、錫裡、外有銅箍，約一尺五寸高，二尺見方，下有約一尺高的木座，上有兩塊帶透空錢式孔的木蓋，把天然冰擺在「冰桶」內。故宮博物院至今還保存有這種「冰桶」。

據清代內務府檔案載：雍正二年（西元一七二四年）五月二十五日，郎中保德奉旨：著做風扇一座，欽此。於五月二十九日做得楠木架鐵信風扇一架，上安小羽扇六把。郎中保德呈進訖。奉旨：再做一份，架子矮著些，安大些的羽扇。再將葵黃紗風扇，做一份。欽此，於六月初六日做得紫檀木架、瑪尼頂（瑪尼是能轉動的圓形佛教法器）大羽毛扇一份、葵黃紗扇一份。郎中保德呈進訖。奉旨：葵黃紗扇做的好，照樣再做二份。將藍色綾風扇亦做二份。欽此。於六月十七日、十九日做得。呈進訖。六月初九日，總管太監張起麟、奏事太監劉玉。奉旨：爾等做的風扇甚好，朕想人在屋內推扇，天氣暑熱，氣味不好。不如將後簷牆拆開，繩子從牀下透出牆外轉動做一架，照牆洞大小做木板一塊，以備天冷堵塞。俟保德收拾東暖閣（指的是養心殿東暖閣）之日再拆牆磚。再做一架放在西暖閣門北邊，繩子從槅斷門內透出。欽此。於七月初五做得拉繩風扇二架，總管張起麟進呈訖。」

這講的是手轉的和拉繩的兩種風扇。故宮藏品中尚有類似鐘表的機件，用發條動力，銅鍍金琺瑯製作很精緻的一座五幅扇，一座是童子手持羽扇，上弦後自行動轉搧風，但風力都不大，只是夏天的點綴陳設品而已。

清代皇帝夏天很少在紫禁城內居住，康熙時開始即在西苑（中南北海）南苑和西郊暢春園以及承德避暑山莊等處消夏。雍正時則長期住圓明園。只是在雍正二年，他因孝服未滿才在養心殿裡度過夏天而沒有去住圓明園。清代皇帝都不願夏天住在紫禁城內，在乾隆四十三年御製夏日養心殿詩裡說的很清楚：「視朝雖常例（皇帝夏天居圓明園，每日召見臣工，辦理庶政，遇有祭祀或其他典禮則回紫禁城，事畢再到園。這句是指太和殿常朝）有如愛禮羊。（《論語》：爾愛其羊，我愛其禮的典故）避熱而弗行，是即怠之方。怠則吾豈敢，長年益自儆。都城煙火多，紫禁圍紅牆。固皆足致炎，未若園居良。園居且爲愧，暫熱賡何傷？熏風來殿閣，亦自生微涼。近政撫蘭亭，即景玩詞芳。」乾隆皇帝認爲紫禁城內的紅牆也是致熱的原因。當然西郊諸園比城內要涼爽的多。諸園內的屋宇，夏天也照例掛堂簾和陳設冰桶。但還有一些特殊的設備，例如，圓明園四十景之一的「水木明瑟」。乾隆九年（西元一七四四年）御製水木明瑟詞：「用泰西水法引入室中，以轉風扇，泠泠瑟瑟，非絲非竹，天籟遙聞，林光逾生淨綠。酈道元云：竹柏之懷，與神心妙達，智仁之性，共山水效深，茲境有焉。林瑟瑟、水泠泠、溪風羣籟動，山鳥一聲鳴。斯時斯景誰圖得？非色非空吟不成。」這是一種用流水作動力的風扇，不是任何地方都可以做到的。

除了在炎熱的夏天到行宮避暑外，還製做了一些防暑藥。一般每年端午節前，造辦處「錠子藥作」照例製造一批防暑的錠子藥，主要有：紫金錠、蟾酥錠、離宮錠、鹽水錠、避暑香珠、大黃扇器等等。夏季裡在身上荷包或香袋裡裝少量這類錠子藥以備不時之需。其中避暑香珠就用不著裝入荷包，它是一串經過藝術加工的手串、掛在衣襟上。大黃扇器也是經過藝術加工的扇墜，掛在扇柄下面的。這類錠子藥不僅在宮中用，也是端午節的一項賞賜品，文武官員都以能得到此項賞賜爲榮。

商代的都邑

／楊升南

「邑」字釋義

都邑的邑字，在甲骨文中作[illegible]形，上半的四方框像城牆一類的圍牆，下像跪著的人（古人席地而座，坐時拳其腿，故像跪形），表示守衞者。《禮記·禮運》「城郭溝池以爲固。」，《吳越春秋》「城以衞君，郭以居民」（《初學記》卷二十四引），有城牆，有守衞者，就是城市，就是「周圍屹立著高峻的城壁」的「設防城市」（恩格斯《家庭、私有制和國家的起源》）。

但是，甲骨文已不是文字的最初階段，故邑字已不僅是設防城市的象形，而是具有多種含義，歸納起來，主要有三種：

一是作爲人名。如卜辭有「邑不死」（《京人》四五五），是卜問邑這個人會不會死。「貞邑來告」（《鐵》二五六·二）是卜問邑來不來向商王報告事宜。

二是作爲地域性組織名稱。卜辭中常用數字來表示有若干個邑。如「取三十邑」（《合集》七〇七三正），（册三十邑）（《合集》七〇七正），「二十邑（《粹》八〇一）」等，每個邑都有自己的名字，如「呼從奠（鄭）取𠂤、𡋥、鄙、三邑」（《合集》七〇七四），𡋥、𡋥、鄙是奠這次所取得三個邑的名字。從下面的卜辭可知，這種邑在農村：

沚戠告曰：土方〔征〕於我東鄙，𢦏二邑。（《合集》六〇五七）

㞢呼告〔曰〕……征於我奠、𢦏四邑。（《合集》五八四反）

鄙、奠皆指城外的農村地區。這些衆多的邑，當是有一定防護設施的農村居民點，一次最多可取得三十個邑，說明這樣的居民點是不少的，它們是商時農村的基層組織，與西周、春秋時的「十室三邑」、「三十家爲邑」、「百室之邑」的組織大致相同。

第三種用法是指諸侯國和商王朝的都城。諸侯國的都邑，在卜辭中有「望乘邑」（《合集》七〇七一），望乘是武丁時的一員大將，他有封地，此邑是他所居的都邑。在商代有很多臣屬於商王室的諸侯，它們有自己的都城，在湖北黃陂發現的盤龍城中商時期城址，就是一個諸侯國的都邑。作爲商王都城的邑，在卜辭中稱作「茲邑」，如，

洹其作茲邑囚（禍）

洹沸作茲邑〔囚（禍）〕。（《續》四・二八・四）

洹指洹水，今安陽小屯殷墟，洹水繞遺址北而過，此辭是問洹水是否會對「茲邑」造成災禍。「茲邑」當然指建築在其南的商代王都，卜辭中的「茲邑」，今天稱爲「殷墟」。「殷墟」之地望，最早見於《史記・項羽本紀》，項羽大敗秦將章邯，章邯願投歸項羽，派人與其約定相會地點。「項羽乃與期洹水南殷虛上」。唐李泰《括地志》也載：「相州安陽本盤庚所都，……洹水南岸三里有安陽城，西有城名殷墟，所謂北蒙者也」。甲骨文中卜問洹水能否爲禍的「茲邑」，就是《項羽本紀》、《括地志》中的「殷墟」，盤庚以後的商王都。

考古所證實的商代都邑

河南安陽小屯是商代晚期的王都，已爲地下發掘資料所證實。西元一八九九年（清光緒二十五年）在這裡發現了契刻在龜甲和獸骨上的文字，此即著名的甲骨文。其後羅振玉首先從中考釋出商王名十餘個，它與《史記・殷本記》所記載的商代王名全合，由此確定這些文字是商代的文字，出土這些契刻有文字的龜甲、獸骨的小屯，就是《史記》中的「殷虛（墟）」。這樣，就把商代的歷史從神話傳說變爲有文字可考的信史。

從西元一九二八年開始，考古工作者在這裡進行了長達五十多年的發掘，發現大量的遺迹和遺物，現已查實，在洹水南岸的小屯村中是宮殿，宗廟和貴族居住區，洹水北岸的侯家莊、大司空村是商王陵墓區，以小屯村爲中心，周圍還有鑄銅、製陶、製骨等手工業作坊以及貴族、平民和奴隸的居住和埋葬遺迹，整個殷墟的範圍約有二十四平方公里，在當時是一個相當大的城市。

據古本《竹書紀年》記載：「自盤庚遷殷至紂之滅，二百七十三年更不徙都」，安陽殷墟是盤庚遷都以後二百七十多年間的王都，在這以前的都城，已被考古學家們發現兩座：鄭州和偃師商城。

鄭州商城從對出土於城牆中的木炭進行碳十四測定，其年代是距今3235±90年，經樹木年輪校正爲357±135年（「±」表示誤差範圍）證明它比安陽小屯殷墟時代早。發現這座古城的是一位名叫韓維周的小學教師，西元一九五〇年秋他在鄭州市東南二里崗一帶採集到一批帶繩紋的陶片和磨光石器，報告給文物考古部門，經鑒定是商代的遺物。從西元一九五二年開始，文物考古工作者在這裡進行了多年的調查和發掘，已經探明整個遺址面積有二十五平方公里，發現了有周長七公里，平面是方形的古城牆。城牆上有十一個門，牆基寬二〇米，根據土牆的斜坡收縮率，可復原爲高十米，牆頂寬五米的一座城牆。

在城內外，發現有商代的房基、窖穴、壕溝、水井、墓葬、祭祀坑等遺迹和大量的銅、玉、石、骨、蚌、陶器物以及刻在獸骨和陶器上的文字、符號。據一些學者研究，這裡就是《史記・殷本紀》中所載的「仲丁遷於隞」的隞都。此地離敖山不遠，商時稱爲敖地，故有是名。

偃師商城是西元一九八三年春天發現的，在今河南偃師縣城西的大槐樹村南。城的四周有城牆環繞，平面略呈南北長方形，東城牆南段內收；南北長一七〇〇餘米，北牆最北處寬一二一五米，中部寬一一二〇米，南部寬七四〇米。東、北、西三面城牆已探測出，南牆已被洛河水所毀。牆上已找出七座門。城內有若干條東西向和南北向的縱橫交錯的大道，靠城南半部有四個建築基址，其周圍有用夯土築城的圍牆包圍，是大城中的宮城。經發掘這些基址是夯土台，上面有大型石塊作的柱礎，無礙是宮殿建築。根據出土陶片和墓葬打破關係分析，它是一座略比鄭州商城早的商代城址。城址和宮殿的規模，只有王都才能相配。

在城中有一條東西向的漫坡低凹地帶，世代相承稱爲尸鄉溝，在城址東邊高莊村落有一處隆起的高地，當地羣衆傳說是湯都西亳的「亳」地，在附近發現唐墓中的碑刻上，也稱這裡是「西亳」，可見羣衆的傳說並非無稽之談。偃師是湯都的亳，最早見於《漢書・地理志》，班固在偃師下自注云：「尸鄉，殷湯所都」。這裡是湯的都城在漢、晉間是一種普遍的看法，皇甫謐在《帝王世紀》中云：「學者咸以亳在河洛之間，今河南偃師西二十里有尸鄉亭是也。」持疑問者認爲這裡不可能與葛爲鄰，這在當時是少數人，皇甫謐就是其中之一。他們的失誤是認定湯都的亳只有一個。

鄭州和偃師商城都有高大的城牆，只有小屯的殷墟至今未見，有的學者認爲可能沒有城牆，北邊的洹水可作爲天然屏障，而在小屯村宮殿之西發現了一段寬而深的壕溝，可能是它的防禦體系。在這三座城內，都有很大的夯土台基，其上有大型的石柱礎，有的還有銅柱礎，反映了宮殿建築的規模。商代的王都都可名爲亳，甲骨文中亳字的上半就是一座高聳的樓閣。甲骨文中還有墉字，作形，表示城中有高聳的樓臺亭榭。由這樣的樓臺亭榭構成的商王都，是三千年前屹立在中華大地上的美麗城市。

文獻記載的商代都邑

安陽、鄭州、偃師分別代表了商代早、中、晚三個時期的王都，但據文獻記載，從湯建國到紂滅，王都不止此三個，《尚書．盤庚（上）》「先王有服，恪謹天命，茲猶不常寧，不常厥邑，於今五邦」，張衡《東京賦》「殷人屢遷，前八後五」都指明在成湯建國後，到盤庚時有五次遷徙都城。據古本《竹書紀年》、《史記．殷本紀》、《尚書．序》等記載，還有湯滅夏前居的南亳，河亶甲遷相，祖乙居庇，南庚遷的奄幾個地方。

偃師稱「西亳」，有西即有東。據古籍記載，在豫東商丘地區也有亳地。商丘地古稱宋，班固在《漢書．地理志》中論及各地的沿革風俗時，稱宋地爲「昔堯作游成陽，舜漁雷澤，湯止於亳，故其人猶有先王之遺風」，是宋州有亳，爲商湯所建處。《帝王世紀》中把亳地指實，謂「殷有三亳，二亳在梁，一亳在河南」，梁即漢時梁國，轄地主要在商丘地區，即宋地。所謂梁的二亳即南亳和北亳，據《括地志》南亳在穀熟縣西南三十五里。今河南虞城縣西南四十二里有穀熟鎮，羣衆傳爲商湯所都的南亳。北亳在宋州北五十里大蒙城，因有景山又名景亳，據說是湯會盟諸侯的地方。湯始征自葛始，葛國在河南寧陵縣，今縣內還有葛伯墓。穀熟和寧陵相距不遠，故湯可使亳衆爲之耕田，童子爲耕者送飯。

南亳與西亳的關係，南朝的裴駰和唐張守節在給《史記》作注時已解決。《集解》引孔安國云：「契父帝嚳居亳，湯自商丘徙焉，故曰『從先王居』。」《正義》「湯即位都南亳，後徙西亳也」。湯先居南亳，滅夏後徙都西亳，史籍記載明白，沒有什麼可疑之處。皇甫謐在西亳周圍找不到葛伯國，認爲此處與孟子的「湯都亳與葛爲鄰」的地理位置不合，就否定湯都西亳，是不知湯在滅夏後有遷徙之事。

相在河南內黃縣境，庇在山東魚臺縣境，奄在山東曲阜，這些地方同南亳一樣，還沒有發現相當於這一時期的古代城址，我們只有寄希望於將來的考古發掘。

祖乙所遷除庇外，還有耿、刑之說。耿、刑音通，實爲一地，學界已無疑問。祖乙遷刑（耿）只見於《史記．殷本紀》，古本《竹書紀年》明言「祖乙勝即位，是爲中宗，居庇」，無耿（邢）遷徙事，《尚書．咸有一德》云是「祖乙圮於耿」。晚出的今本《竹書紀年》把兩者調和起來，謂祖乙元年自相遷於耿，二年圮於耿，又自耿遷庇，祖乙選個國都，很快就被水沖毀，說明他是何等無遠見，還能被稱爲「中宗」？把圮字解釋爲遷徙本不合古義，漢代字書皆訓地爲敗、覆滅、毀等義，耿（邢）有河東和河北刑兩說，兩地皆無被河水所毀的可能。故所謂「圮於耿（邢）」，有可能是指祖乙經營北方，被戰敗，幾至全軍覆滅，非是遷都於耿（邢）。這就能很好地說明爲什麼他要長途轉移，把都城從豫北遷到魯西南的庇。

商都遷徙的趨向及其原因

上面把成湯建國後幾次遷都的地點作了介紹，我們可把商人遷都分作三段來考察：

㈠由東向西，即湯從南亳到西亳的遷徙。

㈡由西向北再向東，即由仲丁遷隞到南庚遷奄。河亶甲雖一度向北遷至相，但時間不長，祖乙就遷到魯地的庇。從大的方向上看，還是向東。

㈢由東向西北，即盤庚從奄遷到殷（河南安陽小屯）。

遷徙的方向不同，其原因也各異。

成湯由東向西，建都西亳，是商人向西方發展。伊洛地區是夏人的腹地，成湯不僅要統治夏人，還要向更西發展，《詩．殷武》「昔有成湯，自彼氐羌，莫敢不來享，莫敢不來王」。可知湯時商的勢力曾一度達到今甘隴的氐羌地區。他的都城若仍在豫東的南亳，是不便於對西方新得廣大地區進行統治的。這與西周和秦人把都城逐漸向東遷徙的目的是一樣的。

從仲丁到南庚的幾遷，可說是商人逐漸向東。若把成湯遷西亳看成是商人在進取，在發展，則這時卻是在退卻，在收縮。商人起於魯豫交匯地區，這裡是他們的發迹之地。不繼續向外發展而折回老家，顯然是遇到了麻煩。商人爲何從仲丁後開始後退，其原因是商王室內部爭奪王權，削弱了國力。《史記．殷本紀》載「自仲丁以來，廢嫡而更立諸弟子，弟子或爭相代立，比九世亂，於是諸侯莫朝」。我們從卜辭中知道，是仲丁破壞了商代的王位繼承制度①，故有「比九世亂」。這九世從仲丁數到陽甲，陽甲繼南庚爲王，這一爭鬥結束，而退卻性的遷都也就停止了。這當然不是巧合。《尚書．盤庚（上）》載盤庚遷都時把以前的商王朝比作「顚木」，一棵被人砍倒的大樹，「若顚木之有由蘖」，他的遷都是要使這棵倒地的樹，從新發出茁壯的新芽。「顚木」——一棵倒地的大樹，這是盤庚對仲丁以來政局的形象比喻，很切實際。

盤庚遷到豫北，是向西北，與仲丁以來遷徙目的相反，是要進取，要恢復、振興王朝，他是爲「紹復先王之大業，底綏四方」（《尚書．盤庚》）而遷都的。盤庚要「復」的就是仲丁以來所失的，有失才有復。

盤庚遷到豫北而不學湯遷豫西，有其社會原因。在商代中期以來，西北和北部地區的部族力量强大起來，他們已成爲商人的主要威脅，這從武丁時期的甲骨卜辭就可見到，武丁征伐的方國，達三、四十個，其中大部分在西北和北方。西方學者卡納西（Carnish）在研究了世界各國都城的歷史後，得出一條建都原則：即一國首都的地位，常與敵人侵略的方向相針對，必在國防第一道防線之內。因其近敵，平時便於應對，戰時便於調度，且不欲示弱於人。在我國歷史上，凡國力强盛的朝代，首都皆在國防第一線內，相反則躲在內陸腹地，前者如西漢、唐之建都西安，後者如東漢光武定都洛陽，南宋苟安臨安（今杭州）。史載盤庚「行湯之政」，使「殷道復興，諸侯來朝」，是國力强盛的證明。盤庚要向外發展，要收復失地，要與來犯的敵人針鋒相對，就不能再偈屈於魯西南的一隅之地。盤庚把都城遷到殷，他和他的後繼者擋住了北方部族的南下，是商王朝由衰而盛的轉機，由此奠定了光輝燦爛的「殷墟」文明。

注釋

①楊升南：《從殷墟卜辭中的「示」、「宗」說到商代的宗法制度》載《中國史研究》西元一九八五年三期。

說「鄉黨」

／宋昌斌

我國許多地方人重「鄉黨」，北方尤其陝西關中一帶更是如此。兩人外地相遇，問及籍貫，若爲同縣，即呼「多黨」，熱情非常；假如出了省，同省之人，便是「鄉黨」，一聽口音，就感到十分親切。至於爲「鄉黨」兩肋插刀、赴湯蹈火者，也不乏其人。

同一地方的人爲什麼要稱爲「鄉黨」呢？這與中國古代的戶口編制有關。相傳早在夏、商時期，就曾有過編制戶口的辦法，如「八家爲井，井一爲鄰，鄰三爲朋，朋三爲里，里五爲邑，邑十爲都，都十爲師，師十爲州」之類（見《尚書大傳》、《通典．食貨》等），但不盡可信。據《周禮》所載，周時國都之外的近郊居民，按「五家爲比、五比爲閭、四閭爲族、五族爲黨、五黨爲州、五州爲鄉」之法編制，「鄉黨」一詞，即由此而來，指同黨同鄉之人。早期儒家經典《論語》中，有「孔子於鄉黨，恂恂如也，似不能言者」一段話，從中可見孔聖人當年在本鄉黨恭順待人的態度，可知至遲在春秋戰國之時，「鄉黨」一詞已開始使用。

西周以後的歷代也有「鄉黨」之制，但具體編制不盡相同。（參見上頁簡表）有的有「黨」

歷代戶口編制簡表

朝代	編　　　制	出　　處
春秋	魯、齊、衞、吳、越等國有「書社」，即以二十五家爲一社，把社內戶口書於版圖。	《史記・孔子世家》《荀子・仲民》
戰國	齊國：五家爲軌，十軌爲里，四里爲連，十連爲鄉。	《國語・齊語》
秦漢	五家爲伍，十家爲什，百家一里，十里一鄉（亭）。	《史記・秦本紀》《漢書・百官表》
晋	百戶一里，五百戶（或五百戶以上）一鄉。	《晋書・職官志》
北魏	五家一鄰，五鄰一里，五里一黨。	《魏書・食貨志》
北齊	十家爲比鄰，五十家爲閭里，百家爲族黨。	《隋書・食貨志》
隋	五家爲保，五保爲閭，四閭爲族。	《隋書・食貨志》
唐	四家爲鄰，五鄰爲保，百戶爲里，五里爲鄉。	《舊唐書・食貨志》
宋	十家一保，五十家一大保，十大保一都保。	《宋會要稿・兵》
元	五十戶爲一社。	《通制條格・田令》
明	十戶一甲，一百十戶爲一里。	《明史・食貨志》
清	十戶一牌，十牌一甲，十甲一保。	《清史稿・食貨志》
備注	①有的朝代史載不同，此取其一。 ②有的朝代前後有變化，此取主要之法。 ③有的朝代不同民族、地區有不同編制，今取一種。 ④有的朝代具體級制尚有爭議，今取其一。如秦漢之鄉、亭，今取並行說。	

無「鄉」，有的有「鄉」無「黨」，還有的「鄉」、「黨」皆無。因此，嚴格說來，西周以後「鄉黨」一詞已開始虛化，泛指同一地方之人，不一定實指同黨同鄉。比如漢代大史學家司馬遷遭宮刑後，非常悲憤，在《報任安書》中說：「僕以口語，遭遇此禍，重爲鄉黨戮笑，汚辱先人，亦何面目復上父母之丘墓乎？」（《漢書．司馬遷傳》）實際上漢代戶口編制中有「鄉」無「黨」，司馬遷所謂「鄉黨」，是偏義複詞，指同鄉之人。至於今天人們口語中的「鄉黨」，則純粹虛化了。

正因爲歷代的戶口編制不盡相同，所以人們除用「鄉黨」來稱呼同一地方之人外，還用其他一些稱呼來表達這一意思，如「州閭」（見《禮記．曲禮》）、「黨人」（見《莊子．外物》）、「鄉里」（見《世說新語》）等。《水滸傳》第四十三回中，寫李逵回家探母，宋江放心不下，說：「李逵這個兄弟，此去必然有失。不知衆兄弟們，誰是他鄉中人？可與他那裡探聽個消息。」杜遷便道：「只有朱貴原是沂洲水縣人，與他是鄉里。」可見元末明初時，人們習慣上還以「鄉里」稱呼同一地方之人。

一般說來，北方在唐以前一直是全國政治、經濟、文化的重心所在，陝西關中一帶曾是周、秦、漢、唐等十二個王朝建都之處，實行「鄉黨」之制比其他地方要久長一些，普遍一些，因而也根深蒂固一些，這大概是北方尤其關中一帶人們，至今習慣用「鄉黨」稱呼同一地方之人的一個緣故。

那麼，人們爲什麼重「鄉黨」之情呢？這也與古代的戶籍制度有一定關係。

歷代統治者按「鄉黨」之法編制戶口時，除寓有維持治安、攤派稅役、征取兵丁等目的外，還要求「鄉黨」之內的人們互相援助。如周時「令五家爲比，使之相保；五比爲閭，使之相受；四閭爲族，使之相葬；五族爲黨，使之相救；五黨爲州，使之相賙；五州爲鄉，使之相賓」（《周禮·地官·大司徒》）據賈公彥疏：保者，使五家相保不爲罪過；受者，閭內有宅舍破損者受寄託；葬者，族內有喪葬則相助益；救者，黨內之人若遇凶禍，則相救助；賙者，州內民有禮物不備者，則賙（接濟、救濟）給之；賓者，鄉內之民有賢行者，則待之若賓。管仲在齊國行「什伍」法的目的之一，是使「民住日樂，死生同憂，禍福共之。」（《漢書·刑法志》）明代編里甲時要求「婚姻、死喪、疾病、患難，里甲富者助財，貧者助力。春秋耕穫，通力合作，以教民睦。」（《明史·太祖本紀》）儘管這些記載不一定完全合乎實際，儘管「鄉黨」之中有貧富貴賤的階級差別，但與「鄉黨」之外相比，「鄉黨」之內人們關係要密切一些，是可以想見的。

而且，中國歷代統治者都奉行「理民之道，地著爲本」（《漢書·食貨志》）的治國原則。用「鄉黨」之法編制戶口的目的之一，就是限制人口自由流動。長期如此，住在「鄉黨」之內的人們，就會因婚姻結合及其輾轉牽攀，形成各種血親和姻親關係。如唐代白居易《朱陳村詩》中，有這樣幾句：「徐州古豐縣，有村曰朱陳。……家家守村業，頭白不出門。……一村唯兩姓，世世爲婚姻；親疏居有族，少長游有羣。……生者不遠別，嫁娶先近鄰。」（《白氏長慶集》卷十）形象地反映出唐代一些地方的血緣聚居狀態。直到清末，無論北方還是南方，都有類似情況，甚者一縣之人，多爲同姓或聯姻。這樣，「鄉黨」之中，往往有許多相識或不相識的親戚。一聲「鄉黨」之中，既含有難得的「他鄉遇故音」時的喜悅，又含有「他或許是我妻子的姨父的××」之類的猜度，而且攀談下來，往往果眞有或遠或近的親戚關係。人們重「鄉黨」之情，也就是很自然的了。今天陝西關中一帶還有「鄉黨見鄉黨，兩眼淚汪汪」之語，可見「鄉黨」之情仍在人們心中占有重要位置。

應該看到，「鄉黨」之制的出現，是以地域畫分居民取代以血緣關係畫分居民的一個標誌。人們重「鄉黨」之情，比以往重純粹的血緣之情，無疑是一種歷史的進步。但同時也要看到，它也含有消極落後的因素，而且隨著社會的發展，這種因素越來越突出。

《尙書・洪範》中，有「無偏無黨，王道蕩蕩；無黨無偏，王道平平」的誡語，這個「無黨無偏」中，就含有不要過份親信、重用自己的「鄉黨」的意思。反過來說，當時社會中，已有以「鄉黨」關係循私亂政的現象。後代雖然也有一些「鄉黨」派在政治、學術、藝術等事業中互相支持、互相促進，起到一定的推動歷史進步的作用，但總的說來，「鄉黨」間營私舞弊、壓抑先進的情況一直比較嚴重，並且，由於長期沒有遷徙自由所造成的「鄉黨」關係與血緣關係的混合，使這種現象更加錯綜複雜。古漢語中「結黨營私」、「朋比爲奸」等成語，在一定程度上就反映著這一現象。一些封建士大夫常常把「君子不黨」作爲道德修養的準則之一，就含有對這種現象的抵抗的意思，因而也受到最高統治者的贊賞和提倡。

在現代社會中，「鄉黨」式的地域觀念的消極因素往往更多一些。今後，隨著我國商品生產和交換的發展，人口流動的種種限制也將逐漸減少，類似「鄉黨」式的戶口編制也將會因其作用的日趨減弱而逐漸鬆弛，與此同時，人們的「鄉黨」式的地域觀念會慢慢淡化，「鄉黨」之弊必然會大大減少，這是毫無疑義的。

最早的中國古城究竟建於何時

／郭伯南

我國歷史悠久，古城甚多，不僅有北京、南京、洛陽、西安等中外聞名的古都，還有比這些古都更為古老的許多歷史名城。諸如趙都邯鄲、齊都臨淄、魯都曲阜、秦都咸陽，距今都有兩千幾百年的歷史。這些古城的城牆、基址至今猶存，並出土大量文化遺存。

比春秋、戰國更早的古城還有沒有呢？這是考古學家多年來一直在尋覓的。西安西南的豐鎬遺址，原是西周開國的京城，那裡發現有西周貴族的古墓羣，但未發現城址。

陝西的周原遺址，北依岐山，南臨渭河，原是周人的發祥地，著名的「青銅器故鄉」。幾年前在周原的鳳雛、召陳兩個遺址上發現了西周的宮殿羣遺址，鳳雛發現了被稱為西周王室檔案庫的甲骨窖藏。可是，也未發現城址。

安陽西北的殷墟，是商代後期建都二百七十三年之久的都邑，那裡曾出土規模宏大的宮殿遺址，甚至還發現有埋在地下排水用的陶製管道，顯然這是城市建設的遺物，然而迄今也未發現城址的痕迹。

「那麼中國在商代以前沒有建造過城嗎？」在三十年前，這曾經作爲一個學術問題引起過討論。討論是從鄭州的一項重大考古發現肇端的。

舊城之謎

河南地處中原，幾千年來是中華民族活動的中心，地上地下的古老遺物之多是少有的。鄭州舊城是秦漢時期的古城址，周長四・五公里，至少已有兩千多年的歷史。建國初期，曾在鄭州舊城以南，發現鑄銅作坊遺址；以西，發現製陶遺址；以北，發現製骨作坊遺址；以南，又發現墓葬區，出土一批古老的青銅器。

從一個接一個的考古新發現可以看到，在這個古老的舊城之外，曾有過大量的手工業作坊。這在歷史上究竟是怎樣的地方呢？

不久，鄭州人民公園裡發現一處遺址，立刻轟動了全國。鄭州人民公園遺址，其文化層可分上、下兩層。上層出土器物同安陽殷墟出土的一樣，屬於商代後期。更重要的是下層出土了一批文物。根據地層疊壓關係，可以確定那是商代時期的東西了。商代前期文化遺存有明確文化層關係的，在考古史上這還是頭一次發現。據此可以確認上述鄭州舊城四郊的那些發現，原來都是屬於商代前期的。鄭州地下埋藏著一個商代前期的博物館，鄭州人民公園遺址的發現恰恰是找到了打開這個古老博物館的鑰匙。中國可以確知的文明史，幾十年前由於殷墟的發現，向上推移了幾百年，這次鄭州各遺址的發現，又再次大大開拓了人們的歷史視野。

但是，鄭州舊城究竟始建於什麼年代呢？

一堵夯土牆

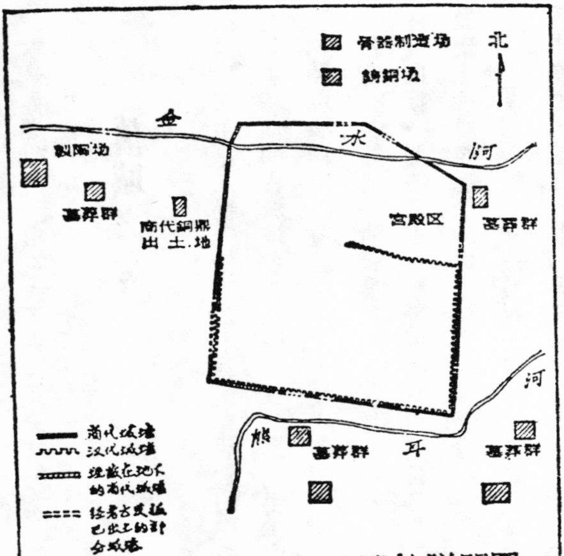

鄭州商代遺址説明图

西元一九五五年，河南省文物工作隊在鄭州舊城探掘發現夯土、陶片。因爲西周以前還不曾燒製磚瓦，建築的基本方法是夯土，亦稱「板築」。墓葬的回填土，也以夯砸實。所以，一見夯土，那不是牆壁、臺基，就是墓葬了。陶片也是歷史的腳印。依據陶片的器形、紋飾、火候等種種特點，大致可以區分、確認約一萬年以來人類歷史各個時期的文化。因而，考古工作者隨即就地開挖探溝，尋找夯土的邊緣。但卻意外地發現了一座商代前期的小墓壓在夯土層上。

爲了摸淸「墓」的夯土邊緣，又向東、西兩側挖掘，挖出幾十米，仍不見邊緣，考古學家一致認定這是「一堵夯土牆」，屬於商代前期。這一重大發現不久被寫進《新中國考古收穫》一書。

那夯土牆的基址，很寬，很長，會不會是古城牆呢？

據文獻記載，商代前期古都隞，就在鄭州市以西的邙山腳下，古滎鎮一帶，可是一再探尋，始終沒有發現遺址。殷墟是商代後期的都會，只見宮殿遺址，未見城牆；商代後期或再晚些都還沒有城牆，商代前期怎麼可能有城牆呢？但是，考古工作者用幾年的時間終於探明那夯土正是一座方城的城牆，南、東、西三面同鄭州舊城相疊壓，北面遠比這秦漢古城大得多。方城全長七公里，城內外遺址總面積至少有二十五平方公里，比殷墟還要大些，被稱爲「鄭州商城」。

這座古城約建於西元前一六二〇年，歷經三千五百多年未被完全毀棄，原因是自商以後曾長期被沿用著。戰國時期又曾加築修葺。漢代時再次加高培厚。現在，保存完好的地段，殘城高度還有六、七米，底寬二十餘米。據專家們估算，這座古城修築時，動用的土方至少有一百萬立方米。

鄭州商城的發現，引起學術界的關注，並就這古城的原名展開了學術討論。郭沫若同志當時曾親臨鄭州商城遺址，並爲之賦詩稱頌：

「地上古城深且厚，墓中遺物富而殊。」

關於古城時代、名稱，郭老也提出了看法：

「鄭州又是一般墟，疑本仲丁之所都。」

「仲丁」，是商代的第十一個王，文獻記載他的都城在隞。後來，有的學者認爲鄭州古城是商湯所都的西亳。西亳比隞在時代上還早些。鄭州商城，無論是隞，還是西亳，都是目前已經確知的最老的帝王都城，也都屬於商代前期。

古城中的新發現

鄭州商城的發現，既是我國考古的重大成就之一。又成爲我國古城考古的重要開端。七十年代初，在鄭州商城內的東北隅，揭露出一座座商代宮殿的夯土臺基和臺基上的一排排柱礎坑。臺基長達六十米，寬近十米。臺基上的柱礎坑排列有序，相隔兩米，下有礎石。宮殿臺基一側有一廢棄的壕溝，其中堆放著上百具人頭骨，一個個都被鋸開了，鋸痕仍歷歷可見。

鄭州商城城西又發現了兩件青銅方鼎。一個小的高八十七釐米，一個大的，高一米。論形制，它們都是商代前期青銅器中最大的。論年代，它們比殷墟出土的「司母戊」大鼎還早幾百年。鼎在奴隸制時代是王權的象徵。夏禹曾鑄九鼎，湯伐桀時把夏鼎遷到商都。周武王伐紂時，又把九鼎移到成周（洛陽）。東周時，楚莊王見周室衰弱，曾問九鼎的大小輕重。從而，「問鼎」一語就成了覬覦王權的同義語。

宮殿、方鼎，進一步證明鄭州商城不是一般的城邑，而是一座帝王的都城。

根據近幾十年考古發現得知，商代的地域已遠非侷促在黃河下游一隅，其文化傳播北到長城以北，乃至遼寧等地，南到長江以南，以及湖南、廣西。在這遼闊的地帶，還將有多少古城有待發現呢？

七十年代初，在湖北武漢北約五公里的地方發現了一處約八萬平方米的古城，名曰「盤龍城」，距今已有三千五百多年了。

西元一九八三年考古工作者又在河南偃師城西發現一座商代古城，總面積約一百九十萬平方米，定名為「偃師商城」。偃師商城是目前已知的最古老的商城。根據古文獻的記述，以及偃師商城的地理位置，有人認為它是商都諸亳（京）之一的西亳，如果西亳確在偃師，那麼，鄭州商城為仲丁所都的則無異議了。當然，這還都有待進一步發掘和驗證。

古城探源

城市是社會生產力發展的產物。從鄭州商城的布局，我們可以看到，奴隸主們居住的宮殿設在城內，而聚集著奴隸的各種手工業作坊被趕到城外。伴隨著文明時代而來的打著階級社會印痕的各種社會差別，都由於這高大城牆的築造而顯得更加鮮明了。因此，探討我國古城的淵源對了解中國文明史的肇始是很必要的。

從目前已知商城的浩大工程以及比較好的夯築技術來看，它遠非濫觴之作，而是成熟的建築，在其先必然還有一段漫長的發展史。

古文獻記述說：「鯀作城」。「禹都陽城」。這即是說中國古城肇端於夏代初年或以前。相傳大禹建都的「陽城」就在嵩山腳下登封縣境。經過多年的調查，在一片被叫做王城崗的高地上，眞的找到了一座夯土築就的古城基址，並發掘出建築遺迹、窖穴、灰坑，以及石器、骨器、銅器殘片等遺物。這座古城距今已有四千餘年，略當夏代初年。

王城崗在先秦即屬陽城，但目前尚不能肯定它就是大禹建都的陽城。因爲：

第一，王城崗古城的每邊僅有百米左右，規模太小，與其說是都城，還不如稱之爲城堡。

第二，這裡未見與都城相適應的宮殿羣落遺址，也未發現規模可觀的陵墓。

第三，在豫西晋南的相當於夏代紀年的二里頭文化的遺址上，已經發現具有王家氣派的宮殿羣落遺址和隨葬大量玉器、陶器的墓葬。

然而王城崗古城雖不能說是夏代都城，但確是相當於夏代的古老文化遺存，意義仍然是重大的。

在中國古城起源考古中，更爲令人矚目的河南省淮陽縣平糧臺古城是座龍山文化古城，總面積有五萬平方米，城牆殘高三米多。發掘中在古城南城門兩側還清理出兩間用土坯壘砌的門衞房遺址，在這城門的路下，發現有鋪設的陶製排泄污水的管道，這對研究中國城市建設的歷史具有重大意義。

以平糧臺古城的規模可以推想，在中國作爲文明時代重要標誌之一的城市的出現，絕不只有四千年歷史。那麼最早的中國古城究竟建於什麼時候呢？這個問題正吸引著廣大考古工作者的興趣。

中國古建築中的廊（廡、副階）

／羅哲文

唐朝著名詩人杜牧在《阿房宮賦》裡寫下了「覆道行空，不霽何虹」、「廊腰縵回，簷牙高啄」的名句，它描寫的就是我國古建築中的廊子。相傳在春秋時期有這樣一個故事：吳王夫差專門為西施修建了一座豪華的宮殿，名叫館娃宮。宮裡樓臺亭閣十分精美，然而最為奇特的是宮中的一條廊子。由於西施能歌善舞，吳王夫差為了使西施能在宮內隨處起舞，特地叫工匠們設計了一個廊子，迴繞於宮中。廊子下面是空心的，裡面擺著按照不同音響而製成的大小不同的空缸。當西施在廊內穿上硬底鞋，翩翩起舞時，足下便發出悅耳的音樂聲。後代許多詩人還為此而寫下了「時靸雙鴛響、廊葉秋聲」、「屧廊人去苔空綠」、「響屧廊聲飄向，有誰知」等詩句。

廊子的歷史悠久，從原始社會晚期就已經出現了。到了商、周時期廊子的規模已經相當宏大，我們從考古發掘的建築遺址中常常可以發現它的遺迹。如距今約七千年的浙江餘姚河姆渡建築遺址中的長屋遺迹，進深約有七米，長屋前面有一．三米寬的前廊遺迹。河南偃師二里頭商代早期宮殿遺址中，不僅主要宮殿建築前面或周圍有寬大的廊子遺迹，而且在整個宮殿的外圍用巨大的廊子圍成了一個方形的廣場，構成了中國幾千年來傳統的庭院布局形式（圖一）。其他如湖北黃陂盤龍城商代中期宮殿遺址，陝西岐山鳳雛和扶風召陳的西周早期宮殿遺址中都有寬大整齊的廊子。以後每個朝代的宮殿、壇廟、園林、寺觀、王府、宅第等建築中，都少不了廊子這種建築物。

廊子的用途，據宋李明仲所編《營造法式》一書上解釋說：「步簷謂之廊，也就是屋簷下的過道，或是獨立的有頂的走道。由於廊子特別適宜於人們漫步遊走或徘徊觀賞，所以被稱之爲走廊、遊廊、過廊等等。

在古建築中，還常常看到「廡」、「副階」等名稱，它們與廊子有時很難區別，所以又有稱之爲「廊廡」、「周圍廊」的。它們的功用也和廊子一樣，上有房簷，供人行步之用。但是「廡」和「副階」指的是殿堂、樓閣前面或周圍的簷廊，而不包括獨立的、凌空的、飛跨的廊子。

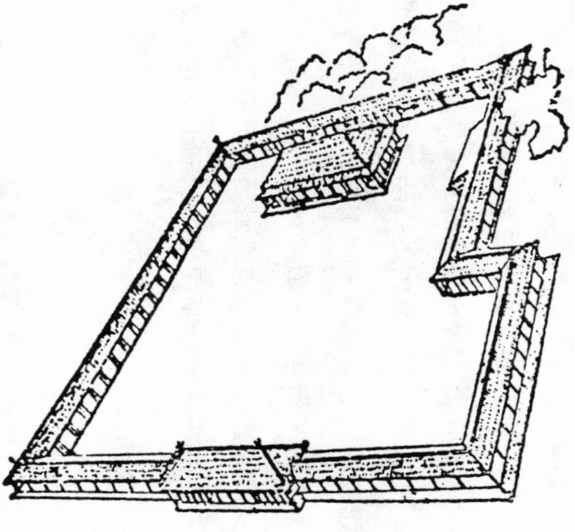

〔圖一〕

廊子的實際用途是人人都能體會到的。它不僅可以避雨遮陽，而且那亭臺樓閣、殿堂館榭用一線長廊貫穿，猶如一顆顆散落的珍珠用錦練串起，成爲一個有機的整體。人們遊來曲折有致，倍增情趣。再加上廊子本身建築形式的豐富多彩，使它更具有實用和美觀的雙重意義。

廊子的種類和形式非常豐富，按照它們所在的位置有宮殿廊廡、壇廟寺觀廊廡、橋廊、爬山遊廊、臨水遊廊、跨水遊廊、飛廊覆道等等，按照它們的形式又有半壁廊、凌空廊、雙面廊等等，特別長大的還稱之爲長廊、千步廊。今略舉幾種廊子的實例以供參考和欣賞。

宮殿、寺廟廡

從上面所談到的考古遺址中所發現的廊廡的材料得知，這種形式的廊廡在我國古建築中占有很大的比例。它們的特點大都是整齊對稱的。宮殿、寺廟中的廊廡有兩種，一種是殿閣門堂本身的廊廡，有前簷廊、前後廊、三面廊、周圍廊等。如北京故宮中的太和殿、保和殿，頤和園的勤政殿等建築中的廊廡，都屬於前簷廊的形式。故宮中的太和門、坤寧宮，碧雲寺中的菩薩殿等殿閣本身的廊子都是前後廊的形式。廊廡是周圍廊的殿閣很多，如北京故宮的中和殿、國子監的辟雍、頤和園的佛香閣、山西應縣木塔、杭州六和塔等等。山西晉祠宋代建築聖母殿也是一個周圍廊的例子，在《營造法式》上稱之爲副階周匝。另一種是在宮殿、寺廟中的中軸線上的門、殿兩旁，還有圍繞的廊廡，稱作兩廡或東西廡。這種廊廡一般都是廊子向裡，與配殿、配樓相結合，構成層層的庭院。如北京故宮從天安門、端門、午門、太和殿、乾清宮直到御花園爲止的每一進庭院兩旁都有長大的廊廡，把主體建築襯托得更爲雄偉壯麗。

長廊

我國古代建築中的長廊很多，現在保存下來的則首推北京頤和園的長廊。它位於萬壽山的南麓，昆明湖的北岸，好像一條華麗的項鏈，裝飾在萬壽山與昆明湖之間。長廊東起邀月門，西達石丈亭，全長七二八米，共二七三間，有一里半的路程。

頤和園長廊不僅長而且建築設計和藝術處理上也有很高的成就。它沿著昆明湖北岸的自然地形，隨形而彎，依勢而曲。爲了避免廊子過長顯得單調，在長廊的中部自東而西建造了留佳、寄瀾、秋水、清遙四個風格不同的亭子。這四個亭子的位置正處在地形起伏轉折的地點，雖然地勢略有高下，遊人也感覺不出來。

西元一七五〇年乾隆在修建清漪園的時候，還特地派了畫師到江南搜集描繪了蘇州、揚州、杭州等地的自然風景、園林名勝，並將這些景致畫在長廊的樑枋上，這樣遊人在廊內就可欣賞到江南的美景。所以，長廊又稱得上是一個特殊的藝術畫廊。長廊內外，一步一景，景隨步轉，顯示了我國高超的園林藝術。

自金朝到明清，在北京的皇宮前面也有一個很長的千步廊。據記載，這個千步廊，從天安門前到前門內，東西各有一四四間，共二八八間，比頤和園長廊的間數還要多。

半面廊

半面廊一面透空，另一面為牆壁，故又稱半壁廊。這種形式的廊子很多，僅以北京北海公園來說就有不少處，在靜心齋和畫舫齋中都有美觀的半壁廊，靜心齋的半壁廊還是爬山遊廊，富有起伏曲折的變化。然而最稱佳作的還要數瓊島北山的看畫廊。兩旁山石嶙峋、洞路幽深。廊子依山環轉，一面凌空，一面是漏窗。人行廊內向外觀看，水色山光宛如圖畫。而廊外的人看廊內行人也宛如在畫中。對此景乾隆皇帝還專門題了一首贊美的詩：「回廊詰曲稱看畫，看者原為畫裡人。步步景移朗朗照，故知倪范鮮精神。」

在江南園林中這種廊子也非常多，無論園子大小幾乎都有這樣的廊子。

凌空廊

這種廊子的形式是兩面透空的，人們不但從廊內可以觀賞廊子外面的兩旁的景色，而且在廊子外邊還可以通過凌空廊觀賞廊子另一邊的景色。如蘇州拙政園中「小飛虹」，就是一個很有趣的凌空廊子。當人們站在「一亭秋月嘯松風」亭內向「香洲」眺望的時候，看見「小飛虹」飛跨水面，透過空廊但見香洲景色欲遮還顯，更覺景深加長了，在園林造景上起了增色的作用。在江南園林中這樣的廊子很多很多。

北京的中山公園、恭王府花園、北海、中南海、承德避暑山莊等都有不少這樣的廊子。

兩面廊（覆廊）

這種廊子的設計人別具匠心，他把一道牆的兩面都做成了廊子，使園子的內外區隔之處兩面都是遊廊，增加了遊覽路線的長度，擴大了園林的景界。在江南園林中這種形式的廊子不少。蘇州滄浪亭是蘇州現存最古老的園林，距今已有千年歷史。它的特點就是將園內外的景色結合。設計人把園外葑溪之水借入園景之中，擴大了園子的範圍，增添了景色。在營建技巧上運用了一彎「漏窗覆廊」，也稱作雙面廊，把一道臨水牆做成兩面廊子，從園裡園外都可以觀賞到廊子，遊人也可在內外廊子漫步，好像在兩個園子一般。

北京北海團城上北側的兩面廊也設計得獨具匠心。其形式有如雙面廊廡，中間不是牆而是室。它的內側是團城上承光殿後院的迴廊，構成團城的內部庭院，從內院可以漫步觀賞。它的外面則與北海融爲一體，與瓊島相對，互增景色，堪稱古典園林建築中的佳作。像這樣的雙面廊廡在古建築中還是不少的。

天宮樓閣與飛廊覆道

在《營造法式》的小木作中，有一種名叫天宮樓閣的佛道帳。它實際上是一種模型式的建築，用一道道的高空飛廊把許多座高大樓閣聯繫起來，氣勢非常壯觀。「覆道行空，不霽何虹」，所描寫的就是這種高空飛廊的形式。高空飛廊一般都是兩面有較高的欄杆和窗戶的，不能做成低欄透空的形式，以保護遊人的安全。

現存的實物以北京雍和宮的飛廊爲代表，當我們參觀雍和宮的時候，轉過了法輪殿，從一條夾道中可以看見在高大的萬福閣的左右兩邊，有飛廊兩道，懸跨於空中，把三座獨立的高閣聯繫起來，氣勢非常壯觀。

橋廊

我國許多地方的橋樑上都建有廊子，稱之爲橋廊。這種帶廊子的橋也被稱之爲廊橋了。橋廊的作用很大，它可以遮風避雨，遮擋烈日陽光，可供過往行人休息，在廊內可以觀賞風景，還有人在廊子內做小生意，開小鋪子的。橋廊還美化了橋身，使橋樑的藝術造型更加美觀。

現存橋廊的實物很多，尤其在我國南方，橋樑的形式更爲豐富多彩。廣西三江侗族自治縣的風雨橋可說是廊橋中的佼佼者，它們與村寨相結合，構成了特殊的村寨風光。在縣北二十公里有一座風雨橋名叫程陽橋，規模較大，橋廊的形式也極優美。橋跨於山溪之上，全長七十六米，它的結構是在五個石橋墩上建起通長的廊子，廊內當中爲走道，在走道的兩旁還安設了坐凳，以供行人在廊內坐歇。爲了使橋廊美觀，在廊的兩頭和中部共建了五個不同樣式的亭閣。橋的造型可以稱得上是一件成功的建築藝術作品。

廊（廡、副階），雖然不是古建築中的主體建築，但它卻是重要建築羣和風景名勝中不可缺少的部分。它有很重要的實用價値與藝術價値。我國古建築中的廊子很多，以上所舉只不過是千千萬萬個廊中的很小部分而已。

先秦婚姻說略

／許嘉璐

在儒家經典中，婚姻問題被視爲家庭、社會的大事。《禮記．昏（婚）義》說：「夫禮，始於冠，本於昏，重於祭喪，尊於朝聘，和於鄉射。此禮之大體也」；「昏禮者，禮之本也。」在儒家的「禮」書中還記載了婚禮的繁複的儀節、對婚姻雙方（特別是對女方）在道德和家庭義務上的規定。例如《婚義》就是「記娶妻之義、內教之所由成」的（《經典釋文》引鄭玄語）；《儀禮．士昏禮》則對從求婚到成親的每一環節（「六禮」）作了極細緻、具體的規定。《儀禮．喪服傳》：「婦人有三從之義，無專用（喪服）之道，故未嫁從父，既嫁從夫，夫死從子。」《周禮．九嬪》：「掌婦學之法，以教九御婦德、婦言、婦容、婦功。」這就是後代道學家們所鼓吹的「三從四德。」

由於經典板著一本正經的面孔（其實裡頭有好多後儒的理想成分），再加上歷代經學家、理學家的粉飾和添油加醋，於是好像在先王先聖那個時代就有了那麼多清規戒律，例如每對夫妻都是「待父母之命、媒妁之言」而結合的，如果敢於像《詩經》中許多情歌所表現的那樣追求自主，就會「父母、國人皆賤之」（《孟子・滕文公上》）。

其實並不是這麼回事。

先秦，確切地說是春秋戰國時代，婚姻問題正處在以整易「亂」、由寬到嚴的過渡階段，既有前代的遺蹤，又有後代封建囚籠的雛形。

在這裡我們不去討論周王朝屬於社會發展的哪個階段，就婚姻問題而言，有一點是可以肯定的：周初還沒有完全脫離亞羣婚的狀態，即兩個不同的氏族之間集體通婚，這一羣男人是那一羣女人的丈夫，在這兩羣人內部沒有後代意義上的夫妻關係。春秋戰國時代也還保留了不少這方面的遺風。這從儒家經典中就可以影影綽綽地看出來。儘管這些文獻曾經由孔子及其後學小心翼翼地做了遮掩，但總會留下蛛絲馬迹的。

例如春秋時期在周天子和諸侯的婚配上盛行著媵妾的制度。《公羊傳・莊公十九年》：「媵者何？諸侯娶一國，則二國往媵之，以侄娣從。」侄爲兄之女，娣即女弟（妹妹），《詩・大雅・韓奕》：「韓侯取妻，汾王之甥，蹶父之子。韓侯迎止，於蹶之里，百兩彭彭，八鸞鏘鏘，不顯其光。諸娣從之，祁祁如云；韓侯顧之，爛其盈門。」（汾，大。汾王指周幽王。蹶，周王卿士。兩，輛。鸞，車上的鸞鈴。不，丕，大）《左傳・隱公三年》：「衞莊公又娶於陳，曰厲嬀，生孝伯，早死；其弟戴嬀生桓公，莊姜以爲己子。」對於「媵」的性質，先儒鮮有道及。《釋名》：「媵，承也。承事嫡也。」這也只是說明媵的地位和任務。以今觀之，媵不過是亞羣婚的遺留。《僖公二十三年》：「狄人伐廧咎如，獲其二女叔隗、季隗，納諸公子（重耳）。公子娶季隗，……以叔隗妻趙衰。」「至秦，秦伯納女五人，懷嬴與焉。」這都是見於經傳的姐妹同歸的顯見事實。趙衰雖不是重耳的同胞兄弟，卻也是同族同輩。秦穆公妻重耳以五女，依當時的通例看，非懷嬴之侄，即其弟（士也有媵，見《儀禮·士昏禮》）。這種歷史現象在語言文字上也留下了痕迹。《說文》：「媾，重婚也。」重婚，並非停妻再娶或私奔再嫁，而是氏族間的男女羣相爲婚。段玉裁解爲「重疊交互爲婚姻」，他根據語言的流變和文字的孳乳居然窺到了其中消息，的確了不起。

民俗學和社會學家們承認，至今還殘存於我國一些少數民族中的「轉房」制（兄死妻嫂，甚至子死妻婦），是氏族社會亞羣婚的遺迹①。在儒家典籍中也不乏其事。例如嫁給晉文公的懷嬴，就曾先嫁懷公，妻從夫謚，所以稱懷嬴；秦又以納於重耳，重耳爲懷公之叔，是叔侄間的轉房。《左傳·莊公二十八年》：「楚令尹子元欲蠱文夫人，爲館於其宮側而振萬（舞）焉。夫人聞之，泣曰：『先君以是舞也，習戎備也。今令尹不尋諸仇讎，而於未亡人之側，不亦異乎？』」子元爲楚文王的弟弟，哥哥死了就去誘惑嫂子，雖遭拒絕，但轉房之事不以爲大恥卻是顯然的。又如《文公十六年》：「〔宋〕公子鮑（即宋文公）美而艷，襄夫人（宋襄公嫡妻）欲通之而不可。」這更是嫡祖母想轉給孫子輩了。至於《詩·邶·新臺》所諷刺的衛宣公娶了自己的兒媳，則是未成親之前的事，近似於搶婚。諸如此類的事情雖然也被《左傳》或《毛詩·小序》的作者斥爲亂倫，但那是後儒以禮評價歷史；在經典中這種事情如此之不鮮見，至少說明亞羣婚的習慣並沒有受到全社會自上至下的一致唾棄。比如後來的「子書」就比較老實，《淮南子·氾論訓》：「昔蒼吾繞娶妻而美，以讓兄」，「孟卯妻其嫂，有五子焉，然而相魏，寧其危，解其患。」（蒼吾繞，孔子時人；孟卯，戰國時齊人）雖然劉安也說：「此所謂忠愛而不可行者也」，但總比儒家經典更敢於正視現實。

比「重婚」存在得更早的是掠奪性婚姻。每當部落或氏族間發生戰爭，婦女便成爲掠奪的對象。除了殺掉的以外，「男爲人臣，女爲人妾」，即淪爲男女奴隸，女的則兼妻子（「女」即古「奴」字）。娶字原作「取」，《說文》：「捕取也。《周禮》：『獲者取左耳』，所以字從又（手）、耳。以取爲娶，正反映了搶奪女人以成婚的往事。又，婚原只寫作昏，《說文》：「婚」字下云：「禮，娶婦以昏時，婦人陰也。故曰婚，」許說本諸《儀禮‧郊特牲》，其實這是儒者的强行附會。以昏時者，昏暗不清，便於偷襲搶劫耳。《禮記‧曾子問》：「孔子曰：嫁女之家三夜不息燭，思相離也；取婦之家三日不舉樂，思嗣親也。」其實這可能是有適齡女子之家以防襲、搶親之家行動前的遮掩。《易‧屯》：「六二，屯如邅如，乘馬班如，匪寇婚媾。」《賁》：「六四，賁如皤如，白馬翰如，匪寇婚媾。象曰：六四，當位，疑也。匪寇婚媾，終無尤也。」又《睽》：「上九，匪寇婚媾，往遇雨，則吉。象曰，遇雨之吉，羣疑亡也。」許多學者已經指出，來婚媾者初被懷疑爲寇，繼而云「無尤」、「吉」，是乘馬而雄赳赳來者乃是搶婚；遇雨而吉，是沖掉了足迹無法被追了。《賁》乃就女方言，《睽》就男方言②。《易》是春秋戰國時的作品已無疑問，則諸卦所反映的當爲其時相當普遍的現象。搶婚的事例在《左傳》中也可看出一二。即如重耳、趙衰所娶的季隗、叔隗，就確實是「取」來的。即使是從夫家搶走已婚女子，也應視爲搶婚的演變。《左傳・文公十八年》：「齊懿公之爲公子也，與邴歜之父爭田，弗勝。及即位，乃掘而刖之，而使歜僕（掌管車馬）。納閻職之妻，而使職驂乘。夏五月，公遊於申池，二人浴於池，歜以扑抶職，職怒。歜曰：『人奪女妻而不怒，一抶女，庸何傷！』」這當然是憑著權勢幹的，已近似於後代的惡霸，但在當時，卻帶有「仿古」的色彩，所以齊懿公還讓閻職作貼身侍衛。

在羣婚③、亞羣婚的時代，「未有夫婦妃匹之合」（《管子・君臣》），「聚生羣處，知母不知父，無親戚兄弟夫妻男女之別，無上下長幼之道（《呂覽・恃君》。《商君書・開塞》、《白虎通・號》等也有類似說法），頗有「絕對自由」的意味。《周禮》爲戰國儒者根據周制參以理想而成，當屬「正統」，而其「媒氏」職云：「中春之月，令會男女。於是時也，奔者不禁。若無故不用令者，罰之。司男女之無家者會之。」這是民俗難以禁絕，與其防川，不如導之的措施。《詩》之小序也多次說到這種鵲橋會，如《野有蔓草・序》：「思遇時也。君子之澤不下流，民窮於兵革，男女失時，思不期而會焉。」《有狐・序》：「刺時也。衛之男女失時，喪其妃耦焉。古者國有凶荒，則殺禮而多昏，會男女之無夫家者，所以育人民也。」（《管子・小匡》略同）。其實，《詩》之《溱洧》、《桑中》、《東門之枌》等不過是這種男女和合場面的寫實，也就像彝族的火把節，乃是一個民族發展的必經階段，但儒家卻統統斥爲「淫」「亂」。一方面要繁殖人口（勞動力），於是組織男女相會，另方面「約之以禮」，眞是讓當時的青年和鰥寡無所措手足了。

春秋時代儘管有「禮」之教，但男女的結合還是比較自由的。首先對象可以適當自擇。例如，男女求婚，需女方的允許，雖然這其中有家長的意志在。《儀禮・士昏禮》：「請問名，主人許，賓入授，如初禮。」若主人不許，即不告以女子之名，婚事就告吹。女子也可表達自己的意志。《左傳．昭公元年》：「鄭徐無犯之妹美，公孫楚聘之矣。公孫黑又使強委禽（訂婚）焉。犯懼，告子產。子產曰：『是國無政，非子之患也。唯所欲與。』犯請於二子，請使女擇焉。皆許之。子晳（公孫黑）盛飾入，布幣而去。子南（公孫楚）戎服入，左右射，超乘（跳下戰車旋又上車）而出。女自房觀之，曰：『子晳信美矣，抑子南夫也。夫夫婦婦，所謂順也。』適子南氏。子晳怒，既而櫜甲以見子南，欲殺而取其妻。子南知之，執戈逐之。及衝，擊之以戈，子晳傷而歸。」爲兄者不敢定，當政者不能定，最後取決於待婚者本人。徐無犯之妹是有眼光的，沒有挑選近似無賴的子晳。這眞可以說是古老的三角小說了。値得注意的是父權（兄）、君權（子產是代表）、夫權（求婚者）都「許」其「擇」；而公孫黑求之不遂，就要「取」，這是他想利用搶婚之俗以抵制「擇」婚，並不完全非法，所以最後子產放逐了子南而未懲罰子晳。

婚姻自由的另一個表現是離婚不受限制。《白虎通．諫諍》：「傳曰，曾子去妻，（是因爲）黎蒸不熟。問曰：『婦有七出（七條被休的理由），不蒸亦預乎？』曰：『吾聞之也，絕交令可友，棄妻令可嫁也。黎蒸不熟而已，何問其故乎？』此爲隱之也。」出妻而隱祕著妻子的眞正弱點，給人家留個出路，這說明曾子雖出其妻，但尚有不忍之心。一方面《春秋》上每有「某夫人（或某氏）來歸」的記載，說明諸侯時有出妻之事，另一方面妻也可以「出夫」。例如大名鼎鼎的周王朝開國巨勳、齊的始祖姜太公就有這種遭遇。《說苑．尊賢》：「鄒子說梁王曰：『太公望，故老婦之出夫也，棘津迎客之舍人也。』」但對於出妻或出夫。古人是有一定限制的，例如《管子．小匡》說：「罷（皮。舊注謂乏德義者）士無伍，罷女無家。士三出妻，逐於境外，女三嫁，入於春谷。」這個「三」是應看作表示多的虛數的，而且在當時是否眞正實行過也很難說，只能說明古人也認爲頻繁換妻換夫者也非善良之輩。當時離婚講究好來好散，分手時客客氣氣，不要反目爲仇。《禮記．雜記下》：「諸侯出夫人，夫人比至於其國「娘家」，以夫人之禮行。至，以夫人入。使者將命，曰：『寡君不敏，不能從而事社稷宗廟，使使臣某敢告於執事。』主人對曰：『寡君固前辭不教矣，寡君敢不敬須（待）以俟命？』有司官陳器皿（出嫁時帶至夫家的物品），主人有司官亦受之。」女方財產仍歸女方，男女也不付出什麼賠償。

《禮記．曾子問》還說了一條規矩：「三月而廟見，稱來婦也」，從此新婦才成爲男家的正式成員。「曾子問曰：『女未廟見而死，則如之何？』孔子曰：『不遷於祖，不祔於皇姑，婿不杖，不菲、不次（即不服相應的喪服），歸葬於女氏之黨，示又成婦也。』」這是說過了三個月、拜見了祖宗，才正式取得媳婦的資格。對於爲什麼要這一條類似試用期的規定，前人都沒做出合理的解釋。據我想，這是爲維護家庭和睦和繁衍後代考慮的。如果三個月內新婦不順，或證明不能生育，都在「七出」之內，以其未成婦而分手，於雙方都好。

由於春秋時代去古未遠，原始婚姻的影子還在，因而在婚姻問題上的不平等現象還不像封建社會中後期那樣嚴重。這主要表現在弔祭的禮儀上。例如《禮記．曾子問》：「曾子問曰：『昏禮旣納幣，有吉日（已下定禮並商定了迎親日期），女之父母死，則如之何？』孔子曰：『婿使人弔。如婿之父母死，則女之家亦使人弔。父喪稱父，母喪成母，父母不在則稱伯父世母。婿已葬

（父母），婿之伯父致命女氏曰：『某之子有父母之喪，不得嗣爲兄弟，使某致命。』女氏許諾而弗敢嫁，禮也。婿免喪（過了喪服期），女之父母使人請，婿弗取而後嫁之，禮也。女之父母死，婿亦如之。」當時之所以這樣對等相待，跟現在女、婿、子、媳叫爸叫媽，在老人跟前盡心盡孝是不同的，現在是出自彼此的感情和對社會、對家庭的責任感，古代的禮制卻是爲了維繫兩家的和好關係，是爲了本氏族、本階級的利益。

由於春秋戰國時代是婚姻制度的變革期，必然在當時的觀念和儀制中出現前代所沒有的需要和原則。這主要體現在周代的婚姻禮儀中。另一方面，我們透過儒者在「禮」的表面所蒙上的紗幕，也不難窺見上述的種種前代遺迹的輪廓。但這就不是本文所能說清的了。

注釋

①《布朗族社會歷史調查》（一九八一・七）《佤族社會歷史調查》（一九八三・十二）《傈僳族社會歷史調查》（一九八一・十），均爲雲南人民出版社版。

②參看劉師培《中國歷史教科書》、梁啓超《中國文化史・社會組織篇》、郭沫若《古代社會研究》。

③現代學者把「羣婚」與「亂婚」區別開來。這裡的「羣婚」只指族外羣婚，參看Ю・И・謝苗諾夫：《婚姻和家庭的起源》，中國社會科學出版社，一九八三。

古代「贅婚」漫議

／向　黎

「贅婚」是男嫁女娶以妻居的婚姻形式。這種婚姻現象發生在由對偶婚向一夫一妻制個體婚過渡的時期，它與中國遠古母系氏族社會向父系氏族社會過渡階段相適應。

在對偶婚時期，男子嫁到女家並參加女家的勞動，所生子女屬於女方。到了一夫一妻制時期，則是女子嫁到男家並在男家勞動，所生子女屬於男方。這樣，女家便由多一個勞力變成少了一個勞力，經濟上會受到損失。爲了彌補男子「從妻居」變爲女子「從夫居」給女家帶來的損失，就要尋求補償的辦法。由於當時生產力水平有所提高，一些有剩餘財物的家庭爲兒子娶婦，有能力拿出一定數量的財禮給女家作爲贖金，建立女嫁男娶的婚姻關係；一些生活困難的家庭缺少錢財，唯一的辦法就是讓自己的子弟到女家從事一定期限的無償勞動，用生產品作爲補償，以實現換到妻子的婚姻關係，這就是古書上說的「家貧無有聘財，以身爲質」的意思，一般稱之爲「贅婚」，或「服務婚」。男子給女家勞動的時間有長有短，長則幾年，短則半年。在此期間，男子要接受女子和女家的監督，並經受各種艱苦的考驗，證明他具有養家糊口的能力和值得信賴後，才能被同意結婚或入贅。由於男子的勞動期也是考驗期，所以有的文化史書上稱之為「考驗婚」。

據《史記・五帝本紀》記載，堯「以二女妻舜以觀其內，使九男與處以觀其外」。舜在女家內外受監督，還經受「耕歷山」、「漁雷澤」、「陶河濱」、「作什器」和跑生意等多方面的考驗。不僅如此，因堯在傳說中是當時原始部落聯盟的首領，還要舜去完成聯盟各種事務以考驗他的辦事能力。經過這番「以理家而觀國」的特殊考驗之後，堯才將「二女」嫁給舜，並以「絺衣」、「琴」、「倉廩」和「牛羊」作陪嫁物。上述的情況，符合當時「贅婚」的特點。

隨著生產力水平的提高和社會分工的發展，在貧富分化的基礎上產生了階級和剝削，加强了男子在家庭中的權力和地位，由親生子女繼承財產和傳宗接代的倫理思想日益增强。

然而，只要社會上還存在貧而有子和富而有女的家庭，「贅婚」就有依存的土壤而不會喪失其活力。戰國時期，齊國有漁鹽之利，工商業較發達，女子多從事各種織品的加工，在經濟上有獨立的地位，可以「在家主祠」，在嫁與不嫁的問題上有選擇的自由。《史記・滑稽列傳》說「淳於髡者，齊之贅婿也。」這位從淳于氏嫁到女家的男子名之曰「髡」，表示他剃掉頭頂周圍的鬢髮，如同漢代奴隸的「髡鉗」一樣，在家庭中處於服勞役的地位。後來，他靠著自己的「滑稽多辯」，做了齊威王的相。

齊國是否實行「贅婚」？俞正燮在《癸巳存稿・巫兒事證條》引用《戰國策・趙策》趙威后說的北宮之女嬰兒子「至老不嫁，以養父母」，來得出「齊女無贅婿」的結論，未免失當。其實，齊女「至老不嫁，以養父母」，與招夫養老的「贅婚」並無矛盾。齊國女子既有獨立生活的能力，而社會上又存在對偶婚的遺俗，所以她們的性生活比較自由，在社會場合中也很少忌諱，「州閭之會，男女雜坐」，「握手無罰，目眙不禁」，不像魯國女子那樣嚴守貞操。因此，齊國女子贅夫是社會公開的一種婚姻形式。

秦國原是「男女無別」的社會。商鞅變法，對婚姻家庭實行父子離析異居的改革，建立「民有二男以上不分異者，倍其賦」的小家庭制。即後來《漢書・賈誼傳》說的「秦人家富子壯則出分，家貧子壯則出贅」的「雙軌制」。在貴富賤貧的封建社會，「贅婚」遭受世人的歧視。秦漢時期，贅婿甚至被封建政府列爲「發謫」的對象之一。

自唐宋以後，「贅婚」的內容稍有變化。未婚女子娶夫稱贅婿；寡婦娶夫稱「接腳婿」，或「招夫」。寡婦住在夫家，招後夫承當前夫門戶，須改從前夫之姓。元代的「贅婚」，據《吏學指南・婚姻門》記載有兩種：一是終身在妻家作贅，頂門當差，行贍養女方父母之責，稱「養老」；一是有年限地到女家服役，年限屆期，或妻子亡故，可離異歸宗，稱「出舍」。

封建社會鞏固了「男尊女卑」的思想基礎，婦女受到封建倫理道德的嚴重束縛，失去了獨立的人格和自主權。頂門立戶、繼承遺產、傳宗接代與婦女全然無關，僅是男子享有的特權。在這種「男尊女卑」思想的影響下，男子到女家入贅便被譏爲「人之疣贅，是剩餘之物也」。尤其是在封建社會後期，這種思想更是嚴重侵蝕了人們的心靈。如宋明理學家提倡寡婦爲前夫守節，對寡婦再嫁、寡婦招夫極力的醜化。淸人邱煒萲在《菽園贅談》中之「戚裡早寡者，或不安於室，始也求壯，終且鳩居，率以招夫養子衛京爲口實」。

然而，「贅婚」畢竟是符合社會需要的一種婚姻形式。所以爲它講公道話的人還是有的。如宋代范政明在《岳陽風土記》中記載，「湖湘之民生男往往作贅，生女反招贅舍居。然男子爲其婦家承門戶，不憚勞苦，無復怨悔」。湖湘地區有少數民族雜居，是風俗使然。在工商業發展較高的地區，「贅婚」也能得到社會的同情。《稗史匯編》記載，「馮布小時有才幹，贅於孫氏，其外父（妻父）有煩惱事，輒曰：『俾布代之』。至今吳中謂婿爲『布代』」。在明清時期，「布代」成了「贅婿」的代稱。

據我國民族學工作者的調查，中國南方的壯、瑤、拉祜、傣、彝、納西、布朗、侗、水、景頗等少數民族都實行過「贅婿」。甘肅隴南康縣的山區至今還普遍存在「贅婿」的習俗。這些地區男尊女卑的觀念比較淡薄，男女婚嫁沒有畫出明顯的界限。所以許多有女無兒的家庭都願意採用招婿上門的婚姻形式。

我們從西雙版納傣族在新娘家中舉行的婚禮場面，可以感受到贅婚的歡樂氣氛。它舉行的「拴線」儀式，與唐代的「繫指頭」和宋代的「牽巾」相類似。「拴線」是用潔白的棉線拴在新婚夫婦的手腕上，象徵著把兩顆純潔的心拴在一起。然後，參加婚禮的人們邊喝酒邊唱歌，祝賀新人結成終生伴侶。婚後一段時間丈夫住在妻家。解放前，一般住滿三年就可以帶妻子回到自己父母家裡。解放後，如果女方缺勞動力，男子可以長久地住在妻家；如果男方缺勞動力，可以提前把新娘接走。婚後夫妻雙方在經濟上平等，不受對方的約束，所以家庭大多和睦相處，過著幸福愉快的生活（參見馬寅主編的《中國少數民族常識》）。

在這裡，不妨對中國少數民族文學作品中描寫「拉弓」、「比箭」的題材作點介紹。「拉弓」、「比箭」如同舜「漁雷澤」、「陶河濱」那樣是古代「贅婚」考驗入贅男子的項目。而在文學作品中卻被幻化成激烈地戲劇衝突和神奇遇合的故事。

傣族長詩《蘭戛西賀》就有描寫「拉弓」擇婿的場面。西拉姑娘將要招婿，卻招來一百零一個王子向她求婚。天神英達賜給她的養父一張神弓，並告訴他說：

明天你叫王子們來試，
誰能拉得動神弓，
並把三支箭射出去，
你就把漂亮的西拉交給他。

在這場「拉弓」比試中，所有王子都不能挽動神弓，一個名叫「蘭戛」的十頭王也只能提起神弓，卻不能拉開弓弦。只有「修行和尚」召朗瑪王子奪魁取勝。

詩中描寫婚前競技的弓弩由天神贈送，幻化出神話的色調，前來求婚的平庸者都在考驗中一一失敗，只有男性英雄以自己的高强本領取得成功，以喜劇告終。

唐代李淵「開屛射雀」的典故，與上述詩中的故事有相似之處。據《新唐書》、《舊唐書》記載，竇毅爲女兒竇氏「求賢夫」，在屏風上畫了兩隻孔雀，以射中孔雀雙目作爲擇婿的條件。李淵學箭，「兩發各中一目」，與竇氏成婚。這保留著突厥族實行「贅婚」的痕迹，當然難免也摻雜著史家對他諛美的成份。可見「贅婚」是人類社會處在一定階段的產物有其歷史的正當性和合理性。在封建社會它可以說是作爲重男輕女封建觀念的對立物而存在的。

滿族的婚姻習俗

／岑大利

滿族的婚姻習俗在努爾哈赤時代前後帶有濃厚的游牧騎射的特點，至皇太極統一東北到順治入關，隨著其社會經濟的發展和受到漢族的高度封建文化的影響，其婚姻制度也發生了很大變化，漢化程度越來越深。但是直到清末，滿族的婚姻仍保留著一些民族的習俗。

滿族早期帶有民族特色的婚姻習俗，主要有以下幾個方面：

八旗組織管理婚姻

自從西元一六一五年（明萬曆二十九年）努爾哈赤創建八旗以後，八旗組織就成爲兵民合一的最基本的社會組織，滿族統治者通過八旗組織不僅控制了軍官和士兵，而且控制了他們的眷屬，管理他們的婚姻。談遷的《北遊錄》記載：「旗下，所生子女聽上選配，或聽親王，並不敢自主。」西元一六三五年（清天聰九年）皇太極諭：「嗣後凡官員及官員兄弟，諸貝勒下護衛、護軍校護軍、驍騎校等女子、寡婦，須赴部（戶部）報明，部中轉問各該管諸貝勒，方准嫁。若不報明而私嫁者，罪之。其小民女子寡婦，須問明該管牛彔章京，方准嫁。凡女子十二歲以上者方許嫁，未及十二歲而嫁者，罪之。」（清太宗實錄》卷二十三）從這裡我們可以看出，滿族官員的婚姻要由所管的貝勒決定，一般平民的婚姻要由牛彔章京（佐領）決定，誰違反了這種制度就會受到懲罰。例如，西元一六三〇年（清天聰四年）四大貝勒之一的阿敏被劾奏的十六罪狀之一就是「擅娶塞特爾女爲妻」「竟不奏聞」。

以上這種由八旗組織決定婚姻的作法，在清兵入關以後，隨著逐漢化，就僅存形式了。八旗子女的婚姻變爲主要由「父母之命、媒妁之言」決定，結婚時只申報一下所屬佐領就可以了。這種作法一直流傳到清末。但滿族結婚的《通書》（即《婚書》）上仍必須注明屬於哪一個佐領，否則就被認爲是一個缺陷。

同姓婚娶，不論輩份

在努爾哈赤統治前，滿族有嚴重的同姓血緣婚的習俗。明《岷峨山人譯語》云：「胡俗婦喪其夫，其家男子即收爲妻妾，父子兄弟不論也。他適，則人笑其不能贍其婦。」《建州聞見錄》云：「嫁娶則不擇族類，父死而子妻其母。」如多爾袞的親侄肅王豪格犯了罪，多爾袞即娶豪格之妻爲妻，就是「婦喪其夫，其家男子即收爲妻妾」之一例。至於「不擇族類」、不分輩份的婚姻就更多了，如努爾哈赤把他的親妹妹嫁給六祖豹石之子，就是一個實例。又如，皇太極既娶蒙古科爾沁貝勒莽古思的女兒爲孝瑞后，又娶了他的孫女爲孝莊后；順治既娶蒙古科爾沁貝勒克吳善的女兒爲后，又娶吳克善的侄孫女爲孝惠后，都是姑侄同嫁一人。

這種不論輩份的「亂倫」的姻親關係，反映了滿族早先氏族制社會中原有的羣婚制殘餘。後來，隨著滿族的逐漸漢化，封建的「倫常」觀念深入人心，不論輩份的婚姻才逐漸減少以至於消失。清天聰五年（西元一六三一年）有諭旨頒下：「凡取繼母、伯嬸母、弟侄婦，永行禁止。……如違此例，同族嫁娶，男女以奸論。」（《皇清通志綱要》卷二）不過在同治時（西元一八六二～一八七四年）載淳的孝哲后和珣妃仍同爲侄姑，但那不過是個別的例子。總的來說，講求倫常，嚴格輩份，是滿族入關漢化後婚姻的通例。

此外滿族貴族婚娶都講究門當戶對，不與平民結婚，從清初到清末，這種嚴格的等級觀念都是牢不可破的。他們可以和蒙古、漢、朝鮮等族聯姻，但對象僅局限於王公、貝勒、部長、台吉、降將等的家屬，絕不和「諸申」（自由民）、「阿哈」（奴隸）及一般「老百姓」成婚。據《朝鮮實錄》記載：「大抵斡朵里酋長不娶管下，必求婚於同類之酋長或兀狄哈，或兀良哈，或忽刺溫。」努爾哈赤、皇太極以及後來的清朝皇帝都繼承了這一傳統。

滿族的婚姻禮儀也帶有民族的特色

據文獻記載，努爾哈赤時期，滿族的婚禮甚爲簡單，放定時送給女家弓馬鞍箭；女方送新娘時，男方出外親迎，然後設宴、賞賜金銀綢緞，如此而已。皇太極時的婚禮也不甚講究。順治入關以後，受漢族文化的影響，漸漸形成一套繁瑣細密的禮節，大體有以下幾個過程：「相看——插戴（下小定）——過禮（下大定）——婚禮——回門。」

相看即男家主婦至女家，問女年齡，觀看容貌，如果不合主婦之意就算了，如果合意就放下定。所以在相看時，往往採取不公開的手段，只說某月某日有朋友到女家拜訪，以免婚事不成，留下不好的印象。

插戴又叫放小定。插戴就是訂婚的意思，它有一段發展過程，在肅愼時期，不經過「相看」，由男女直接會面，「男以毛羽插女頭，女和則持歸，然後置聘禮，……（《遼海叢書·翰苑·蕃夷部》）到淸初和中期，演變爲「諏吉行插戴禮，至日預扶新人端坐於榻，夫家尊屬若姑嫜諸母、諸嫂輩往之女家，以首飾、珠玉親手簪之。」（《聽雨叢談》）

過禮，或曰放大定。實際上就是女方把賠送的嫁妝送到男家，男家也以許多金、銀、綢、緞、酒、餅、鵝、羊送到女家。這種放大定的禮儀完全看雙方的家庭經濟情況來決定，貧富貴賤相差很大，有八擡、十六擡、二十四擡，直至一百零八擡之分。

放小定與放大定的界限並不明顯，在淸初也有把兩次放定訂婚合併，並把插戴禮就叫做放大定的。

婚禮時洞房的擺設甚爲講究。先由全科人（即父母子女俱全的人）的長輩婦女把牀鋪好，在被子四周放上棗子、花生、桂圓、栗子，取「早生貴子」之意，然後在被子中間放一如意，家庭不富裕的在中間放一個蘋果也可以。洞房陳設好了以後，即請人在房內奏樂，音樂鑼鼓的響聲徹夜不絕，名曰響房，這是當時的迷信風俗，據說連夜奏樂可以驅除鬼怪。婚禮以前，還要先把花轎放在院子裡，叫做「亮轎」，這個風俗的來歷也有迷信成份，說是在光天化日之下，把轎子亮一亮，曬一曬，就可避免鬼怪。

結婚典禮之日，先由男方選擇長輩（全科人）陪同新郎到岳父家，向岳父岳母叩頭後即回家。新娘上喜轎一般在夜裡，由女方送親太太陪同，一路吹吹打打擡到洞房。洞房前面的地下放著一火盆，讓喜轎擡著新娘由火盆上經過，據說這也是爲了避邪。喜轎到了洞房時，新郎手裡拿著弓箭，向密閉轎簾的轎門連射三箭（朝轎底射，以免傷著新娘）。這可能是過去游牧騎射時期搶婚遺留下的習俗，要把追趕來的敵人射走。但也有人說是爲了趕走跟著喜轎來的鬼怪。這個向喜轎射箭的眞實含義，現在就難以確定了。

三箭射完，就有人打開轎簾，由女全科人把新娘攙入洞房。當新娘下轎後，就把一個用紅綢紮口，中裝五穀雜糧的花瓶（叫做寶瓶）放入新娘手中；又在新娘過門坎時，在門坎上放置一馬鞍，扶新娘越過去。當新娘在牀上坐穩後，新郎走過去把罩在新娘頭上的紅布揭開，叫做「揭蓋頭」，這是新郎與新娘的第一次直接見面。

這時新郎與新娘按男左女右並肩坐在牀上帳內，全科人把新郎的右衣襟壓在新娘的左衣襟上，據說是表示男人應該壓倒女人的意思。這就叫做「坐帳」。坐帳後，新郎新娘一起喝「交杯酒」，吃「子孫餑餑」（即煮得半生不熟的餃子，以取「生子」之意）、長壽麵。至此，結婚儀式方告完成。

第二天早晨，新郎就到父親、母親處道喜。至於新娘，則仍須在房中牀上靜坐到第三天的早晨才能下地出房。在這三、四十個小時裡，新娘照例不准大小便的。因此，在結婚前一兩天，新娘就不喝水不吃飯，或少吃少喝；只吃雞蛋，以免在坐牀時「丟醜」。這樣做，據說爲的是「闘一闘新娘的性子」。

到了第三天早晨，新郎和新娘先到祠堂和佛堂前叩頭、然後回到家中向父、母行三跪九叩之禮，向伯、叔、嬸母、姑、兄、姐行叩頭禮。夫妻一起叩頭，叫行雙禮。行完雙跪後，受禮的人必拿出一些東西作爲禮品送給新郎新娘。這種「叩頭禮」叫做「分大小」，也就是說，從這一天起，新娘和家中人開始分清了尊卑大小，親疏遠近的關係。

回門在結婚後第三天上午，新郎和新娘「回門」，新郎叩見岳父和岳母，新娘則拜見父、母。這一天，娘家必設盛饌招待姑爺和姑奶奶。新娘還要和母親痛哭一場，表示捨不得離開母家。「回門」當天必須回男家，不得留宿。到了第十二天，新郎和新娘又回娘家，這次「回門」，新郎和新娘就可以在娘家住些日子，至於日子的長短就要由男方的父母決定。

婚禮上所不同者，一是婚禮的繁瑣和簡單，鋪張和節儉完全以雙方的貧富、賤貴來決定。有錢的貴族力求豪華，沒錢的一般旗民則只是走走形式而已。二是在洞房外請不請薩滿太太（巫婆）跳神祝福，也看雙方的財和勢來決定，因爲這需要浪費不少財物。

我們用歷史的眼光去看滿族的婚禮，坐花轎、送彩禮、飲交杯酒等等是滿族入關後受到漢族的影響才舉辦的。而向喜轎射箭，喜轎過火盆，吃子孫餑餑，請薩滿太太跳神祝福等等則是從關外帶入，一直流傳到清末，沿襲了二百多年的。

對於過去滿族的婚禮，用現代的眼光來看，有些是富於戲劇性的或不必要的繁文縟節，但從這裡也可以看出民俗的流傳和滿族社會經濟文化發展的痕迹。

古代的懸棺葬

／唐嘉弘

岩有千年骨，梯懸萬仞船；
夜聞仙樂動，縹緲五雲邊。

這是明代朱維京在他的《遊仙岩》詩中，描寫江西貴溪古代船棺的情景。縣棺作爲一種喪葬制度，可以從一個側面反映有關各族人民所處歷史階段、社會物質生活、社會結構以及各族之間相互交往、相互影響的關係。下面僅就我國古代懸棺的形制、時代、分布、源起、族屬等問題，略抒己見。

一

懸棺葬式是一種處置死者屍骨的特殊方式，在我國主要分布於古代南方少數民族地區。根據文獻和考古的資料看來，約有下列幾個類型：

㈠在岩壁上鑿孔，楔入木樁，把棺材放在木樁上面。有些岩壁在一兩百公尺以上，峭如斧劈，棺材多已墜毀，岩壁上還留有星羅棋布的安放木樁鑿孔的遺迹。

㈡利用天然岩穴，將棺材半放穴內，半露於外。

㈢利用兩個岩石間的裂隙，有的在其間橫架木樑，放置棺材，棺材全部外露。

㈣鑿岩爲穴，插入棺木，一端露在穴外。

上述四種類型，均突出了一個「懸」字，所以歷史上稱它們是「懸棺葬」。

至於那些把屍骨、棺材全部藏放在岩壁洞穴（天然的或人工的均有）的葬式，多稱爲「岩洞葬」、「岩墓」、「岩葬」或「岩棺」。有一些論著也稱之爲「懸棺葬」。

現已基本查明，我國湖南、湖北、廣西、廣東、四川、福建、江西、浙江、貴州、雲南、安徽、臺灣和陝西南部等地，或多或少均有懸棺或岩棺的遺迹。

有關地方志中稱懸棺或有懸棺的山岩爲「敞艇」（實是露天的船形棺材）、「掛岩子」、「插灶」、「架壑船」、「涼骨墳」、「箱子岩」、「仙函」（實是方形木棺）、「仙蛻石」、「仙人屋」（「屋」亦作「室」、「石」、「城」）、「仙岩」、「沈香船」、「蛻仙臺」、「鐵船山」（實是「尾插絕頂岩間」的船棺）、「家親殿」等。顧名思義，這些名稱都比較形象的描寫了懸棺的特點，加上什麼「仙」人，顯然是後世的附會。

棺材的形式，多種多樣。如福建崇安武夷山的白岩、觀音岩等地，是用整木鑿的獨木舟式。

通稱船棺。在江西、貴州、四川、兩湖、兩廣、福建、浙江等地，有用獨木鑿成的獨木棺式。二者均有可能從船形的或獨木槽式的糧食加工工具「舂塘」而來。還有木板作成的長方形的棺材，「如匣」、「如箱」的棺材以及陶瓷和竹席作成的葬具。臺灣還有用麻袋或布袋作爲懸棺葬具的。

關於懸棺的時代，現有考古材料說明，最早的可能屬商周之際。從福建崇安武夷山取下的船棺實物標本，有觀音岩和白岩各一具，經用碳十四測定，有如下數據。

觀音岩：⑴3840±90年；⑵3370±80年。

白岩：⑴3235±80年；⑵後來白岩的數據再經樹輪校正，年代爲距今3445±150年。如果這些數據可靠，船棺即屬夏代和商代的遺物。但是，不少考古工作者認爲數據偏早，根據隨葬品製作技術的分析，可能是西周、春秋時代的遺存。

經過考古工作者科學的清理或調查，全國各地發現的懸棺時代從春秋起經東漢、兩晉，一直到明淸皆有，臺灣紅頭嶼高山族的阿美族人到了近現代還在實行懸棺葬或岩棺葬。

二

南中國一些少數民族爲什麼要施行懸棺葬式？這可能和他們的宗教意識形態及信仰有一定關係。

我國在石器時代，基本上沒有懸棺或岩棺。各地多行土葬；到了銅器時代和鐵器時代，特別是在漢唐到明清時，南中國各族多行這類葬式。

據東吳沈瑩寫作的《臨海水土異物志》記載：三國孫亮太平年間，臨海郡（今浙江臺州、溫州、麗水一帶）的「安家」人，住在深山中，人死以後，用一四方形木函裝殮，殺犬祭祀，同時飲酒歌舞，宗教儀式完畢，就把棺材「懸著高山岩石之間，不埋土中作冢墩也」。

在東漢成書的《越絕書》裡，曾經提到「木客」人，以後歷經魏、晉、唐、宋、明、清，在福建、湖南、江西、廣西等地，都有「木客」人的蹤跡。《太平御覽》卷八八四引鄧德明《南康記》：「木客」族人死後，即舉行殯殮儀式，然後把棺材放在高峯樹枝上，或放在石穴中。

唐代張鷟的《朝野僉載》記述「五溪蠻」的父母死亡後，將屍體放在村外，三年後在臨江的高岩上放置棺木。他們認爲，「彌高者以爲至孝」，放的位置越高，越是盡了孝道。《敍州府志．外紀》所說敍州一些少數民族，對死者的棺材，「爭掛高岩以趨吉」。宋代朱輔的《溪蠻叢笑》記述盤瓠（盤古）後嗣子孫「五溪蠻」，生活在長沙、黔中一帶，人死後埋在土中，隔一段時間取出屍骨，裝在小木函中，放在大樹上或岩穴裡。貴州仲家人也有大體類似的風俗習慣。

元代大德（西元一二九七～一三〇七年）時，曾作烏蒙路宣慰副使的李京，據其親身經歷，寫作《雲南志略》，記述土僚（仡佬）人死後，「則以棺木盛之，置於千仞巔岩之上，以先墜者爲吉」。這裡明確提到土僚的宗教意識，認爲懸放的祖先棺木，愈高愈好，墜落愈快，愈能使後嗣子孫得到吉祥；相反，就是不吉利。《馬可波羅遊記》裡說「禿落蠻」（按即「土僚」或「仡佬」）人死後，用小匣裝部分屍骨，「攜之至高山山腹大洞中懸之，俾人、獸不能侵犯」。這裡係馬可波羅的猜想，因爲深埋土中，同樣能達到人、獸不能侵犯的目的，用不著冒險把棺材懸放在峭岩上。

明、清時代貴州的「花仡佬」穿花布衣服，「紅仡佬」穿紅布衣服，人死後舉行殯殮，並作「木主」，然後把棺材放在「千仞懸岩，或臨大河，不施蔽蓋」（檀萃《說蠻》）。明代嘉靖時，田汝成的《炎徼紀聞》也有類似記載，並說「以木主若圭」，羅列在高岩棺材側面。這些圭形神主，當係祖先崇拜的遺迹。仡佬人和其他各族的懸棺，不僅要舉行一定宗教儀式，還涉及到使用高空建築技術。很有可能，當懸棺主人分別施行帶有普遍性的露天葬式時，接受了中原使用棺材的風習，加上他們當時的宗教意識，輾轉傳徒，衍化形成了這類葬式。

三

分布地域廣闊、延續時間漫長的懸棺文化，肯定不是某一個古代民族所獨有的文化現象和風俗習慣，除南中國外，印支半島、南洋羣島、南太平洋也有縣棺。直到現代，長江流域和粵江流域以及東南沿海，還存在有數十個不同的少數民族。在我國五十多個民族中，南中國要占大多數。這些地區的古代民族當然不會少於現代。如果把衆多的懸棺主人都定爲「越」人或「百越」、「濮」人或「百濮」、「僚」人或「諸僚」，歷史根據不夠充分，缺乏說服力。

早在漢唐時，人們已經認識到從會稽到交趾約七八千里間，「百越雜處，各有種姓」（《漢書・地理志》顏師古注引臣瓚說），因而明確指出「百越」是一泛稱，並不是某一個人們共同體所獨有的專稱。「百越」中有許多不同族屬的氏族部落或部族。百「濮」和諸「僚」也有類似情況。至於把濮人和僚人混同起來，再和僰人加上等號，泛稱與專名夾雜不清，更容易造成混亂。某處懸棺屬於何族，我們只能有根據地作具體分析。事實是，在古越人較爲集中的地區，還沒有發現越人使用懸棺或岩棺的遺跡，而文獻記載和考古發掘又說明越王勾踐家族和越人施行土葬，這就進一步提供了否定越人懸棺說的有力論據。

本世紀三十年代到四十年代，有一些國外的學者，其中如曾任原華西協和大學博物館長的葛維漢牧師，對我國西南地區的懸棺，作過較長時間的研究工作。葛氏有僰人說、擺夷說、高加索人說、漢人說等，我國學者多予以否定，認爲懸棺或岩棺是中國古代一些少數民族的葬式。它是在中國本土上，一定歷史時期出現的葬俗，並不是從西方或外地傳入的。

許多文獻已經明白指出古代某一氏族部落施行懸棺，如安家、木客、某些仡佬、某些苗、傜等，如在同一時代同一地區發現懸棺，它們的主人當然可以肯定，分別歸於上述各族。至於那些族屬無法肯定的懸棺，似可暫時存疑，或作有限度的推測，等待以後有更多的考古資料和民族史研究的深入，再作定論。

施行懸棺的古代民族，是否均屬該族的統治階級人物？答案應該是具體情況具體分析，不能一概而論，其中個別情況可能是統治階級人物或首領人物。他們利用攫取的政治地位，動員許多人力、物力，從事這項工程艱鉅而又十分危險的葬式。但是，在歷史上，南中國廣大地區的少數民族，大多長期處在氏族部落階段，還沒有走進國家的大門。同時，無論是懸棺或岩棺，往往成百上千地放在岩壁上，這個現象也說明它們不像少數統治者的葬式，而是類似於氏族的公共墓地。

我國使用懸棺的古代民族，有的和中原的華夏族（後來是漢族）之間，存在著密切的物質、文化交流關係，有的在某些物質生活方面，已發展到較爲高級的水平。

福建崇安武夷山白岩峭壁上發現的船棺，距今約三千年，棺內有一批紡織品殘片，經栓驗分析鑒定，它們的原材料分別爲大麻、苧麻、蠶絲和棉花。其中一塊青灰色棉布殘片，是我國年代最早的棉織品。船棺內的四塊麻布，有三塊棕色，土黃色和棕黃色的大麻布，另一塊是棕色苧麻布。用這批麻布與河北藁城商代中期大麻織品、北京平谷商代晚期大麻織品、陝西寶雞西周麻織品比較，商周麻布均較粗糙，一般僅八～十二升（八○根經紗爲一升，依此類推）。而商末周初的武夷山苧麻布已達十五升。此類麻布據《周禮》「冢宰」鄭玄注、孫詒讓正義稱爲緦布。緦布的精細程度猶如絲綢，故較中原的紡織技術爲高。武夷山船棺的棉布原料可能是多年生灌木型叢生的木棉，從這塊棉布的化驗參數來看，織造技術還較原始，但它的發現打破了我國棉花和棉紡織技術由國外引進的觀點，還是十分珍貴的最早的歷史見證物。用船棺內五號絲綢的栓驗分析數據，去對照比較商代安陽殷墟銅觶上附著的絲綢、河南洛陽戰國墓銅壺（A）附著的絲綢和湖南長沙東周楚墓劍鞘附著的平絹，武夷山的較爲稀疏，技術亦較差（參見高漢玉、王裕中：《崇安武夷山船棺出土紡織品的研究》）。

四川珙縣洛表鄉十具懸棺的清理，發現有絲痲織品、陶器、竹木器、瓷器、鐵器、漆器、銅器等。其中痲織衣裳共一〇一件，提花刺繡，高領對襟，花邊綢帶，色彩鮮艷。絲織品與漢人衣服相同。其他器物不少也與漢人所用相同。紅色竹箸方頭圓足，滿施紅漆，四邊除有銀灰色紋飾外，四面均有草書漢文，形制和漢人所用者類同。它體現了懸棺主人除了保有自己的民族特色外，還吸收漢人的文化。據對該地懸棺人骨架觀察和測量的較系統的資料判斷，十具顱骨中發現六具顯示生前有「打牙」（鑿齒）的風俗，都是二十歲以上的成年人，和文獻記載的「打牙仡佬」符合。他們的體質特徵和傣族（中外論著常畫入越族）有顯著差別，和川苗也不相同，很難說明他們是同一族屬。

江西貴溪的岩棺洞穴很多，其中已清理十八處，共發現陶器、青釉瓷器、竹木器、玉、骨器、紡織品和紡織工具等二百四十餘件。陶瓷器有一三七件，占遺物總數百分之五十七。兩張十三弦琴是先秦音樂史上的珍貴文物。在這二百多件器物中，不少器物分別和中原地區、江西靖安、湖南衡南、上海戚家墩、浙江紹興、洛陽中州路等出土的同類器物相似。一些仿銅陶器，在吳越地區時有所見；提梁盉和河南固始侯古堆一號墓出土的幾乎一模一樣，僅紋飾稍有不同。貴溪岩棺和崇安武夷山船棺頗有類似之處，兩地棺木均用整樹刳成，木作工藝已應用刨、刳、鑿孔、起槽、作榫等技術。棺、蓋兩部分用子母榫口咬合，多不用釘。貴溪還發現有大痲布、苧痲布、絲絹。隨葬仿銅木劍、木製紡織工具被認爲是國內見到的最早的斜機織部件。

總之，上述一切可以充分說明我國古代南北各族人民在經濟、文化諸方面的交往是密切的，一直在相互滲透，相互影響。喪葬制度風俗習慣的不同，並不能阻擋各族人民的文化交流和相互融合；各族人民在締造我們偉大祖國的過程中均作出了不可磨滅的貢獻。

明皇室的殉葬制

／牟小東

參觀過定陵的人們看到地宮後殿的棺牀上放置著明神宗朱翊鈞和他兩個皇后的棺槨，而左右配殿的棺牀上卻空空如也，就必然會產生下面的一種想法：大概到了明代，封建統治者已經用陪葬的木俑代替人殉的制度，明代皇帝的陵寢可能都是這樣的吧！但事實究竟如何呢？回答並非完全如此。根據歷史文獻記載，明孝陵和十三陵中的三個陵寢都有不少無辜婦女活活被害死，然後作爲所謂從殉埋葬在陵園內。

封建末世　尙有人殉

座落在南京鍾山的明孝陵是明代開國皇帝太祖朱元璋的陵寢。史書上說：「太祖的孝陵共有妃嬪四十人都以身殉，只有兩個人葬在陵之東西兩側，因爲那是洪武年間先死的」①。被迫而死的婦女竟達四十人之多，眞是令人觸目驚心！

明成祖朱棣的長陵，是北京明十三陵當中第一座陵寢，其規模建制之雄偉爲諸陵之冠。重簷九間的棱恩殿總要引起參觀人們的注視，殿內三十二根巨柱，中間最大的四根，兩個人都抱不過來，更是令人感到驚奇，對於數百年前我國勞動人民的智慧和才能無不讚嘆不已。但是在欣賞流連之餘，又焉能想到這座莊嚴肅穆大殿的附近，居然有三十多名被迫害而死的婦女埋葬在陵園的東井、西井之中呢②。原來朱棣死後，從殉的妃嬪有三十多人。由於當時史官根本不去理睬這些受害者，所以至今連她們的姓氏都無從查考了。

再說獻陵和景陵。獻陵，是仁宗朱高熾的陵寢；景陵，是宣宗朱瞻基的陵寢。清初愛國學者顧炎武在他六謁天壽山之後指出：「十二陵（當時沒有把思宗朱由檢的思陵計算在內）制，獻陵最樸，景陵次之。」並且摘引了朱高熾的遺詔說：「我治理天下的日子很短，恩澤未普及到老百姓，所以不忍過重勞役，山陵制度務從儉約。」③儘管表面上愛惜民力，故作姿態，但是骨子裡卻依然驕奢淫逸，凶狠殘暴，在這所謂從儉的山陵裡，獻陵就有七個妃嬪，景陵就有十個妃嬪先後「殉節從葬」。由此可以看出，從朱元璋死時到他的曾孫朱瞻基死時，三十七年之間（西元一三九八～一四三五年），四個皇帝（建文帝朱允炆不算在內）的山陵毫無例外地都用妃嬪宮人殉葬，成爲明初封建統治者的一種制度。

殉葬制既殘忍又虛僞

殉葬制度具體的規定如何呢？正史、官書語焉不詳，我們只好從明代私人記載和《朝鮮實錄》中窺測一斑。姑以仁宗朱高熾的獻陵爲例，從殉的妃嬪計有：貴妃郭氏、淑妃王氏、麗妃王氏、順妃譚氏、元妃黃氏，再加上以前朱高熾冊封的順妃張氏、麗妃李氏共七人。明人沈德符對這些妃嬪作了具體分析，他說：「皇上登極時所封的貴妃郭氏、賢妃李氏、惠妃趙氏、淑妃王氏、昭容王氏，但只有郭貴妃、王淑妃在所殉之中，這是什麼緣故呢？況且郭貴妃生有滕懷王、梁莊王、衞恭王三個兒子，是例不當殉的，是不是因爲她感皇上的恩典，自己決定要追從於天上呢？」沈德符並且補充說：「是時六宮之中以貴妃爲極貴，比皇后只差一等。」沈德符還指出：「皇上死前的兩個月，曾封張氏爲敬妃，是榮國忠顯王的孫女，太師英國公輔的女兒，冊文裡對她讚美備至，可是她也沒有從殉，大概是因爲她的祖父有功勳特予恩免的關係吧。」④這就十分清楚地告訴人們，殉葬之制並非一視同仁，它是因人而異的。你看，冊封爲貴妃或其他名號的妃就可以不殉節；生了兒子，兒子並且已經封藩的也例不當殉；兒子冒爲皇太子的當然更不能夠殉葬了；母家原有功勳的也可以獲到「恩免」。結果剩下那些未生子的，或生子未封藩的，或出身寒微和官秩不高的就只好服服貼貼去就死。不過，像郭貴妃已經具備不殉節的條件何以仍然免不了一死呢？看來郭貴妃很可能缺乏强有力的政治後盾，是一個宮闈角逐的失敗者，因而遭到强敵的迫害。

受到封謚的從殉者尚有記載可尋，而沒有受封的從殉者由於文獻無徵就不知道有多少了。《明史・后妃傳》裡記載著一個景陵的從殉者宮女郭愛，就是不在封謚的十人之內。郭愛原是一個民間少女，被選入宮剛剛二十天，朱瞻基死了，這個可憐的少女在聽到自己被列入殉葬名單的噩耗之後，曾含恨寫下一首絕命辭：

修短有數兮，不足較也；生而如夢兮，死則覺也；失吾親而歸兮，慚余之不孝也；心淒淒而不能已兮，是則可悼也！

郭愛不過是衆多的被害者當中的一個。她這首絕命辭正式表了那些被迫含恨從殉的少女們的哀怨。《朝鮮實錄》中曾記錄其使臣回國陳述成祖朱棣死後明朝宮廷裡殉葬的情形，他說：

及帝之崩，宮人殉葬者三十餘人。當死之日，皆餉之（使其吃飯）於庭，餉輟（吃飯完畢），俱引升堂，哭聲震殿閣。堂上置小木牀，使立其上，掛繩圍於其上，以頭納其中，遂去其牀，皆自雉（吊死）。……諸死者之初升堂也，仁宗（朱高熾）親入辭訣。⑤

因此，妃嬪不論册封與否，她們的生命完全操縱在封建統治者的手裡。統治者從政治需要出發，根據其恩怨，分別決定她們的生死。把人逼死，然後給予「美謚」，謚册上並振振有詞地說她們「由於委身給皇帝因而就義，隨著皇帝的車馬去到天上，所以應當謚以美善的稱號，用來表彰節行」⑥。這反映出封建統治者既殘忍又虛僞的本質。

當時，不僅要從葬皇帝，就連藩王死了也是用妃妾宮人殉葬。如景泰帝朱祁鈺，因英宗朱祁鎮搞了奪門之變被廢爲郕王，十九天以後就暴死了。《明史》說：「景帝以郕王薨，猶用其制（指殉葬），蓋當時王府皆然。」⑦可見殉葬之制在明皇室中是普遍實行的。我們應當看到殉葬還有一種消滅異己的作用，例如朱祁鈺暴死之後，朱祁鎮以其後宮唐氏等人殉葬，還想用朱祁鈺的廢后汪氏同殉（彼時汪氏仍稱「郕王妃」）。由於閣臣李賢懇求說：「妃已幽廢，況且兩個女兒還小，格外可憫。」朱祁鎮才沒有逼她去死。

朱祁鎮一生作了不少壞事，但是他在臨死前（西元一四六四年），卻作了一件應予肯定的事，即廢除了殉葬制度。他說：「用人殉葬，我不忍去做，這件事應從我這裡廢止，後世子孫不要再搞了。」⑧從此就把禁止用人殉葬定爲制度了。朱祁鎮曾經親自處置過他的父親朱瞻基的妃嬪，也勒令過朱祁鈺的宮妃生殉，殘忍兇暴不亞於乃父乃祖，而到了他自己臨死之前何以發起善心要廢除此制呢？顯然是爲了沽名釣譽，身後留名。但是無論其用意如何，此後確實挽救了不少婦女的生命。當然明皇室對於殉葬一事的禁止也不是那麼嚴格認眞，例如朱祁鎮死後的第七年（西元一四七一年）晉府寧化王朱美壤死了，兩個宮人都上吊殉葬，憲宗朱見深聽到後反而立即追封這兩個人爲「夫人」⑨，足見殉葬之風並未煞住。

殉葬制始自奴隸社會，但到了封建社會特別是到了宋代加上程朱理學的影響，它演變成封建禮教的產物。所謂「三從四德」，就是把婦女看作是從屬於男子的附庸，不論是皇室或民間，婦女沒有人身自由。連生命也由別人掌握。對於這套封建禮教是否有人深信不疑呢？當然有的，像《儒林外史》中的王玉輝秀才，就是這樣的人物。王玉輝讀了幾十年程朱理學，結果越學越蠢，「越老越呆」。他讚揚和慫恿三女兒絕食殉夫，認爲這是「青史上留名的事」。三女死兒了，他竟仰天大笑道：「死得好！死得好！」這是一幅「餓死事小，失節事極大」的形象圖畫。不過王玉輝這樣的人畢竟是少數，封建末世裡，更多的是那些蠅營狗苟的僞君子，利用封建禮教殺人，向上爬。《明史》中有這樣一段文字：朱元璋死時「宮人從死的很多。建文、永樂時，相繼優恤。如張鳳、李衞、趙福、張壁、汪賓諸家，都是從錦衣衞所試百戶、散騎帶刀舍人進到千百戶，帶俸世襲。人們管他們叫『太祖朝天女戶』」⑩。用親人的生命換取自己以及後代的榮華富貴，這是很典型的例子，它道破了宗法社會和禮教吃人的實質。

注釋

①《萬曆野獲編》，中華書局版，八十頁、八十六頁。

②「東井」、「西井」就是從殉者的葬埋地點。所謂「井」，蓋不隧道而直下也。見顧炎武《昌平山水記》，北京出版社版，九頁。

③《昌平山水記》，北京出版社版，六頁。

④《萬曆野獲編》，中華書局版，八〇一頁。
⑤《朝鮮李朝實錄中的中國史科》，中華書局版，三二〇頁。
⑥《明史・后妃傳》，中華書局版，三五一五頁。
⑦《明史・后妃傳》，中華書局版，三五一五頁。
⑧《日下舊聞》卷三四引《否泰錄》；《明史・后妃傳》中華書局版，三五一五頁。
⑨《國榷》，古籍出版社版，二二九六頁。
⑩《明史・后妃傳》，中華書局版，三五一五頁。

太平天國的喪禮改革

／李文海

封建統治階級歷來把禮儀看作是維繫封建政治關係和倫理關係的重要手段。一切反抗傳統封建秩序的鬥爭也不可避免地要發起對封建禮儀的衝擊。太平天國運動當然亦不例外。《賊情彙纂》說太平軍「無參拜揖讓之禮，凡打躬叩首皆呼爲妖禮。」「知粗鄙人繩以禮法，則手足無措，故簡略之，使其易知易從耳。」①《鰍聞日記》說太平軍「亦有慶弔之禮，與常人全異。上下主從，不分貴賤；共牢而食，亦無坐位；男女淆亂，不忌內外；自相稱呼，俱是兄弟」②。這些被封建地主階級譏爲「不成體統」、「不成規模氣概」的東西，卻多少反映了勞動羣衆中自發的民主傾向，反映了革命農民對維護等級關係的封建禮儀的某種否定。

在封建禮儀的挑戰中，也包含了對喪禮的改革。太平天國的正式文書《天條書》中，農民革命的領導人就曾明確宣布，應該在喪葬問題上把「一切舊時壞規矩盡除」。親身參加了太平天國運動的英國人嗝呤也提到，在太平天國統治區，「一切佛教的喪禮和一般中國人的祭祀的舊俗全都被嚴加禁止。」③。

那麼，太平天國認爲在喪葬問題上有哪一些「舊時壞規矩」是應該革除的，他們所實行的「與常人全異」的喪禮又是什麼樣子的呢？根據文獻和史實，大概有這樣幾點：

第一，應該把人的死亡視作値得慶賀的事。《天條書》（重刻本）中說：「升天是頭頂好事，宜歡不宜哭。」其他材料中也有太平天國禁止爲死人哭泣的記載。太平天國作這樣的規定，顯然是因爲太平軍一直處於頻繁作戰的環境中，死人的事經常發生，爲了使大家減少對死亡的恐懼，便用宗教的語言，把人死叫作「升天」，是回到「大天堂」這個「極樂世界」去享受永福，所以「宜歡不宜哭」。這種說教，也許對提高士氣、加强戰鬥力起過一定的積極作用，但畢竟是缺乏鮮明的政治教育而不得不借助於迷信的一種表現。

第二，反對傳統的一套煩瑣、鋪張的辦喪事程式。《天條書》（初刻本）中說：「喪事不可做南無，大殮、成服、還山俱用牲醴茶飯祭告皇上帝。」《備志紀年》記載，太平天國規定「父母死，禁不得招魂設醮」。這些內容，是同拜上帝教關於只能敬拜「獨一眞神」皇上帝、不准崇拜皇上帝以外的一切「妖魔邪神」的教義相一致的。事實上，洪秀全早在金田起義前就反對「修齋建醮」：「死生災病皆天定，何故誣民妄造符？作福許妖兼送鬼，修齋建醮尙虛無。」（《原道救世歌》）辦喪事時不做佛事道場，不招魂設醮，其他儀式也盡量從簡，只要「用牲醴茶飯」祭告一下皇上帝就可以了，這比起傳統的喪禮來，自然有它的進步作用。但是，也不能說它具有反對封建迷信的意義，因爲太平天國只不過是用新的迷信去取代舊的迷信而已。

第三，禁用棺木。太平天國規定：「所有升天之人，俱不准照凡情歪例，私用棺木，以錦被綢縐包埋便是。」（《賊情彙纂》卷八，《僞律諸條禁》）《平定粵寇紀略》也說：「賊出僞示，死不用棺，用則爲妖；香火不設，設則爲邪。」對於這條規定，太平天國的有些領導人是身體力行的。洪秀全死後，就沒有用棺槨，只是「以黃龍緞袱裹屍」④。賴漢英死，「亦不過用大紅洋縐被裹葬而已」⑤。

第四，反對葬墓講風水。洪仁玕專門寫了《葬墓說》，力闢選墓地講風水的惡習，指出「蓋孝子仁人之掩其親，不忍暴露汚穢，有辱己辱親之念，別無求富求貴之意也。」「更可怪者，爲人之子，以在生父母爲可有可無之親，而死後骨骸視爲求富求貴之具」，認爲這是一種十分可恥可鄙的「妄念」（《欽定軍次實錄》）。洪仁玕的這些言論，具有鮮明的反對舊的世俗心理和迷信思想的含義，是十分可貴的。

以上這些內容，大致構成了太平天國的葬禮觀。

在這些內容中，太平天國最爲注重，也是羣衆反應最爲强烈的，要算是禁止棺葬一事了。太平天國常常用强制的手段禁止棺葬。一個生活在天京而對太平天國持敵對態度的封建人士說：「賊匪之令，凡死者無分貴賤，以被裹屍而葬，不用棺木。故當破城後，見民家預備壽材棺板，概行打碎，或作柴薪，或作築臺、築土城之用，無少留者。」⑥甚至對已入殮的屍體，還要「撬棺戮屍」、「劈棺戮屍」。所以當時頗有一些文人寫了以此爲吟詠題材的詩作，如林大椿的《粵寇紀事詩》中，有《髮停棺》一首：「賊來劈棺如兒戲，衆棺齊開見殘骴」，「可憐白骨刀下劈，陰雲慘淡陰風悲，有罪無罪誰得知，生得首領死戮屍」。馬壽齡《金陵癸甲新樂府》有《慶昇天》一首：「煌煌誥諭滿城郭，無用衣衾與棺槨。靈魂旣登極樂界，皮囊無礙塡溝壑。」

太平天國爲什麼要雷厲風行地禁用棺木呢？在太平天國的文書中，我們沒有看到直接的解釋。由於這一措施與民間傳統積習大相徑庭，所以當時的人們便極自然的以「邪教」教規目之。但實際上，用拜上帝教的宗教觀念去解釋是很難說通的，因爲在專門敍述太平天國宗教儀式和戒條的《天條書》中，初刻本在談到喪事時曾有這樣的文字：「臨蓋棺、成服、還山、下柩時，大聲唱曰：奉上主皇上帝命，奉救世主耶穌命，奉天王大道君王全命，百無禁忌，怪魔遁藏，萬事勝意，大吉大昌。」這裡提到「蓋棺」、「下柩」，證明在太平天國初期，按照拜上帝教的儀式，是允許棺葬的。這一段話，在定都天京後重刻的《天條書》裡，才被删掉了。因此，我們可以推想，禁止棺葬並非拜上帝教宗教觀念所固有的內容，而是在金田起義到定都天京這一段千里轉戰的過程中逐漸形成的。其主要原因恐怕是因爲戰爭中人員的大量死亡，不允許按照民間一般習俗實行棺葬，由此而提出了棺葬是「妖禮」的說法。而一經形成之後，太平天國的將士們便帶著宗教的虔誠態度去身體力行，這倒是一個事實。

但是，要一百多年以前的人們接受人死不用棺木這樣一種思想和做法，實在是太困難了。我們看到，太平天國統治區的羣衆，千方百計地抗拒關於不准棺葬的禁令。而任何一種只憑一時的强制力量，旣沒有充分的宣傳教育，又缺乏具體措施使之持之以恆的禁令，總不免在習慣勢力的面前退卻和瓦解。所以，到了太平天國後期，棺葬依然在羣衆中相當普遍地實行著。例如，《避寇日記》的作者沈梓的姐姐和妻子於西元一八六〇年十月先後亡故，沈梓在日記中記：「自朝至日中，尋親故，購棺木衣物不可得，蓋是時死人多，棺木居奇者價昂數倍。……午後，始定買鄰媼壽櫬。」「是時吾鎮（按：指浙江秀水縣濮院鎮，這時這一帶正流行瘟疫）死者日必四、五十人，棺木貴不可言，尚以得購棺木爲幸。」《柳兆薰日記》記西元一八六一年一月六日參加一個朋友的喪禮時說：「雖因時事艱難，一應減省，然雜亂無章，未免儉不中禮，惟棺木生江處邊，二十一洋一千，尚屬楚楚。」可見，人們對棺葬是十分重視，絕不馬虎的。

事實上，一些太平天國的領導人，到後來也逐漸放鬆了對棺葬的禁令，有的甚至大規模地發放棺木了。如李秀成在《自述》中就講到，他曾爲清朝的江南提督張國樑、浙江巡撫王有齡、杭州將軍瑞昌、乍浦副都統杰純等「尋其屍首，用棺收埋」；不僅如此，當他攻克杭州時，還對「在城餓死者發薄板棺木萬有餘個，費去棺木錢財貳萬餘千」⑦。可見，到這時，即使像李秀成這樣的高級領導人，在觀念上不但不把棺葬看作是有違太平天國政策之事，反而認爲是理所當然的了。

這件事告訴我們，在社會習俗方面要進行某些即使是並不十分重大的改革，也絕不是輕而易舉的事，更不可能一蹴而就的。

注釋

①中國近代史資料叢刊：《太平天國》㈢，一七一頁。

②《近代史資料》，一九六三年第一期，一〇三頁。

③嘔吟：《太平天國革命親歷記》，上册，二四五頁。

④《太平天國資料匯編》，第一册，三二七頁。

⑤《太平天國史料叢編簡輯》，第五册，七九頁。

⑥《太平天國史料叢編簡輯》，第五册，七九頁。

⑦羅爾綱：《李秀成自述原稿注》，第二〇七、二四九、二五〇、二六三頁。

花開時節動京城

——中華民族的賞花傳統

／周沙塵

賞花，是一種高雅的情趣。但是，「賞」與「觀」不同，「觀」無非是看看而已。「賞」是專門的學問，「賞」必須在人們的心靈深處獲得美的感受，乃至有豐富內涵的綜合感受；或者說獲得最富基調的感覺，即由於花的怡情遣興，產生了一種高尚的心靈感應。中國人在賞花方面所做的學問，所積累的文化成果，是難能可貴的，在世界上也是首屈一指的。遠在二千年前的周代初期，已有分類記錄各種花卉名色及其後有關吟詠詩文的書籍相繼問世。宋代劉蒙著《菊譜》、南宋陳詠所輯《全芳備祖》、明代王象晉著《羣芳譜》和古代關於牡丹的專著《牡丹譜》等，對賞花的感受都記之甚詳。歷代留下的賞花頌花的詩詞更是數不勝數，據不完全統計，古代僅詠牡丹的詩詞就達四百多首，「唯有牡丹眞國色，花開時節動京城」，短短二句，眞是名震千古。賞花人的軼聞，更是燦若明星。如晋代陶淵明棄官隱居，愛菊成癖，逸氣如雲；賞花賞到了癡情的地步，卻要首推北宋詩人林和靖。他曾在杭州孤山北麓結廬隱居，平日除了作畫吟詩，還喜歡種梅養鶴，故留下「梅妻鶴子」的傳說。據說他「種梅三百六十餘樹，花既可觀，實亦可售，每售梅實一樹，以供一日之需」。林和靖一生寫了許多詠梅詩，其中名句：「疏影橫斜水深淺，暗香浮動月黃昏」極爲歐陽修稱賞，並成爲後世有名的賞梅掌故。

「獨抱冰霜有性情」（張問陶詩）的梅花，是中國的原產名花，至今培育出的品種達二百種以上，天目山圓淸寺的一株生勢旺盛的隋梅，已活了一千三百多年。中國的梅花分爲食用梅和觀賞梅兩大類。食用梅有靑梅、白梅和花梅幾種，其果實可供食用或製醬釀酒，並可入藥。觀賞梅花，依枝條姿態又分爲直腳梅類、杏梅類、照水梅類和龍遊梅類等；根據花型、花瓣、萼片、小枝的顏色和形態，又可分爲宮粉型、朱砂型、綠萼型、灑金型等等，中以宮型粉品種最多，花瓣粉色，花繁香濃；朱砂型花爲紫紅色，小枝暗紫色，是梅花中比較艷麗的；綠萼型花爲白色，素雅淸淨，香味最濃；灑金型是一株樹上開放紅白兩色具有紋斑點的花，更是美麗動人。

梅花冒著凜冽的冰霜，充當了「二十四番花信風」之首的勇敢使者，向人們傳來了春天的信息。「萬花敢向雪中出，一樹獨開天下春」。她這種「風信嚴時淸有骨」和獨步早春的精神，勇於生活的氣質，正是中華民族偉大精神的象徵，故在本世紀三十年代，曾有人提出以梅花作爲中國之花。

中國人對梅花有著深厚的感情。松、竹、梅被人譽爲「歲寒三友」。梅、蘭、竹、菊是花木中的「四君子」，梅居其首。梅詩梅畫和有關梅的掌故傳說，難以勝數。遠在春秋時代，梅花梅果已成爲人們互相饋贈和祭祀的禮品。在西漢劉向撰《說苑》一書中，就已記載了越國使者執梅花以贈梁惠王（即魏惠王）的故事。《詩經・國風・召南》中有首《摽有梅》，詩的主題寫的是女子鼓勵男子來求愛。它形象地寫出了青年女子思念情人，藉寓梅子紛紛落下的意境，啓發男子快快珍惜良辰。而清代著名思想家、文學家龔自珍作《病梅館記》（又題《療梅說》）則是一篇託物喻人，藉梅議政的傳世不衰的好文章，寫的是：江浙一帶盛產梅花，但是封建統治階級卻認爲「梅以曲爲美『直則無姿；以欹爲美，正則無景；以疏爲美，密則無態。』」於是好端端的梅花被他們「斫其正，養其旁條；刪其密，夭其稚枝；鋤其直，遏其生氣」，都成了「病梅」。作者在盛怒之下，一下子買了三百盆，「闢病梅之館」，「乃誓療之」，並表示要「窮予生之光陰以療梅也哉！」以「病梅」喻被封建統治階級摧殘的人才，而作者有見及此，不顧權勢要盡己平生之力投身挽救，其志可得謂高矣！「揚州八怪」之一金農的畫，以梅花爲最多，而題梅花詩，多有新意，不落俗套。「凌霜雪，節獨高，我與君，共歲寒。」這四句題在一幅梅竹畫上，作者是在以梅自況。這與清代詩人張問陶詩：「老死空山人不見，也應强自洛陽花」的以梅自況，如出一轍。梅花確富有「凌寒獨自開」（王安石詩）的凝重節操，自古至今，對中國人所產生的精神影響是深遠的。當代有位研究梅花栽培的專家，就有像梅花那樣的風骨。他一談梅花，可以不吃不睡。六十年代一場浩劫，推上機鏟掉了他和北京植物園的專家們一同精心培育的兩千株耐寒耐旱新品種，他痛不欲生，被迫離京遷居雲南。十一屆三中全會以後，他又回到北京，第一件事就是赴香山憑弔被推毀的梅林，在園子裡奇迹般地發現保存下三株梅樹。他面對經過北方嚴寒考驗的劫後餘生的三株梅樹，百感交集，第二天他把鋪蓋卷搬到園裡，重操舊業，精心護理，終於使那株梅樹復甦了！這位培育了四十年梅花的專家有幾句名言，堪稱賞梅評梅格言，他說：「梅花的特點有點像我們中國人的性格：含蓄、內在，不僅花朵艷麗，還有一種不畏惡劣自然環境的風操」，誠是「暗香眞到十分淸」的境界了。

但是，也有很多人認爲，中國國花應是牡丹。淸代末年，牡丹曾已定爲國花。中國人在秦漢以前已經認識牡丹了。在隋朝牡丹就已成爲名貴觀賞花卉。牡丹是中國特產，至少有一五〇〇年栽培歷史。她的花冠大，色澤艷麗，玉笑珠香，風流瀟灑，富麗堂皇，是「羣芳之首，花中之王」。品種有三百多個，歷代都有關於牡丹的著述。在中國人的賞花傳統意識中，也一向是把她視爲國花的。「艷若蒸霞連阡陌，羣芳迎來國花開」，古代詩人早就這麼想了。

牡丹，枝葉繁茂，秀韻多姿，雍容華貴，是一種名貴花卉，但她又隨鄉入俗，植於花園、公園、庭院、田野，到處成活。從她的品種得名看，也是雅俗兼有的。以姓氏得名的，如姚黃魏紫，這是紀念兩姓世家精心栽培牡丹而定名的。這兩個品種是老字號名品中的佼佼者。姚黃花大色黃，香氣襲人，魏紫色是紫色，晶瑩端麗。以產地得名的，如洛陽春、壽安紅等。以色澤得名者，如紫艷奪珠，銀水金鱗等。再說那些別具一格的牡丹，她們的名兒典雅俊美。如有慕三國時東吳的「大喬」、「小喬」芳影而得名的。這個品種很特殊，它在一朵花上有紫白二色同生光輝。還有玉天仙、雪夫人、飛燕紅妝、一品朱衣、粉香奴、醉楊妃……

醉楊妃一名，即取自楊貴妃。她與牡丹有一段軼事。西元七四三年暮春的一天，玄宗和楊貴妃到興慶公園沈香亭觀賞牡丹。「皇家歌舞劇團」的著名歌唱家李龜年前來演唱曲子，李隆基卻嫌聽膩了；「賞名花，對妃子，焉用舊詞爲！」便吩咐李龜年拿上金花箋叫李白立刻寫幾首新歌詞。李白應召而至，眼見玄宗和貴妃端坐沈香亭上，詩興全無。但一轉眼見到了一片如雲似錦的牡丹，詩情勃然而興，揮筆而成《清平調》三闕，其中一首：

一枝紅艷露凝香，雲雨巫山枉斷腸。
借向漢宮誰得似？可憐飛燕倚新妝。

玄宗看了十分滿意，立即命李龜年演奏，他自己吹玉笛伴奏。

牡丹花在古代是以長安爲最多最盛的，但到後來卻讓位給了洛陽。這中間也有個傳說，在一個雪花飛舞的日子，女皇武則天寫下詔令：「明朝遊上苑，火急報春知。花須連夜發，莫待曉風吹。」到了次日凌晨，百花懾於武后的權勢，違背時令一一開放，惟獨牡丹仍一枝枯桿，傲然挺立。武則天聞悉大怒，把長安的四千株牡丹統統貶植洛陽，誰料牡丹一到洛陽，居然競相怒放，葉繁花艷，錦繡成堆。武后得悉，一不做二不休，又下一道詔令：用火燒死洛陽的全部牡丹，結果適得其反，牡丹經火一燒，開得艷若煙雲，亭亭玉立，十分壯觀，還得了個「焦骨牡丹」的雅號。

與貶植洛陽的牡丹一脈相承的故事，出現在《聊齋》一書的一篇著名小說——《葛巾》中，小說主人公兩位牡丹仙女，一名葛巾，一名玉版，都有著善良忠貞，傲岸自尊的性格，下嫁到了洛陽常氏兄弟家中。她們那種「富貴不能淫，威武不能屈」的精神，堅持要來洛陽落戶成家，大概是早已敬仰那批遭貶的長安牡丹的忠貞氣節吧！

到了宋代，洛陽「牡丹尤爲天下奇」了（歐陽修詩）。每到花期，買花、賞花成風，豪門權貴開筵延賓賞牡丹，文人學士舞文弄墨詠牡丹，據歐陽修《風俗記》載，古代，在牡丹盛開季節，洛陽城中不分官民貧富，都有插花的習慣。「士庶競爲遨遊」，「笙歌之聲相聞。」當時，有個賞牡丹的掌故。說的是有個大官僚，花季舉行「牡丹會」。賓客齊集，堂上並無牡丹，過一會，他問：「香發了沒有？」左右回答：「發了。」於是，他吩咐捲簾，立即有異香自內而出，歌姬多人，捧酒肴，攜絲竹，姍姍入殿；殿後則有十名白衣美女，衣領首飾全部採用牡丹花，載歌載舞，歌罷簾垂，賓客無不叫絕。不一會，簾又捲起，香又襲來，隨即又換了十名歌姬出場，穿載皆爲牡丹花樣。如此往返，飲酒十次，變換十次歌姬，唱的都是牡丹名曲。這樣賞牡丹的場面，實爲世所少見。

現在，超逸羣芳的牡丹，開遍了中國南北各地。她作爲中華民族興盛發達，美好幸福的象徵，誠可謂「花隨人意開了」。

中國人歷來視梅花和牡丹爲花之珍品，推出候選國花。然而，植物界不少卻提名杜鵑花爲國花。他們認爲，杜鵑花是世界最艷麗的名花。中國有四百六十多個品種，占世界種類的54％。現代世界杜鵑花的名品中，大都具有中國杜鵑花的血緣關係。早在十九世紀中葉，由羅納特·福穹將中國的野杜鵑引種歐洲一些國家，與當地杜鵑進行有性雜交，培育了新品種，約在二十世紀三十年代，才尋宗問祖，「衣錦還鄉」。中國杜鵑的分布，除新疆、寧夏外，其他各省均有杜鵑花的芳蹤，雲南一省就有二百三十個品種，堪稱杜鵑花的「世界中心」。花盛時節，花海如潮，染山映谷，紅如火焰。花冠像個漏斗，冠內皆有不同程度的斑痕，人稱爲杜鵑淚。民間傳說，古有杜鵑鳥，朝暮啼鳴，咯血成斑。據說，在周代末期，蜀王杜宇稱帝，號望帝。有個死而復生的荊州人鱉靈，當了宰相。當時洪水爲災，民不聊生，鱉靈鑿巫山，開三峽，杜絕了水患。望帝見他功高，便讓位與他，自己隱居西山。杜宇死後，化爲子規鳥，每到春天，便苦啼不止，悲切之聲，像是說：「不如歸去」。故古人聞杜鵑鳥鳴，便會動遊子思歸之情。古詩詞的作者也愛把杜鵑花和杜鵑鳥聯繫在一起，如李白句：「蜀國曾聞子規鳥，官城還見杜鵑花。」

標韻高雅、傲霜怒放的菊花；「能鬥霜前菊，還迎雪裡梅」的月季；被譽爲「王者香」的蘭花和「花中俊物」的水仙，也和「灌木花卉之王」的杜鵑花一樣，普遍受到中國人的讚賞、愛好。她們都可登堂入室，移置几案，四時供人玩賞。

賞花在中國綿麗典雅者有之，淡雅樸素者有之，如醉如癡者亦有之。首如《紅樓夢》裡，「林瀟湘魁奪菊花詩」（指瀟湘妃子的《詠菊》、《問菊》、《菊夢》三首），以及《桃花行》（唐樂曲名，典出唐中宗宴桃花園）等著作；次如京劇藝術家梅蘭芳，他平生最喜牽牛花（即喇叭花），故他所製戲裝，其顏色就是根據喇叭花的各種色兒配成的。屬於第三類的，當推羣衆性的賞花活動了。時至今日，花會年年有，花鄉處處興，花城花會聞名中外，蓉城花會眞是「未到花朝一半春」。花會又是中國西南地區民間佳節之一。鄉村花市首推山東益都，走在集市上，陣陣花香，撲鼻而來。花鄉又各有各的特色。北京市豐臺區的黃土崗除花木皆盛外，「芍藥甲於天下」。山東荷澤花鄉，自古是中國觀賞牡丹的主要基地，它產的曹州牡丹花大、形美、色艷，現在已培育出了一種「冬賞牡丹」。當今席捲世界的盆景，起源於唐朝。插花藝術在大城市的家庭中已是「花影扶疏春常在」了，給人們生活平添了無限生機和情趣。然而，日本的花道有名，歷史悠久，而著名的「宏道流」，還是取法於中國的。

中國人由賞花而產生的修身養性的精神動力，則始自宋代。從散文學家周敦頤（號濂溪）寫《愛蓮說》以後，人們都以蓮花之「出淤泥而不染，濯清漣而不妖」，來象徵人品的高潔，情操的純眞。蓮花，又名荷花、芙蓉，早在春秋時期，就成爲藝術家愛描繪的對象。成功之作比比皆是，南宋吳炳所繪《出水芙蓉圖》，實爲傳世珍寶。

中華民族是一個有著高度文化素質的民族，中國古老的燦爛文化有自己獨具的特色。種花、養花、賞花既體現了中國人民對生活的熱愛，也體現了中華民族對美的追求。

晚明時尚與社會變革的曙光

／劉志琴

晚明社會，是中國歷史上最有爭議的時期。從明末三大家顧炎武、王夫之、黃宗羲以來，清代的學者莫不指責當時的民風世態，江河日下，綱紀淩夷，甚至認爲這是招致明亡的緣由。現代史學工作者更是衆說紛紜，有的認爲中國封建社會發展到明末，已經出現資本主義萌芽，二千多年的封建專制制度已經面臨更新的轉機，啓蒙思潮的勃興已成爲不可抗拒的歷史潮流，從而開始了中國近代化的歷程；有人認爲，中國仍然沈睡在中世紀，從生產關係和意識形態來看，並沒有萌生新的力量；有人則認爲，這是儒學發展的新階段。

最有爭議又往往最有生機，爭議所取捨的內容反映出，晚明社會交錯著守成與更新，正統與異端，循禮與非禮的諸種矛盾和律反因素的激盪、消長、滲透和制約，這又不可抑制地表現在芸芸衆生的日常生活中，而且由民衆的選擇，表現出世態民風的趨向，閃爍出歷史發展的鋒芒。這裡，我們從長期以來被史學界所忽視的社會風尚這一側面，略述晚明社會的萬千景象。

社會風尚，一般是指社會秩序和世態民情，這不僅是思想意識的反映，也是人們生活行爲的過程和表現，歸根到底要受到物質生活的主導。封建社會等級森嚴，作爲綱常禮教的禮制，不僅以三綱五常的規範作爲道德的內涵，還以消費品的等級分配作爲實質性的內容。歷代王朝都用禮制規定社會成員，按照自己的等級身份，而不是財產的多寡過著相應的生活，以此保障尊卑貴賤不可逾越的道德信念。

禮制對生活用品的規定，周詳而又完備，諸如有關生活最基本的需求，如衣帽鞋襪、房舍家具、車馬乘騎、日用雜品等等，物無巨細，不論是花色、品種、質料還是造型和色彩都有嚴格的等分，小至門釘的數目，腰帶的裝飾都有一定規格，貴賤不相混淆，與此相關的人際交往、禮尚往來、婚喪喜慶、吉凶禍福的各種禮儀也有定制，由此形成各個階級、階層和羣體的不同的生活方式，任何人都不能超越自己的身分享用不該享用的物品，歷代統治者都以此作爲世風良莠、名教盛衰的準則，用法制、哲理、教化等各種手段，進行灌輸和宣揚。因此，受禮制約束的社會秩序往往是循禮蹈規，安分守己的，在這樣的氛圍中，拘謹、守成、儉約、魯樸，也就成爲相應的民風，這種世態也正是封建統治者津津樂道的最理想的社會模式。

但是，這樣的世風不會持之久長。在經濟恢復、勵精圖治時期，尚能維持的禮制，一旦社會生產復甦，商品經濟發展，民衆生活提高，人們享受慾望膨脹，就要不可抑制衝破禮制的約束，改變這種刻板的生活程式。隨著王朝盛世的到來，統治機構逐漸腐化，法制鬆弛，又加速了禮制的敗壞。所以在王朝後期往往伴發有大量的越禮逾制的行爲，這種現象在晚明勢頭之大，超過前朝各代。

這種變化，首先從衣食住行的第一項服裝改變開始。中國歷來最重視衣冠之制，一部二十四史，代代離不開《車服志》、《輿服志》、《章服品第》等等各式條例。衣服所以能與治道緊密相連，是因爲宗法制的封建社會最重視身分地位，而服裝及其有關的佩飾，在人際交往中，往往是最外在而又最能顯示身價的。衣服的等級表示的是生產關係中的地位和政治生活中的品級。自古以來流行的「只重衣衫不重人」的俗語，實際上是封建社會用衣服標示尊卑貴賤的等級而形成的價值觀念的反映。

在古代中國，服裝最高貴的顏色是明黃色，從漢代以來只能爲天子專用，最高貴的花紋爲龍紋，向爲人君至尊的象徵。次一等級的蟒衣，也只能由皇帝賞賜給內閣大臣，任何人不得私自縫製。明初頒布的《明律》，專設《服舍違式》條，即關於越級僭用服飾、房舍、器用的懲辦條例，違章的庶民鞭笞五十大板，爲官的杖一百。德慶侯廖永忠就因爲衣服上有龍形花紋，被處死刑。而到明後期，小小的八品官「繫金帶，衣麟蟒」不算稀罕；宮廷內管灑掃、燒火的勤雜工小太監穿上蟒衣的，也不乏其人；歷來只准戴青、綠頭巾以標誌身微位賤的教坊司樂工，也敢於大模大樣地仿效文官，在袍服上繪以禽鳥，穿戴和朝臣一樣，出入歌臺舞榭。往昔只能由士大夫戴的瓦楞棕帽，不出多少年，就成爲市井小民的流行裝。男女服飾不同，自古如此，可到明末的江南城鎮，時興男穿女裝的風氣，《見聞雜記》錄有當時人的一首詩：「昨日到城市，歸來淚滿襟，遍身女衣者，盡是讀書人。」這眞使得道學家們驚心駭目！

男性是這樣，婦女更是肆無忌憚。明初限定民婦只能用紫、綠、桃紅和各種淺淡色，不准穿大紅，著金繡絲緞，貴重的首飾金珠翠玉只能由貴婦人專享，違用者本人要治罪，還要禍及家長和工匠。明後期這些禁令都已名存實亡。小康人家的閨秀、大戶人家的婢女都以爭穿大紅絲繡爲時髦。身分低微的優伶、娼妓，遍體綾羅，滿頭珠翠，與貴婦人爭嬌競媚，所著舞衣有的一改輕柔飄逸舊款式而使雲肩大而厚實，裱以錦緞，堅硬有如盔甲。

富豪縉紳的服飾，更是層出不窮地爭奇鬥妍。御史王大參游獵，出動的隨從，其服裝之鮮亮明麗，照耀數里。工部郎徐漁浦每逢會客，必先偵知來賓的服裝面料、顏色，然後穿衣出迎，以使主賓服飾，宛然合璧。太守金赤城，每過入室，十步之外，香氣拂鼻。首輔張居正，早晚都要用香料塗抹，衣飾更是華美耀目。癖好華服麗裳成爲一代之時尚，連最清苦的生員也受其感染，有的從典肆中覓來舊衣衫，翻舊改新，有的不惜以卒歲之資，添製一件新衣。《雲間據目抄》的作者不得感嘆地說：「余最貧，最尚儉樸，年來亦强服色衣，乃知習俗移人，賢者不免。」這種講究奢華的風氣一開，什麼「服舍違式」條例，統統成爲一紙空文。

服飾雖說只是衣食住行的一項內容，可這一內容的變化要牽動許多社會現象，成爲生活方式鏈條中一個最突出而又最敏感的環結，它是世道人心變遷的前奏，其變化之速度和規模又往往成爲民心趨向的標誌。尤其是宋明以來興天理、滅人慾、嚴教化的理學成爲官方的統治思想，七情六慾都被限制在等級身分之內，受到嚴重的壓抑。儉約守成是統治者力倡的世風，如今在服飾上的出奇更新，衝破了刻板、僵滯的程式，呈現出萬紫千紅的丰彩，因之併發的各種享受慾望，也隨之導引而出。所以歷來封建統治者主張正人心，整風俗，都首先要抓住服裝治理這一環，直到清末馮桂芬在《崇節儉議》中，仍不忘這傳統的訓示說：「奢儉之端，無過宮室、車馬、飲食、衣服四者，宮室車馬，逾制者尚少，飲食無可禁，禁奢以衣服爲第一義。」這一義在明末如決堤之水衝擊到生活的各個領域，在住房、肩輿、器用方面也大量出現違章、違制的行爲。這一切都說明越禮逾制具有羣衆性的趨勢，這是明初國人始料不及的世態民風之逆轉。

更爲重要的是，這股越禮逾制的浪潮，是對欽定禮制的反叛。在物質生活中衝擊等級名分的後果，必然伴隨在觀念上背離傳統的禮教。禮制所體現的，就是由權力的分配決定物質分配的制度，沒有封建特權，即使腰纏萬貫，也不能擅自享用消費品。晚明商品經濟的發展，促進了金錢勢力的崛起，在商品流通範圍內，金錢顯示了超乎特權的神通，誰能占有它，誰就能享受一切，禮制在金錢面前不得不敗下陣來。越禮逾制實際上已被人們承認爲理所當然的事，《閱世編》記述這種心態說：「得之者不以爲僭，而以爲榮，不得者不以爲安，而以爲恥。」是非榮辱觀念的變化，甚至改變了最講究門當戶對的婚姻習俗。男計奩資，女索聘財，婚書竟同買賣文卷，只要有財禮，貴賤不計，配偶不擇，出現了世家大族與暴發戶聯姻結親，所謂「婚以富貴相高而左舊族」的現象。金錢的魔力是如此之大，上至天理，下至人倫，無不趨錢附利。爲了金錢覓虎尋豺，賣身亡命，背信棄義，不忠不孝，寡廉鮮恥的行爲屢見不鮮。於是連篇累牘地詛咒、怨憤、頌揚、追逐金錢的民謠、故事、戲劇、小說紛紛問世，興起中國歷史上罕有的「錢神論」的思潮。

問題不在於追逐金錢的行爲暴露出封建機體的膿疤，而在於這股金錢勢力衝決了尊卑貴賤之序列，綱常名教之大防，出現了君不君，臣不臣，父不父，子不子，封建制度沒落的世道。泥沙俱下，魚龍混雜，往往是社會變遷中常見的現象，也許正是這股惡性的情慾勢力，動搖了高壓在人性上面的名教磐石，從而迸發出一股新鮮的活力。

這股新風表現在傳統的人生價値觀、藝術趣味和學術觀點方面發生著潛移默化的變革。明末士大夫的不拘禮法、放蕩不羈，是名噪青史的。江南才子祝允明、張夢晋，故意在雨雪中行乞，唱蓮花落，討得錢來，買酒痛飮，以斯文掃地爲樂趣，還張揚說，李白也領會不了此醉之歡。王艮頭戴「五常冠」，身著深衣古服，怪誕不經，專以危言聳人聽聞。歸莊稱頌桀驁不馴的高士說：「峻節冠吾儕，危言驚世俗。常爲扣角歌，不作窮途哭。」這種放縱的風格表現在詩文中時興浮詞艷句，歌曲中追新獵異，書法上狂縱的草書，小說中對聲色的盡情描繪等等，成爲士大夫的雅尚。向來被道學家所不齒的市井文藝，這時越發受到民衆的歡迎。酒店茶肆「多異調新聲，汩汩浸淫，靡焉勿振，甚至嬌聲充溢於鄉曲，別號下延於乞丐」（《博平縣志》卷四）。評話和戲曲中主人翁追求享樂的故事，家喩戶曉。目爲「誨淫導慾」的民間俚曲，風靡一時，童孺婦嫗傳唱不絕，有些著名學者文士還爲之塡詞助興。《三國演義》、《水滸》、《西遊記》、《金瓶梅》、「三言」、「兩拍」廣爲流傳，形成了晚明獨特的市井文化。

從這裡不難理解，爲什麼在十六、十七世紀的中國會出現像李贄那樣非聖無法，倒翻千古是非的異端邪說。李贄公然用商品關係評論至聖先師孔子，說孔子與七十子的關係是「市道之交」，「七十子所欲之物，唯孔子有之，他人無有也；孔子所可欲之物，唯七十子欲之，他人不欲也。」宣揚「天下盡市道之交也」(《續焚書》卷二)。他還認爲,力田負販,愚夫愚婦並不乏「有德之言」,聖人君子亦有勢利之心。趨利避害,追求享受,是人生的需要(《藏書》卷二)。他還認爲聖人要對這種私慾順勢引導,說:「寒能折股,而不能折朝市之人;熱能伏金,而不能伏競奔之子。何也?富貴利達所以厚吾天生之五官,其勢然也。是故聖人順之,順之則安之矣。」(《焚書》卷一)像這樣甘冒道學傳統之大不韙,鼓吹生活欲望,爲市井小民張目的驚世之論,使得「少年高曠豪舉之士多樂慕之,後學如狂」。正是因爲他用哲理的形態,敏銳地反映了晚明社會的風尚民情,猛烈地抨擊迂腐的道學和舊世俗,才能不脛而走,轟動一時。

從物質生活到精神生活發生這樣大的變化,大致上是以服飾上的「去樸從艷」;文藝上的「異調新聲」;學術上的「慕奇好異」爲其普遍的特徵。這艷、新、異的三點特色構成了明末時期的時尚。這種社會風俗、傳統心理的變化,對思想家們提煉時代思想之精萃提供了廣闊的生活基礎,並在經濟和思想之間起了中介的作用。

應該指出的是,晚明社會風氣的變化是不平衡的,這種新的時尚主要表現在商業繁榮、消費人口集中的江南和沿海的城市。商品經濟從流通領域侵蝕人們的思想,敗壞禮制,這時封建制度、綱常名敎雖然起到一定的分解作用,但在農村卻遇到自然經濟的天然抵抗。當金錢在城市中顯威,衝擊著城市生活方式的時候,廣大農村卻仍然沿襲世代相沿的傳統的生活方式,保持古樸、儉約因而也是簡陋、淳厚的田園風光。前工業社會的城市經濟,一直受制於農村。所以晚明的時尚,始終侷限在孤島一樣的少數城鎮,很難向農村蔓延,而農村的封建生產方式卻有力地抵制了新風尚的擴展，所以終於不能開出一個新的時代。

儘管如此，從晚明時尚中映射的文化訊息，像拂曉前的曙光，預兆著封建古國必將順應歷史發展的步伐迎來新的文明。

近代社會習俗變化漫談

／龔書鐸

夏令炎熱，冰淇淋、汽水、啤酒暢銷市場。其實如今人們很喜好的這些飲料，都不是中國的土特產，而是在鴉片戰爭以後隨著西方殖民勢力的入侵傳進來的。有的連名稱也還一直沿用外文的譯音，如啤酒是英文 beer 的譯音。距今一百三十年，西元一八五三年，在上海的英國商人開設的老德記藥房，就生產冰淇淋、汽水了。大約過了十多年，英人埃凡在上海開設埃凡洋行，生產了啤酒。這些西方飲料、食品，開初是爲供應在華外國人的，後來中國人也逐漸由適應而感興趣，啤酒、汽水發展成爲兩大食品製造業，銷路也由上海擴展到外地。一九一五年北京創辦了一家叫「雙合盛」的啤酒廠，這是中國人自己創辦的第一家啤酒廠，是現在北京啤酒廠的前身。其他的西方食品如餅乾、糖果、罐頭等，也逐漸成爲中國人喜歡的食品，西元一九〇六年上海創立的泰豐罐頭食品公司，便是中國人自辦的第一家罐頭食品廠。

傳統習俗有頑强的惰性，一些頑固守舊的人還死抱著「聞用夏變夷而未聞變於夷」的信條，但它畢竟抵拒不了外來習俗的衝擊而發生變化。不光是吃的，衣、住、行也都起了變化，洋樓電燈，剪辮易服，火車，輪船，人力車、腳踏車，照相機，撲克牌……，日漸風行。西元一八九八年，江西九江城內放映「美國電光影戲」，配以留聲機，「觀者咸謂聞所未聞，見所未見，莫不鼓掌稱奇」。

隨著新文化思潮的傳播，風氣漸開，維新志士、革命黨人都曾致力於移風易俗，包括戒鴉片、戒迷信、改良婚喪祭葬等。戊戌維新運動期間，熊希齡、譚嗣同等在湖南倡立的延年會，有其獨特之處。所謂延年，不是要人們「以有盡之年，而欲延之使無盡」，而是要人們「延於所得之年之中」，「延年於所辦之事」。就是改革無謂耗費時間的不良習俗，注重時效，崇尚質簡，使「一日可程數日之功，一年可辦數年之事」。他們規定了一張時間表：每日六點半鐘起，學習體操一次，七點鐘早餐，八點鐘至十一點鐘辦各事，十二點鐘午餐，一點鐘至二點鐘見客拜客，三點鐘至六點鐘讀書，七點鐘晚餐，八點鐘至九點鐘辦雜事，十點鐘睡。還規定有要事來商談的，事先致函約定鐘點，過時、遲到的不候也不見；會見時只可言某事之本末，言畢即行，不得牽引他事及無聊閒談。對於虛文酬應等陋習，也在免絕之列。在一個浸透著封建陳規腐習的社會裡，這些倡導自是屬於文明新風。

清末於社會產生相當影響的移風易俗，是關於女權問題。當時的明達志士反對「男女相去五百級」、「女子無才便是德」的封建說教，大力鼓吹男女平等，主張女子要擺脫封建束縛而自立，跟男子一樣都對國家、社會負有責任。

婦女要跟男子平等，頭一件事是革除摧殘婦女的纏足陋習，提倡天足、放足，認為「放的是文明，纏的是野蠻。」十九世紀末二十世紀初年，上海、廣東、湖南、福建、湖北、浙江、天津等地都創辦了不纏足會（或稱戒纏足會、天足會、放足會、衞足會），以爲推行。湖南不纏足會是由黃遵憲、梁啓超、譚嗣同等發起的，陸續入會的人很多。總會訂有簡明章程，規定入會人所生女子不得纏足，已經纏足的，如在八歲以下須一律解放，所生男子不得娶纏足之女。還印有《戒纏足歌》送人，廣爲宣傳。婦女放足，就不能再穿弓鞋，需要有合足的鞋。於是鞋鋪應時增加了新的業務項目。長沙一家叫李復泰的鞋鋪，大登其廣告：「定做不纏足雲頭方式鞋」。湖南不纏足會是由男子發起的，杭州的放足會則是婦女自己組織的。這個會的發起人是高白叔的夫人和孫淑儀、顧嘯梅、胡畹畦，西元一九〇三年在西湖開會提倡放足，演說達三小時，會後合影留念。到會的八十餘人，其中已放足的十餘人，當場表示願放足的三十餘人，將來不願兒女纏足的二三十人。當然，任何一種風俗習慣的改變，都不是輕而易舉的，都要經歷反覆曲折的過程。儘管纏足是摧殘婦女的陋習惡俗，但它已長期成爲社會的一種習俗，被變態地認爲是「美」的，就不會沒有社會的阻力，甚至被摧殘的婦女當中也有怕大脚被人恥笑者，因而在民國年間還殘存纏足的惡俗。

婦女婚嫁的一些不良習俗，也在改變。湖南不纏足會訂了一個嫁娶章程，提出「破除不肯遠嫁的俗見」，規定婚事以簡省爲宜。「女家不得絲毫需索聘禮」，「男家尤不得以嫁奩不厚，遽存菲薄之意」。「父母之命，媒妁之言」的封建包辦婚姻制度，也被衝破了缺口，出現了自由結婚。有人還用西洋音樂簡譜譜寫了一首《自由結婚紀念歌》，反對封建婚姻，鼓吹「世界新，男女平等，文明國自由結婚樂」。辛亥革命時期，「文明」兩字很是流行，自由結婚被稱之爲「文明結婚」，婦女放足、天足，叫做「文明腳」。當時興起的話劇，叫「文明戲」。

那時的有志之士把放足作爲婦女開化的起點，而歸結於興辦女學。上海是開風氣之先的地方，辦的女子學校也最多，其他地方也先後創辦女學。學生的年齡參差不齊，一個班裡小的十幾歲，大的三十幾歲，還有師母與學生同班學習的。學校每年舉行遊藝會，演出話劇。學校劇在清末流行起來，後來還繼續保持、發展。

近代社會習俗的變化遠不止這些，一篇漫話性的短文不可能都談到，只是舉些事例而已。有一點值得提出，近代的改革社會習俗，往往是爲了文明進步，爲了振興中華，具有强烈的愛國主義精神。

宋代的夜市

／豐家驊

在我國商業史上，夜市的出現是比較晚的。宋以前，我國城市實行宵禁，暮鼓響後，居民就不能夜行了。在漢代，有司寤氏「御晨行者，禁宵行者、夜游者」（《周禮·秋官》）。連大將軍李廣「從人田間飲」，夕歸也不得夜行（《史記·李將軍列傳》）。至唐代，「京城內金吾昏曉傳呼，以戒行者」（馬縞《中華古今注》），居民夜間只得閉戶不出。當時的商業活動只限在白天進行，「凡市，以日擊鼓三百聲而衆會，日入前七刻，擊鉦三百聲而衆散」（《唐六典》卷二十）。

我國最早的夜市大約出現在唐代中期以後，中晚唐一些詩人的詩，對此已有了簡單的描述，如王建的《夜看揚州市》詩曰：「夜市千燈照碧雲，高樓紅袖客紛紛。如今不似平時日，猶是笙歌徹曉聞。」（《全唐詩》卷三百一）張祜的《縱游淮南》詩曰：「十里長街市井連，月明橋上看神仙。人生只合揚州死，禪智山光好墓田。」（《全唐詩》卷五百十一）但這只是在少數商業繁盛的地區而已。

到宋代，由於城市商品經濟的空前發展，商業都市紛紛興起，夜市也大大發展起來。宋代初年，夜市在時間上還是有一定限制的。所以宋太祖乾德三年（西元九六五年）曾下令開封府曰：「京城夜市，至三鼓已來，不得禁止。」（《宋會要輯稿．食貨》）但至北宋中期以後，隨著城市人口的劇增，商業的日趨繁盛，爲了適應市民物質生活和文化生活的需要，夜市就不再受時間的限制而通宵達旦了。當時的汴京（開封），「夜市直至三更盡，才五更又復開張。如要鬧處，通曉不絕。」北州橋的夜市「又盛百倍，車馬闐擁，不可駐足。」甚至在「尋常四稍遠靜去處，冬月雖大風雪陰雨，亦有夜市」（《東京夢華錄》）。南宋的都城臨安（杭州），也是買賣晝夜不絕，「除大內前外，諸處亦然。……其餘坊巷市井，買賣關扑，酒樓歌館，直至四鼓後方靜；而五鼓朝馬將動，其有趁賣早市者，復起開張，無論四時皆然」（《都城紀勝．市井》）。每至歲時佳節，都城夜市更是盛況空前。元宵燈節，萬街千巷都是華燈寶炬，燈燭輝煌，車馬駢闐，歌吹沸天。婦女夜游也慣習成風，不相笑訝。中秋之夜，「天街買賣，直至五鼓，玩月遊人，婆娑于市，至曉不絕」（《夢粱錄．中秋》）中國封建社會的商品經濟的空前繁榮，使一些大商業都市簡直成了一座座不夜城。

宋代的夜市分商業夜市和文化夜市兩種。在商業夜市裡，貨物充溢，品種繁多。汴京夜市有買賣衣服、靴鞋、花環的，有買賣香藥、果品的，也有買賣珠翠、犀玉、書畫的，色色俱全，市場十分活躍。臨安的夜市「除大內前外，諸處皆然，惟中瓦前最盛，扑賣奇巧器皿，百色物件，與日間無異」（《都城紀勝》）。在各色貨物中尤以各種小吃最爲豐富多采，有賣南食的，有賣北食的，且都有專店出售。「北食則礬樓前李四家、段家熝物、石逢巴子；南食則寺橋金家、九曲子周家，最為屈指」（《東京夢華錄・馬行街鋪席》）。各種小吃，品種多樣，冬夏季節不同，食品也各異。夏季炎熱，所賣的食品全是涼的，如麻腐、冰雪冷元子、生淹水木瓜、綠豆、甘草冰雪涼水、荔枝膏等等；冬季寒冷，所賣的又全是熱的，如旋炙豬皮肉、野鴨肉、滴酥水晶鱠、煎夾子等等。價格也很便宜（《東京夢華錄・州橋夜市》）。

商業夜市的經營方式和營業時間，都非常靈活。有日夜商店型的，如汴京潘樓街的商店，「向晚賣河婁頭面，冠梳、領抹、珍玩、動使之類」，「每日自五更市合，買賣衣物、書畫、珍玩、犀玉」（《東京夢華錄・東角樓街巷》）。有定點設攤型的，如汴京「州南一帶，皆結彩棚」，鋪陳貨物。臨安賣豬胰胡餅的。「自中興以來只東京臟三家一分，每夜在太平坊巷口，近來又或有效之者」（《都城紀勝・食店》）。有流動型的，或在「夜間頂盤挑架」，「遍路歌叫，都人固自為常。若遠方僻土之人，乍見之，則以為稀遇」（同上）；或用車擔「設浮鋪……以便遊觀之人」（《夢粱錄・茶肆》）；還有一種相當於後世「黑市」的「鬼市子」，「每五更點燈，博易買賣衣服、圖畫、花環、領抹之類，至曉即散」（《東京夢華錄・潘樓東街巷》）。夜市中，也有一些服務性行業專為「上早班」、「下夜班」的人賣茶水、洗面水和點心。汴京天曉前，「酒店多點燈燭沽賣，每分不過二十文，並粥飯點心。亦間或有賣洗面水，煎點湯茶藥者，直至天明」（《東京夢華錄・天曉諸人入市》）。臨安三更後，有「提瓶賣茶，冬間擔架子賣茶，……蓋都人公私營幹，深夜方歸故也」（《夢粱錄・夜市》）。有些食店為供應公私營幹人的「夜食」，通宵買賣，交曉不絕。這大概便是後世服務行業的萌芽吧。

隨著商業夜市的興起，文化夜市也相應產生了。宋代的文化夜市主要有三種類型：

一、酒樓茶坊的音樂演唱。汴京的酒樓茶坊四處林立，不可遍數，其中大型的高級酒樓有七十二座，以白礬樓規模最大，「乃京師酒肆之甲，飲徒常千餘人」（《齊東野語》卷十一）。這些酒樓不僅供應酒食，也供人文化娛樂。每至「向晚，燈燭熒煌，上下相照。濃妝妓女數百，聚於主廊面上，以待酒客呼喚」（《東京夢華錄．酒樓》），酒客可以隨意命妓歌唱。在一些下等的「腳店」，也有下等妓女，不呼自來，筵前歌唱。歌伎們除歌唱外，尚有吹簫、彈阮、息氣、鑼板、散耍等。在臨安，有一種茶肆，妓女「莫不靚妝迎門，爭妍賣笑，朝歌暮弦，搖蕩心目」（《武林舊事．歌館》）。顧客可以一邊品茶，一邊聽唱。宋代的歌妓完全是以她們的妓藝而入樂籍，與後世賣淫的娼妓不同，她們的歌唱既是侑酒助興，又是一種藝術表演，供人欣賞。

二、瓦肆勾欄的雜劇伎藝表演。瓦肆又叫「瓦子」、「瓦舍」，是一種大型的遊藝場所。在瓦肆裡有許多用欄杆圍起來的民間藝術演出的場子，叫勾欄，又叫「勾肆」、「遊棚」。當時的開封，著名的瓦肆有八座，僅東角樓街的桑家瓦、中瓦、里瓦，就設有大小勾欄五十餘座，其中的象棚最大，可容數千人（《東京夢華錄．東角樓街巷》）。南渡後，臨安的瓦肆更盛，城外有五座，城內有二十座，城內的北瓦設勾欄十三座（《西湖老人繁盛錄》）。在這些勾欄裡，每日演出各種妓藝，有雜劇、傀儡、影戲、說書、講史、舞旋以及雜技等等，「其數不可勝數，不以風雨寒暑，諸棚看人，日日如是」（《東京夢華錄．京瓦伎藝》）。各種妓藝幾乎都有自己的專用勾欄與獨擅的演員，其中的雜劇演出，並能配合節序上演一些時令節目，如七夕「便搬《目蓮救母》雜劇，直至十五日止，觀者倍增」（《東京夢華錄・中元節》）。爲了適應廣大市民文化生活的需要，有些勾欄白晝通宵，作場不輟。如臨安的「獨勾欄瓦市、稍遠於茶肆，中作夜場」（《西湖老人繁勝錄》），使市民的夜生活更爲豐富。

三、夜遊天街觀隊舞。隊舞是一種羣衆性的街頭歌舞表演。自舊歲孟冬駕回以後，這種鼓吹舞綰者，往往數十隊，「每夕皆然，三橋等處，客邸最盛，舞者往來最多。每夕樓燈初上，則簫鼓已紛然自獻於下……往往至四鼓乃還。自此日盛一日」（《武林舊事・元夕》）。姜白石有詩云：「燈已闌珊月色寒，舞兒往往夜深還。只應不盡婆娑意，更向街心弄影看」，又云：「南陌東城盡舞兒，畫金刺繡滿羅衣。也知愛惜春游夜，舞落銀蟾不肯歸。」頗寫出了當時酣歌醉舞的意態。宋代盛行傀儡舞隊，人們各扮一劇中人，動作不相同，聯合成隊，遊行表演。這雖是羣衆性的歌舞表演，但觀衆亦有酬金，謂之「買市」。這樣就使這種羣衆性的歌舞活動也帶有商業性了。

漫話「九九消寒圖」

／李松齡

古時，我國將每年夏至後的八十一天及冬至後的八十一天，各分爲九個段落，每一段落爲九天，分別稱作「夏九九」及「冬九九」，並按次序定名爲「頭九、二九，三九……九九。」然而，通常人們所說的「九九」顯然係指「冬九九」而言，因此才有數九寒天之說。有趣的是在我國民間流傳著許多數九、畫九和寫九的風尚習俗。

關於數九的習俗，究竟起源於何時，尚未見到確切的文字記載。但我們從敦煌漢簡和居延漢簡中，卻發現有「九九」的殘文。雖然這與數九習俗，未必有必然的聯繫，但起碼說明當時人們已有「九九」的說法了。我們現在見到記載數九文字最早的書，是西元五五〇年梁朝宗懍所著《荊楚歲時記》，書中有「俗用冬至日數及九九八十一日，爲寒盡」之句。

隨著歲月的流逝，在民間產生了「九九消寒」的習俗。經過古代勞動人民的創造，這種習俗愈來愈豐富多彩，形式也不斷翻新。我國最早有「畫九」之法。明代文學家劉侗在《帝京景物略・春場》中說：「日冬至，畫素梅一枝，爲瓣八十有一。日染一瓣，瓣盡而九九出，則春深矣。

曰九九消寒圖。」曾有詩詠道：「試數窗間九九圖，餘寒消盡暖回初。梅花點遍無餘白，看到今朝是杏株（楊允孚雜詠詩，見《日下舊聞考》）。除這種染梅消寒圖之外，斯時還有一首九九之歌，歌詞是：一九二九，相喚不出手。三九二十七，籬頭吹觱篥。四九三十六，夜眠如露宿，五九四十五，家家推鹽虎。六九五十四，口中呬暖氣。七九六十三，行人把衣單，八九七十二，貓狗尋陰地。九九八十一，窮漢受罪畢。才要伸腳睡，蚊蟲蠍蚤出（《帝京景物略．春場》）。這首九九歌巧妙地利用自然界的一些生態反映和天氣徵兆，表明了冬九九中的氣候變化發展規律。

迨至清代又有「寫九」之舉。據清吳振棫所著《養吉齋叢錄》記載：「道光初年，御制『九九消寒圖』，用『亭前垂柳珍重待春風』九字，字皆九筆也。懋勤殿雙鈎成幅，題曰『管城春滿』，內直翰林諸臣，按日填廓，細注陰晴雨雪，皆以空白成字，……。」在清代宮廷中，每年冬季都要填寫這種「九九消寒圖」。先由宮中懋勤殿製成待填描寫的消寒圖。該圖四周採用木框插榫而成，並裱以紙綾。其「亭前垂柳珍重待春（風）」九字，寓迎春之意。每年冬至節前掛在室內，屆時由室主人從頭九第一天開始填起，逐日填廓，每字九筆，每筆一天，每填寫完一字便過一九，句成而九九八十一天盡。用朱筆寫完當日一筆後，還要在筆畫上，用白色細筆填寫當日天氣情況。像「亭」字的第一筆上寫的是「今日風」；第二筆上記的是「晴暖有風日也」；第三筆上填有三字「晴暖日」；第四筆上則是「早晴晚陰」；第五筆上又是「晴暖日」……。每日記載詳略，要視當日筆畫長短而定。因此，當一幅「消寒圖」填完之後，則成了這一年冬季天氣情況的檔案記錄。「每歲相沿，遂成故事」。（吳振棫《養吉齋叢錄》）

此外，亦有用「春前庭柏風送香盈室」九字者，做法同前，只是每筆上的天氣記載，是利用圖形直觀地標明雨、雪、風、晴而已。在九字之上，題曰「管城春滿」四字。據韓愈《毛穎傳》記載：筆受封於管，號「管城子」。「管城子」乃筆之別稱，寓筆成春滿庭之意。

明代劉若愚在《明宮史・火集》中，也提到一種「九九消寒詩圖」。詩圖由司禮監刷印，自「一九初寒才是冬」開始，至「日月星辰不住忙」結止。並說此製「不知緣何相傳，年久遵而不改。」明代這種詩圖，其圖文不詳，中國第一歷史檔案館藏有清宮的一幅「九九消寒詩圖」形同「九九消寒圖」。每九詩四句，共三十六句。特引述詩文如下：

頭九初寒才是冬，三皇治世萬物生，堯湯舜禹傳桀事，武王伐紂列國分。
二九朔風冷難當，臨潼鬥寶各逞強，王翦一怒平六國，一統江山秦始皇。
三九紛紛降雪霜，斬蛇起義漢劉邦，霸王力舉千斤鼎，棄職歸山張子房。
四九滴水凍成冰，青梅煮酒論英雄，孫權獨占江南地，鼎足三分屬晉公。
五九迎春地氣通，紅拂私奔出深宮，英雄奇遇張忠儉，李淵出現太原城。
六九春分天漸長，咬金聚會在瓦崗，茂公又把江山定，秦瓊敬德保唐王。
七九南來雁北飛，探母回令是彥輝，夤夜母子得相會，相會不該轉回歸。
八九河開綠水流，洪武永樂南北游，伯溫辭朝歸山去，崇禎無福天下丟。
九九八十一日完，闖王造反到順天，三桂令兵南下去，我國大清坐金鑾。

在這首「九九消寒詩圖」中，從遠古的「三皇治世」，到「大清坐金鑾」，提到了我國幾千年歷史長河中的一些重大事件，讀來耐人尋味。在這幅詩圖中，全詩二五二個字又圍繞著「雁南飛哉柳芽待春來」九個字轉寫下來，每字亦均爲九筆，每日一筆，「九九八十一日盡」。

這種「畫九」、「寫九」之法，多是一種文墨雅與娛樂記時消遣之作，無論是宮廷，還是民間，都有這種做法，在我國燦爛的民俗文化的長廊中，它只不過是一個小小的畫面而已。

漫說紋身與黥墨

／方南生

雕題剺面傳聞有，今到海南始見之。
黎族衣緇成習尚，婦容黥墨足驚奇。
雖云古道存民俗，想見奴黴剩孑遺。
幸喜小姑逢解放，玉顏含笑報春暉。

這是郭沫若同志於西元一九六二年寫的《詠黎族姑娘》的一首七言律詩。青年朋友要問：究竟什麼是雕題剺面？什麼是黥墨？這是個十分有趣的問題，還必須從我國古代的民俗和法制中去探討。

雕題、黥、墨，就是用刀、針等銳利鐵器，刻畫在人體的不同部位，然後塗上顏色，並使之保存永久。它還有許許多多奇怪的名稱，如：黥面、鏨、刺、繡面、黲（染黑）面、刻顙（額）、雕青、扎青、紋身、鏤身、鏤臂等等。雕題，就是把花紋刻在額頭上，然後染以顏色，黥、墨、黵面、刻額、繡面，也是把花紋刻在頭部的各個部位，但除花紋外，也有刻字的，也有用烙鐵烙印的。剺面，就是以刀劃破臉皮，但不染色。雕青、扎青、紋身、鏤身、鏤臂等，多是指把花紋或文字刻刺在身上不同部位，然後塗以顏色。爲了醒目和保持永久，塗抹時多用黑色的顏料，所以無論黥、墨、黵、青，用字遣詞上都和黑色有關。好好的皮膚，爲什麼要無端作賤呢?說來話長。

我國什麼時候開始有黥墨與紋身?具體的上限很難確定，但其伊始，大約與古代氏族社會的圖騰有關。古代人們認爲自己的氏族與某種動物、植物或無生物有親屬或其他的特殊關係。因此，某物即成爲某氏族的保護者和象徵，圖騰的崇拜就從這裡開始。隨後他們畫出某種物的極簡單的圖象，甚至畫在自己的身上，做爲本氏族血統的標誌。這種古老的風習，在世界各地都曾經存在過。我國古代氏族裡，就有以蛇、龍、牛等爲圖騰的。《禮記·王制》有「東方曰夷，被髮紋身」、「南方曰蠻，雕題交趾」的記載。他們紋身和雕題，畫的是什麼圖形，只好讓考古學家去發掘了。從古籍中只能尋得一些蛛絲馬跡。《史記·吳太伯世家》記周太王欲立小兒子季歷以及孫子昌爲自己的繼承人，於是他的另外兩個兒子太伯和仲雍就跑到吳越去，「紋身斷髮，示不可用，以避季歷」。應劭注曰:「常在水中，故斷其髮，文其身以象龍子，故不見傷害。」這裡指出畫的可能是龍子。吳越一帶，靠海吃海，每日裡在浪尖上討生活，人們紋身多畫水中之王，這是理所當然。所以太伯和仲雍的紋身斷髮，並不是他倆的創作，而是從俗。故左思《吳都賦》寫道:「雕題之士，鏤身之卒，比飾虬龍，蛟螭與對。」是有一定根據的。這是東南一帶夷、蠻等族的習慣。而地處我國西北的一些古老民族則比較簡單，每當他們感情激動，需要表決心，輸誠款時，就呼啦抽出佩刀，剺面示志，雖流血滿面，亦毫不介意。如《後漢書・耿秉傳》說到匈奴族人哀痛之際，就「梨（剺）面流血」。《洛陽伽藍記》也記有于闐國「居喪者，剪髮剺面，以爲哀戚」。《舊唐書・回紇傳》云：「毗伽闕可汗初死，其牙官、都督等欲以寧國公主殉葬，公主曰：『我中國法，婿死，即持喪，朝夕哭臨，三年行服。今回紇娶婦，須慕中國禮。若今依本國法，何須萬里結婚。』然公主亦依回紇法，剺面大哭，竟以無子得歸。」可見當時回紇風俗是這樣，所以寧國公主也只好從俗。據香港《快報》轉載，臺灣山地泰雅族人盛行紋面，男子自額至頦中央作直紋，女子則自口經兩頰至耳，作橫紋。派宛人有紋身習慣，但不紋面。海南島的黎族古來已有黥面紋身的傳統風習，其婦女紋身多紋在臉上兩腮和脖頸間，終身不褪，即所謂「蘭奥」，做爲一種美飾。但解放以來已徹底改變了這種習尚。

把紋身當做美的妝飾，由來已久。漢族人也有這種習慣，這在晚唐段成式《酉陽雜俎》裡，記載得異常生動。黔南觀察使崔承寵，少時遍身刺一蛇，蛇頭就刺在右手的虎口上，然後「繞腕匝頸，齟齬在腹，拖股而尾及骭焉。對賓侶常衣覆其手然酒酣輒袒而努臂戟手，捉優伶輩曰：『蛇咬你！』優伶等即大叫毀而爲痛狀，以此爲戲樂」。說明當時的紋身技藝已相當高明，善於利用人體支幹特點，因材施針，處理得維妙維肖，以致令人見而生畏。蜀小將韋少卿，胸上刺一棵樹，樹杪停立一羣鳥，下面懸掛一面鏡子，鏡鼻繫一條繩索，有人在一旁牽著，說是刺札燕公張說的「挽鏡寒鴉集」詩句。還有荊州街子葛清，自頸以下遍刺白居易詩三十多首，其旁都有畫圖相配搭，以致體無完膚，被人呼爲「白舍人行詩圖」。可見唐朝的紋身習俗已相當風行，不但有專業的扎工，而且市面有專賣刺扎的工具，甚至發明黥印，「印上簇針爲衆物狀，如蟾蝎杵臼，隨人所欲。」說明扎刺技術已經和詩歌、繪畫藝術緊緊地結合在一身。安史之亂後，《酉陽雜俎》上說：「上都街肆惡少」，剃光頭，胸坎刺花，敞懷露體，依仗禁軍在街上無惡不作，弄得市井雞犬不寧。有自稱王子者，「遍身圖刺、體無完膚。前後合抵死數四，皆匿軍（指宦官所直接掌握的禁軍）以免」。京兆尹用五百人將其捕獲，判云：「鑿刺四肢，口稱王子，何須訊問，便合當辜。」一氣之下便「閉門杖殺之」。《舊唐詩・薛元賞傳》也記載元賞擔任京兆尹三日，「收惡少，杖死三十餘輩，陳諸市。餘黨懼，爭以火滅其文」。這是朝官集團爲宦官集團殊死鬥爭的反映，也是唐朝紋身盛極一時的反映。唐以下，這種紋身風尚仍盛行，雖沒有專書專篇論說，然而從一些文章、稗官野史和通俗小說裡，仍然可見其一鱗半爪。如錢載《十國詞箋》就寫道：「後周太祖郭威，少賤，黥頸爲飛雀，世目爲郭雀兒。」《說岳全傳》中，岳母爲岳飛背刺「精忠報國」四字。《水滸傳》裡有一條硬漢，肩臂胸膛刺滿了九條龍，人們都管他叫九紋龍史進等等，可見一斑。

雕題、紋身，除了自願的以外，還有不自願的一面，是由統治階級強加在他們身上的。黥或墨，在古代是一種刑罰，五刑之一。最初，就是在額頭或面部刺個侮辱性的記號。漢鄭玄在《周禮・秋官・司刑》一篇的注文裡說道：「墨，黥也。先刻其面，以墨窒之。」宋王鍵所輯的《刑書釋名》裡，也提到古刑法「鑿」是：「黥刑也，以墨涅其面。」但開始時，這種刑罰還在統治階級內部施行，如殷商太甲元年十二月乙丑，伊尹作訓：臣下不匡，其刑墨。」（見《尚書・伊訓》）是說爲臣而不敢直諫、匡正其君，就要處以墨刑。當然，這只是一紙空文，到戰國時，這種法制已經沿襲不下去了。《史記・商君列傳》就記載秦太子犯法應判刑，怎麼辦呢？鐵面無私的商鞅感到爲難，虧他想出辦法說：「太子，君嗣也，不可施刑。」但可以「刑其傅公子虔，黥其師公孫賈」。學生犯法，倒霉的倒是他的老師。到秦始皇三十四年，下焚書之令：「天下敢有藏詩書百家語者，悉詣守尉雜燒之。令下三十日不燒，黥爲城旦。」說明到秦始皇時，黥刑已普及「黔首」了。所以六安布衣英布，犯了律條就挨了一頓黥，這是史有明文的。漢初沿襲秦法，也有黥墨之刑，直至文帝十三年五月才廢除肉刑，法當黥者改「髡鉗爲城旦舂」，就是剃光腦袋，戴上刑具，服勞役。但實際黥刑並未禁絕，仍有以墨代重辟的，死罪願墨者，以墨代死。其後歷朝，墨刑不但沒廢除，反而變本加厲。例如晋朝就下過敕令，奴隸第一次逃亡抓回後，用銅青黥兩眼上；再逃亡，黥兩頰上，第三次逃亡，橫黥兩目下，長一寸五分，寬五分，可謂十分顯眼。這在正史中不乏其例。我們最熟悉的《水滸傳》小說裡，描寫豹子頭林冲，被騙誤入白虎堂後，斷二十脊杖，刺了面頰，發配滄州牢城。武松鬥殺了西門慶後，也被脊杖四十，刺配孟州城，正是宋朝杖、黥、配三刑合一，在文學作品中的反映。直到清朝仍有黥刑存在。清朝先規定刺面，後改刺臂。康熙五年（西元一六六六年）爲便於稽察，又改刺面。《東軒錄筆》有一段記敍，足見統治者的殘忍和黥刑的普遍。文中說蘇州通判陸東，暫時代理州事。「因斷流罪，命黥其面曰：『特刺配某州牢城』。黥畢，幕中相與白曰：『凡言特者，罪不至是，而出於朝廷一時之旨。今此人應配矣，又特者，非有司所得行』。東大恐。即改『特刺』字爲『准條』字，再黥之，頗爲人所笑。後有薦東之才於兩府者，石參政聞之曰：『吾知其人矣，得非權蘇州日，於人面上起草者乎？』」

綜合以上所述，黥墨之刑與紋身共同之處，都是以人體的皮膚做爲刻刺的對象。不同的是：前者是一種刑罰，强加在被黥人身上，包括上至官吏、將領，下至俘虜、降卒、士庶。而大量的是所謂「盜賊」和逃亡的奴婢。除了少數統治階級內部派別之爭外，主要表現爲階級壓迫，所以說黥墨之刑是階級壓迫的產物，因爲黥墨主要是對付「犯人」的，所以施加於人體的部位偏高，多加諸額、面、頸。後來雖也降到左右臂，接近紋身，但降而復起，最後還是回到頭部和面頰上來。目的是讓人一眼看清，易於識別，總而言之，是一種侮辱性的標誌。至於紋身，則出於自願，不但親自刻刺，甚至不惜重金請專業扎工來刺。最初，可能只用顏料塗抹了事，由於塗抹一拭便去，繼之才用針刺，甚至發明針印。所畫的開始只是簡單圖案花紋，繼之刺字、刺詩歌、圖畫。從紋身的意圖看，主要是爲妝飾美觀，但偶爾也和宗教的影響聯繫起來，如在身上刻鏤佛像，除表示對佛祖的無限崇敬外，又可作抵制杖刑的護身符。紋身刺扎的部位，和黥墨比較，一般偏低，多在身體前後或兩臂間，也有上頭的，和黥墨傳統部位交錯在一起。紋身精美的，形象十分生動，已形成一種特殊的藝術，富有民族特色，這在古籍中多有記載，它的產生與發展有其時代的背景和侷限性。今天，在我國除了個別地區和個別民族外，紋身只能做爲歷史的陳跡來了解它、認識它。可以相信，誰也不會去自討苦吃，去重複實踐這種沒有意義的「切膚之痛」了。

怎樣理解「不孝有三，無後爲大」

／房　欣

「不孝有三，無後爲大」出自《孟子．離婁篇》。《孟子注疏》中解釋「不孝有三」的內容說：「於禮有不孝者三事，謂阿意曲從，陷親不義，一不孝也；家貧親老，不爲祿仕，二不孝也；不娶無子，絕先祖祀，三不孝也。三者之中，無後爲大。」這裡的「後」，指子孫，也就是專指男性後代。

人類一向重視生命的延續，爲新生命的誕生而快樂。但是如恩格斯所說：「一切以往的道德論歸根到底都是當時的社會經濟狀況的產物。」（《反杜林論》）所謂：「孝」以及「不孝有三，無後爲大」的觀念也不是從來就有的。在原始社會裡，「其民聚生羣處，知母不知父，無親戚、兄弟、夫婦、男女之別，無上下長幼之道」（《呂氏春秋．恃覽篇》）。這時既沒有「孝」的觀念，也就沒有把「無後」當作不孝的觀念了。「不孝有三，無後爲大」，是隨著私有制的產生而形成的私有小生產者的觀念。

在孟子的時代，社會並非是「天下爲公，選賢與能……不獨親其親，不獨子其子」的「大同」之世，而是「天下爲家、各親其親，各子其子，貨力爲己」的「小康」社會（見《禮記・禮運》），血緣親族關係是最基本的社會關係。《易經》說：「天地絪縕，萬物化醇……人承天地，施陰陽，故設嫁娶之禮者，重人倫，廣繼嗣也。」《周易・序卦傳》解釋說：「有夫婦，然後有父子；有父子，然後有君臣；有君臣，然後有上下，然後禮義有所錯（措）。」一夫一妻與他們的子女構成一個社會基本的生產單位，夫婦、父子的倫理關係也由此成爲社會組織的基礎。既是「各親其親」，便有了「孝」的要求。人們「肇牽牛車遠服賈，用孝養厥父母」（《尚書・酒誥》）；也憂慮著：「王事靡盬（停止），不能蓺稷黍，父母何怙（依靠）？」（《詩・唐風・鴇羽》）同時「各子其子」也意味著每個家庭養育後代的責任和必要性。當時社會勞動的分工使男性中心的制度形成而且得到鞏固：「乃生男子，載弄之璋（玉製的禮器）」，「乃生女子，載弄之瓦（陶製的用具）」（《詩・小雅・斯干》），就反映了由於男女社會分工不同而決定的男女社會地位的不平等。因爲「大量財富集中於一人之手，並且是男子之手，而且這種財富又必須傳給這一男子的子女」（恩格斯《家庭、私有制和國家的起源》），所以有「後」、無「後」就成了重大的問題。「勞動愈不發展，勞動產品的數量、從而社會的財富愈受限制，社會制度就愈在較大程度受血緣關係的支配。」（同上）私有的制度、個體小生產的方式使血緣關係成爲最基本的社會關係，對後代的養育與對尊親的「孝」緊密地聯繫在一起了。人們既需要子孫繼承自己的產業，又需要靠後代贍養老年。「無後」，則無以繼承祖業，一個家庭「斷了香火」，當然對不起祖先，也就是不孝之至了。所謂「傳宗接代」、「養兒防老」，都是受血緣關係支配的社會制度下產生的社會意識。這在一定程度上也可以說明「不孝有三，無後爲大」的觀念在幾千年中一直得以流傳的原因。

「不孝有三，無後爲大」的提法影響甚爲久遠，不過始終並不那麼絕對。「孝」的要求所强調的主要還是子女贍養父母的責任與尊敬父母的態度。《禮記》記曾子說：「孝有三，大孝尊親，其次弗辱，其下能養。」《孟子・離婁篇》中也提到：「世俗所謂不孝者五：惰其四支（肢），不顧父母之養，一不孝也，博弈好飲酒，不顧父母之養，二不孝也；好貨財，私妻子，不顧父母之養，三不孝也；從耳目之欲，以爲父母戮，四不孝也；好勇鬥狠，以危父母，五不孝也。」可見在當時人們心目中「孝」的基本要求首先是敬養父母。

「不孝有三，無後爲大」的觀念是社會現實的反映，在歷史上是有代表性的；這種觀念產生並得以傳播的基礎就是以家庭爲生產單位的私有小生產的生產關係。由於社會的發展，這種觀念也受到了影響和衝擊；然而在整個漫長的封建時代，這樣的觀念還是根深蒂固的，因爲產生這種觀念的私有小生產的經濟基礎始終沒有徹底改變，「隨著生產資料轉歸社會所有，個體家庭就不再是社會的經濟單位了。私人的家庭經濟變爲社會的勞動部門。孩子的撫養和教育成爲公共的事業」（恩格斯《家庭、私有制和國家的起源》）。隨著公有制的建立、社會生產力的發展進步，「不孝有三，無後爲大」的觀念便不免成了歷史的遺跡。

桃木漫說

／趙文心　尹榮方

宋代大政治家王安石有首《元日》詩：

爆竹聲中一歲除，春風送暖入屠蘇。
千門萬戶曈曈日，總把新桃換舊符。

這第四句中的「新桃換舊符」，要說春節時，家家戶戶都用新的桃符換掉了舊的桃符。古人相信，過年時節，門上掛個桃木人，再在七八寸長的桃木片上寫點祈福禳災之辭，（即所謂符）插在門旁，惡鬼就不敢入門，就能祛邪得福了。

認爲桃木人桃符有特殊力量，那當然是古人的一種迷信。但是，在古人心目中爲什麼偏偏是桃木，而不是其他樹木，如榆、梧桐、柳等具有特殊力量呢？我覺得，這是個有趣而值得研究的問題。

中國人相信桃木具有神力，用桃木製品來避邪求福，這在春秋時期就頗爲盛行。《左傳》襄公二十九年（西元前五四四年）載：「魯襄公朝楚，會楚康王卒，楚人使公親襚，公患之。叔孫穆叔曰：『祓殯而襚，則布幣也。』乃使巫以桃茢先祓殯。楚人弗禁，既而悔之。」這段話的意思是：魯襄公到楚國去，正碰上楚康王逝世。楚人要魯襄公親自給死者送襚衣，這對魯襄公來說有失君臣之禮，襄公因此十分爲難。叔孫穆叔對襄公說：倘先叫巫祝用桃茢（桃木柄苕帚）祓，就等於君臨臣喪，不爲失禮受辱。襄公這樣做了，楚人沒有禁止，後悔莫及。

爲什麼治喪時要讓巫祝用桃木柄苕帚先祓一番呢？因爲古人覺得桃木柄苕帚具有驅鬼除邪的神奇力量。《禮記・檀弓下》說：「君臨臣喪，以巫祝桃茢執戈，（鬼）惡之也。」桃茢具有的驅鬼避邪的神力，不僅在治喪時能發揮作用，在其他一些場合也同樣。《周禮・夏官・戎右》有「贊牛耳桃茢」之語。說的是諸侯盟會時，割牛耳取血，分嘗爲誓，以資信用。然殺牲取血，恐有不祥，所以又用桃茢爲鎮物。《左傳》昭公四年（西元前五三八年），也記載著桃木能發揮神祕力量的一件事：「古者日在北陸而藏冰，……其藏之也，黑牡秬黍，以享司寒；其出之也，桃弧棘矢，以除其災也。」這段話是說：「古人於冬天把冰塊藏在深山大谷的冰窖裡，藏冰時，要用黑色的雄性牲畜和黑黍祭司寒之神，而取冰使用時，則要用桃木作的弓和用棘製的矢進行除災的儀式。」

因爲古人相信桃木具有神奇的力量，所以，在古人眼中，桃樹的其他部分，如桃樹的果實、桃樹的枝幹上溢出的脂膠以及桃湯等，亦相應地具有某種神力了。

神話傳說中西王母的蟠桃，吃一枚即可享受稀有的長壽，這是老幼皆知的事情。王母蟠桃的故事，還給後世小說、戲劇提供了生動、有趣的素材。小說如宋人《大唐三藏取經詩話》已經有蟠桃樹及孫行者偷桃之記敍，至明吳承恩《西遊記》寫孫悟空與蟠桃之事，則更爲離奇曲折了。雜劇則有元代無名氏《宴瑤池王母蟠桃會》、明代朱有燉《羣仙慶壽蟠桃會》等，具有一定影響。

劉晨、阮肇入天臺山遇仙，也是千百年來蹣騰人口的神奇故事。據說劉、阮入天臺取谷皮。「遠不得返，經十三日，饑。遙望山上有桃樹，子實熟。遂躋險援葛至其下，啖數枚，饑止體充……」後來，他倆遇見兩個仙女，邀他們回家，吃完飯，「俄有羣女持桃子」來慶賀二女和劉、阮結合。劉、阮在天臺山十日，「更懷鄉，歸思甚苦，女遂相送，指示還路。既還，鄉邑零落，已十世矣。」（《太平廣記》引《搜神記》）這則故事裡，桃子也是仙家之果。

《列仙傳》中則說到有一個叫葛由的羌人，「好刻木作羊賣之，騎羊入蜀。」蜀中王侯貴人追隨葛由，到綏山，結果都成仙了。這些王公貴人何以能成仙？是因爲多吃了綏山上的桃子。所以，里諺要說：「得綏山一桃，雖不得仙，亦足以豪」了。

桃子能延人壽命的看法，一直到今天仍有影響。現在上海的糕糰店裡，就有一種糕點稱爲「壽桃」，形狀似桃，用糯米製成，染成桃紅色，爲祝壽之佳品。

古人認爲桃枝也具有神力，據說用桃枝洗澡可避邪氣。桃膠也是了不得的東西，《神仙傳》上說：「高近公服餌桃膠得仙。」桃膠簡直和桃子具有一樣的神力。葛洪《抱朴子》也列桃膠入「仙藥」一類，他說：「桃膠以桑灰汁漬服之，百病愈。」

有些地方，民間百姓於春節以桃湯爲飲料，用以避邪求福。南朝梁宗懍《荊楚歲時記》曰：「正月一日，……長幼悉正衣冠，以次拜賀，進椒柏酒，飲桃湯。」東漢的王莽在奪取劉漢江山之後，害怕漢高祖神靈會來干涉。於是「遣虎賁武士入高廟，……桃湯赭鞭，鞭灑屋壁。」（《漢書·王莽傳》）身爲帝王的王莽，亦相信桃湯能使鬼靈害怕，因而派武士用桃湯遍灑漢高祖廟的四壁。可見，對桃的迷信觀念，入人心之深了。

在古人眼中，許多神異稀奇的事情或境界都和桃有關連。如神話傳說中，有個與日競走的夸父，渴死後，棄其手杖，手杖化爲一片桃林。晉代大詩人陶淵明《桃花源記》裡那個與世隔絕、人人豐衣足食、怡然自得的神奇境地亦與桃有不解之緣。

古人的桃有神力的觀念，無疑對風俗習慣、文學創作都產生了不小影響。

爲什麼桃會被古人認爲具有神奇力量呢？桃木能驅鬼避邪的觀念究竟緣何而來呢？這個問題實在不是容易回答的，因爲古人對桃木的迷信產生得非常早，現在很難考察它的起源了。漢應劭《風俗通義》上的一段記載頗離奇：上古時候，有神荼、鬱壘兄弟倆，善於捉鬼。東海中的度朔山上有桃樹，兄弟倆在樹下審查各種各樣的鬼，把那些不講道理，爲人禍害的鬼用葦索綁縛，以餵老虎。所以後人常在除夕之日「飾桃人，垂葦茭，畫虎於門，皆追效前事，冀以御凶也。」

說神荼、鬱壘在桃樹下捉鬼餵虎，後人追效此事，飾桃人驅鬼避邪，從而漸漸予桃木以神奇的力量，這在古人自然不失爲一種圓滿的解釋。然鬼是子虛烏有的對象，神荼、鬱壘是否眞有其人，也茫茫難以查考，要我們現代人相信應劭引的九層霧裡的說法，未免太滑稽了。

古人對桃樹爲何具有神力還另有說法。《歲時記》云：「桃者五行之精，壓伏邪氣，制百鬼。」《歲典術》則曰：「桃者五木之精也，今之作桃符著門上，壓邪氣，此仙術也。」

這兩段話，意思大抵相同，顯然都想從桃樹本身具有的屬性來作解釋。但普普通通的薔薇科落葉小喬木成了什麼「五木之精」、「五行之精」，這在我們今天的人看來，也是莫名其妙，不可理解的。其實，不僅現代人，就是古代的一些有識之士，也絕不相信桃木本身具有什麼神力，能讓鬼退避三舍的。哲學家莊子就曾幽默地指出：在家門口插上桃枝，小孩子進門不害怕，鬼卻害怕，難道鬼的智慧還不如一個小孩子？他用反證法證明桃木本身並沒有什麼神力，他是絕不盲從「五木之精」、「五行之精」的胡言亂語的。

在我們看來，古人迷信桃樹具有神力，與《風俗通義》上的那個傳說沒有關係，也不是因爲桃樹是什麼「五木之精」、「五行之精」。古人迷信桃樹具有神力，恐怕只是桃木本身的素質所決定的。古人常用桃木作武器和工具，桃木堅硬而又有彈性，可作弓和棍棒使用。《淮南子·詮言訓》有言：「羿死於桃棓。」「棓」同「棒」。羿，即后羿，上古夷族的首領，養於射箭，據說夏太康沈湎遊逸，后羿推翻其統治，自立爲君。神話中還有后羿射落九日的傳說，可見他是個極具威力的人物。這樣一個强而有力的人物是被桃木棒打死，那麼，桃木具有神力，鬼怪畏懼桃木的觀念的產生，也就容易理解了。當然，羿死於桃棒的說法或許本來就是一種附會，然而，古人常用桃木製武器和工具卻是事實，有了武器和工具，就能製造出某種所謂「奇迹」，而慢慢地賦予原物以神力，這應該是可以理解的。

祭灶舊俗漫談

／何　湝

祭灶，是一種源遠流長的舊俗，早在先秦它就被列爲重要的祭禮——「五祀」之一。所謂「五祀」，即春季祀戶、夏季祀灶，中央土（夏秋之交）祀中霤（中堂）、秋季祀門、冬季祀行（見《禮記・月令》）。「五祀」都很隆重，也很複雜。以祀灶爲例，要設神主，以豐盛的酒食爲祭品，還要陳列鼎俎、設置籩豆、迎尸（代神受祭的人）。實際上帶有明顯的原始拜物教的痕跡。在上古，受人崇拜之物或自然現象，往往被人格化，成爲神。灶神，在民間叫做「灶王爺」。早在夏代，他已經是民間所尊奉的一位大神了。至於灶神究竟是誰，歷來說法不一。《禮記・月令》中把炎帝、祝融說成是祭灶的主神。後來又有許多另外的說法，最爲流行的是張單之說。

道教對灶神的解釋則採用了張奎《經說》的說法：「道言，昔登昆侖之山，有一老母獨處其中，莫知其由……天尊曰：『唯此老母，是各種火之母，能上通天界，下統五行，達於神明，觀乎二氣，在天則爲天帝，在人間乃爲司命，又爲北斗之七元使者，又爲五帝之灶君，管人住宅，十二時辰善知人間之事，每月朔旦，記人造諸善惡及其功德，錄其輕重，夜半奏上天曹，定其簿書，悉是此母也。』」這裡的灶君竟是一位女神。只是在文中未指明她姓甚名誰，但我們從中知道了她的職權所在，還得知她的兩個尊號「九天東廚司命九天元皇灶君感應天尊」，又叫「南天護福星君利濟眞卿東廚司命萬化天尊」。由此可見我國古代灶神像中有「灶神奶奶」像的緣由。

道教祭灶之說，主要採用了西漢方士李少君的說法。《史記・武帝本紀》說：「少君言於上曰：『祠灶則致物，致物而丹沙可化爲黃金，黃金成以爲飮食器則益壽；益壽而海中蓬萊仙者皆可見，見之以封禪則不死，黃帝是也。』於是天子始親祠灶。」方士本是道教的源頭之一，道教祭灶，也是和道教與方士的結合及方士們入海求仙分不開的。

祭灶的日期，歷來說法不一。一般有正月、四月、五月、八月、十二月等不同的說法。據《禮記・月令》記載：「孟夏之月……其祀灶。」這大概是中國的古禮，也是我國有關祭灶日子的最早記載。

道教的說法與此大致相同。晋葛洪在《抱朴子》中說：「孟夏可以祀灶，灶神每月晦日（農曆每月最後一日）上天言人罪狀，大者奪紀，小者奪算。」即大罪要被減壽三百天，小罪則減壽一百天。孟夏即四月。可見古時祭灶在四月。

又據道教的要籍《玉匣記》記載，灶王爺的生日是陰曆八月初三。道教中在八月初三日，也要舉行一次祭祀大典。大做道場，奉經設供。所奉誦的經典一般叫做《灶王經》，全稱是《太上靈寶補灶王妙經》。在我國明、清時期，此經最爲流行，俗說：「家有灶王經，水火不能侵。」足以說明人們對他的重視。

然而，後來則逐步演變，把灶神每月上天一次改爲每年上天一次，祭灶的時間也變爲在臘月二十三或二十四日；灶神也不僅僅是奏報罪狀，他還要兼說善行了。「人非聖賢，孰能無過」，家裡守著一位監護神，不能不怕他上天告狀，因而在祭灶這一天不論大戶小戶、不分貧富貴賤，家家都要將灶臺、几案、鍋碗瓢盆收拾得乾乾淨淨。準備設供祭灶。設祭之前，首先將牆上的舊神像揭下來，在香爐前焚化，表示灶神上天了，然後張貼新的灶神和「灶神奶奶」的神像。神像旁還要貼上千篇一律的新對聯「上天言好事，下界保平安」。這是人們對灶神的祈禱。設祭之後，全家來參加祭禮，由長子撒香、送酒，爲灶神坐騎撒馬料，由灶臺一直撒到廚房門口的小路上，通常祭灶的供品中，主要是糖瓜，還有一盤煮雞蛋。據說糖瓜是取其甜的意思，灶神吃了它，上天以後，就不說人們的壞話了。煮雞蛋是黃鼠狼和狐狸之類所喜愛吃的東西，而它們是灶神的部從下屬，經常作祟，所以祭灶的同時，也要祭祭它們。這一天的祭祀活動，也叫「送灶」，即送灶神上天。幾天後，灶神要回來了，還要簡單地再祭祀一次，叫「接灶」。至此，整個祭灶活動，就算完成了。

祭灶在江浙一帶，又叫「過小年」，即在臘月二十四日，家家一定要掃塵，表示舊的一年就要結束了，要迎接新的一年。但也有人以冬至這一天爲過小年，或以臘月二十六日爲過小年。在此姑且存疑。

同時，民間還有一個習慣，到了臘月二十四日，家塾裡的先生照例都要回家過年，一直要到第二年正月十五日才回來。

由上所述，所謂祭灶，最初是一種原始宗教性的活動。祭灶作爲一種迷信，隨著人民的文化科學水平的不斷提高，已逐漸消亡。但它畢竟在我國曾持續了幾千年，對民族的文化、思想都產生過相當的影響，因而，了解和研究這一迷信習俗的發生、發展過程，對於破除舊風俗、舊習慣，對於學習和研究我國的思想史、文化史以及民俗學都是十分必要的。

關公信仰與傳統心態

／劉曄原

前不久，見某雜誌報導海外華人的生活與信仰諸習俗的文章中提到關公在域外華人中的影響，甚感興趣。關公，這一紅臉美髯的大漢，竟然超越時空限制，遠涉重洋，歷經唐宋元明清而進入二十世紀，伴隨炎黃子孫在高聳的摩天大樓與立體影視的異域安身立命，不能不牽動人們的神思。

關公，據陳壽《三國志》載，原名關羽，字雲長，生年不詳，卒於西元二一九年，爲三國蜀漢大將。考其原籍，是今山西臨猗西南（古稱河東解縣）人。東漢末年亡命到河北（涿郡），跟隨劉備起兵鎭壓黃巾軍，爲劉備屬下司馬。西元二四〇年（建安五年），劉備被曹操打敗，關羽被俘，受到曹操的禮遇，拜爲偏將軍。以後在曹操與袁紹的對陣中，斬殺袁紹大將顏艮，曹操封其爲漢壽亭侯。後關羽得知劉備的確切消息，盡封曹操所賜之物，修書拜辭曹操，回歸劉備。劉備取西川後，拜前將軍，留守荊州，曾因攻敗曹仁而威震一時。後孫權用呂蒙計，襲破荊州。關羽與兒子關平被害，蜀後主劉禪追謚關羽爲「壯繆」侯。關羽的令名爲民間所熟悉，主要仰仗羅貫中的《三國志通俗演義》，其中桃園結義、保皇嫂、過五關斬六將、走麥城等主要情節，膾炙人口，婦孺皆知。影響所及，使關羽的美譽一躍而爲劉關張三兄弟之首。尤其是在儒、釋、道並行的中國封建社會裡，關羽名震三界，道教封之爲「關聖帝君」，有《關帝覺世眞經》、《關帝明聖經》等通俗勸善文，標榜像關羽那樣「盡忠孝節義等事方於人道無愧」的封建人生觀；佛教把關羽列爲伽藍神之一，於常見的十八羅漢旁塑關羽像供奉。天臺宗的經典《佛祖統紀》卷六《智者傳》更記載了關羽顯身的故事：天臺宗祖師智顗在當陽（今屬湖北）玉泉山建精舍，曾見二人威儀如玉，長者美髯而豐厚，少者冠帽而秀髮，自通姓名，乃關羽、關平父子。二人請智顗於近山建寺，智顗從之，寺成，並爲關羽授五戒。《佛祖統紀》著於南宋咸淳五年（西元一二六九年），由此可知，在南宋關公已成爲天人共戴、儒佛道並尊的超級偶像。因而探究關羽之神韻，實爲研討我國舊傳統下的社會心理的一條蹊徑。

究關羽之所有「故事」，抽象出它們的精神內核，可以勇武、忠義加以概括。忠者，忠於皇室，忠於主子。他降漢不降曹，不留戀高官厚祿，千里走單騎回歸劉皇叔；義者，忠於朋友，不忘桃園之盟，患難與共，生死相隨。而且關羽勇力過人，於千軍萬馬之中取上將首級如探囊取物，號稱萬人敵；光有武力而無韜略，又會與張飛畫一，而關羽又剛好喜好《左傳》，諷誦皆上口，自然言行合於經義。因而，關羽幾乎兼備了中國封建社會「大丈夫」的全部美德，以勇立功，以忠事主，以義待友，立業、立身、立名，正契合了封建社會各階層人的心理。忠於皇室，爲皇家創業，合於最高封建統治者網羅天下豪傑爲我所用的心理，所以歷代皇帝不斷加封關羽，樹立榜樣。受其益的後主劉禪不過封他爲侯，而邊患較重的宋朝卻一封再封，宋徽宗崇寧元年（西元一一〇二年）封爲「忠惠公」，宣和五年（西元一一二三年）再封爲「義勇武安王」。以後，隨著中國封建社會之進入末期，感到公、王皆不足以資號召，明萬曆三十三年（西元一六〇五年）加封爲「三界伏魔大帝、神威遠震天尊關聖帝君」，成爲統轄三界的神帝。清兵入關，民族鬥爭尖銳，而關羽仍不失其感召力，皇帝雖然是異族的，忠君卻是需要的；順治雖是滿族貴族，卻深明「治心」的道理，敕封關公，會使漢民在心理上產生親切感與認同感，因而，順治不僅再封關羽爲「忠義神武關聖大帝」，而且每年致祭，備加尊崇。

與皇家的心理認可及實際需要相應，關羽的重義氣、敢做敢爲也符合封建社會自然經濟中的小生產者們的心理。舊中國本是小生產者的汪洋大海，其中又有各個階層與種種行業。那些上層人物欽慕關公的立業封侯自不必說，即使是貧窮的農民，也不能不爲「仗義救危、講求信義」的道德觀念所左右，他們在生活中盼望著平安、小心躲避災禍，切望有善神的護佑，而關羽早成了信義、仗義的代表；再者，農民是承認皇帝、承認正統的，在他們的心理中，只有受過「皇封」的才有靈驗，才有正果。關羽曾多次受封，威靈之大，足以以一正壓百邪，所以舊中國農村求雨、械鬥無不求助於關公，甚至嬰兒的搖籃也要拴上寫有關公名字的牌牌以求去邪氣，期望他的青龍偃月刀砍翻索命的小鬼而佑護嬰兒健康、保佑宅第平安。因而，農民提起關老爺，總要提到他那把大刀的。

如果與土地、灶王等一般小神的信仰相比，關公的信仰更集中在起義農民軍與城鎮的行業團體之中。對鋌而走險，朝夕不保，必須依靠自身的膽壯藝高與團體的互相信任才能生存和發展的農民起義軍，紀律的約束只能是表皮，眞正的凝聚力必須是心理的一致，道德的控制。關羽的勇武立業，忠信立身的「事跡」正合農民造反者的需要，效法劉、關、張桃園結義，發誓生死與共，成爲造反者必發之盟誓之詞，而關羽橫刀立馬，建功立業之形象，又正是他們征戰南北的楷模。至於造反與忠君之間，並不存在矛盾，農民軍是由於「官」逼民反，不少是不反皇帝的，至多像李自成等，也是感到大明氣數已盡，不存在「忠」的問題，只要建功立業就可以了。至於城鎭的行會團體，信仰關公更有其特殊意義。中國的封建社會，一直奉行重農抑商的政策，手工業者爲奴，商賈爲賤民，即使致富亦爲世家所不齒。南宋以來，由於城市的繁榮，手工業和商人隊伍有所發展，各種行會紛立，然而，從總體而言，他們仍受歧視，沒有社會的支持，又沒有農村的退路，他們只能靠運氣。在關卡林立的封建社會，捐稅繁重，官府明搶，地痞豪奪，天災人禍，陷阱重重，他們切盼能有個有威有靈、公正信義的人來主持公道，保護他們。靠誰呢？答曰：「在家靠父母，出門靠朋友」。朋友相處，第一是信義，第二是輕財。講信義，才能互相信任，達成契約，做成買賣；輕財才能仗義，才能在危難中互相扶助，這兩種品質，關公可說是兼備，千里走單騎，信義有加，封金掛印，視富貴如浮雲。要主要的是，商人期望「和氣」生財，所謂「買賣不成仁義在」，關公與曹操，正是體現了這種重義氣、不翻臉作仇的關係，因而像依賴皇帝之開明一樣，他們依賴對關公的信仰取得心理上的安慰與平衡。經過歷代的傳承，這種依賴感不自知地積澱爲小生產者尤其是手工業者與商人的穩固的文化心理；而重史的民族傳統，自然地形成了重舊而疑新的社會心理，「人惟舊，器惟新」，見到祖宗已來供奉的關公，總感受到一種熟悉而親切的文化氣息。談到這裡，海外華人信奉關公的習俗便可以理解了。

「八仙」的來歷

／龍士靖

八仙故事形成已有幾百年了，我們今天來探討它形成的過程，考查各「仙」的出處，只能以歷史文獻爲依據，一是查他們各自的出身，一是查他們什麼時候形成「八仙」集團的。

一、八仙的出處

八仙中至少有五名見於北宋以前的記載。其中張果、韓湘、呂巖三人，均見於唐代史料中。張果最早見於唐代鄭處海撰的《明皇雜錄》，後來修的新、舊《唐書》中都有《張果傳》。在八仙傳說中，「張果老倒騎驢」的形象十分著名，但在《明皇雜錄》中只說他「乘一白驢，日行數萬里；休則折疊之，其厚如紙，置於巾箱中」，並沒有「倒騎驢」的說法。後來有人認爲「倒騎驢乃宋潘閬事」（見清人翟灝《通俗編》）。這是因爲宋朝詩人潘閬遊華山時，題詩有「昂頭吟望倒騎驢」的句子，故詩人魏野寫詩贈他說：「從此華山圖籍上，更添潘閬倒騎驢。」這與張果老無關。

張果老倒騎驢的形象來源於民間傳說，但經過戲曲舞臺的傳演，其影響更加廣泛了，成爲文學、繪畫、雕塑中常見的藝術形象。清人金埴《不下帶編》中說：「畫家有《張果老倒騎驢圖》，或題其上云：『多少世間人，不如個老漢，非是倒騎驢，凡事回頭看。』」可見「張果老倒騎驢」已成爲一個深入人心的藝術典型了。

韓湘（韓湘子）是唐代大文學家韓愈的侄孫，韓愈著名的「雲横秦嶺家何在？雪擁藍關馬不前」一詩，就是寫給這位侄孫的。與他同時（稍後）的段成式撰寫的《酉陽雜俎》中，便載有韓愈貶官途中遇韓湘，從牡丹花中顯出這聯詩句的故事，說明在當時韓湘就被傳說成神仙了。

呂巖（呂洞賓）是唐末人，《全唐詩》卷八五六～八五九收有他的大量詩作；有名的岳陽樓邊的三醉亭，就是後人根據他的「三醉岳陽人不識，朗吟飛過洞庭湖」一詩而建的。但他的詩中有不少是宋人所僞作，《全唐詩》收入時沒有加以甄别。

八仙中的鍾離權、何仙姑，均始見於北宋時的記載。

《宣和書譜》中說：「神仙鍾離先生，名權；不知何時人。間出接物，自謂生於漢。呂洞賓於先生執弟子禮。」「自稱天下都散漢」。南宋計有功的《唐詩紀事》中則說：「邢州開元寺有唐鍾離權處士二詩」；《全唐詩》把他的詩收在卷八六〇「仙」類，但清人厲鶚卻把他的詩收入《宋詩紀事》卷九十「道流」中。總的說來，鍾離權大約與呂巖同時；關於他的一些傳說，約起源於五代～北宋期間。

關於何仙姑的說法也不一致。北宋劉攽《中山詩話》云：「永州何仙姑，不飲食，無漏泄，世傳其神異。」北宋劉斧《青瑣高議》載有何仙姑的傳說兩則。厲鶚據此把劉斧《摭遺》中所載何仙姑《題永州故人亭》一詩，收入《宋詩紀事》卷九十四。但最近中華書局出版的《全唐詩外編》中，童養年輯錄的《全唐詩續補遺》，卻據《太平廣記》、《孔氏六帖》、《輿地紀勝》及《廣東通志》等書，把何仙姑列入初唐，說「仙姑，增城何泰女，生唐開耀（西元六八一～六八二年）間」。

八仙中的其餘三名，按現在一般的說法，是鐵拐李、曹國舅、藍采和。鐵枴李未見史籍有何記載，大概是一個傳說中的人物。就現存材料看，他最早見於岳伯川《呂洞賓度鐵枴李岳》雜劇，劇情是宋朝鄭州孔目（官名）岳壽病死後，呂洞賓救他復活，因屍已焚化，借剛死的屠夫李某屍體還魂。李是個瘸子，走路要拄拐杖，因而劇名又叫《岳孔目借李鐵拐還魂》。由此看來，得道成仙的是岳壽，只不過借用李鐵拐的屍體罷了，所以清代的趙翼說「鐵拐無姓李」。也有人認爲鐵拐李是由劉跛子演化而來。劉跛子是宋代傳說的得道之人，壽一百四十餘歲，事見宋僧惠洪的《冷齋夜話》，但未見他與八仙的傳說有何關係。

八仙中的曹國舅叫曹友；但據史書記載，宋朝僅有一個「曹國舅」叫曹佾，是宋初名將曹彬之孫，宋仁宗（趙禎）曹后之弟。《宋史．外戚傳》說他「卒年七十二」，並無好神仙修煉的記載。《宋史》上說他：「美儀度，通音律」，想是因此而被民間傳說加工成「八彩眉象簡朝紳」（《邯鄲夢》）、「吹鐵笛韻美聲和」（《竹葉舟》）的仙人的吧？

藍采和的事跡，最早見於南唐沈汾的《續仙傳》，說他「不知何許人也，每行歌於城市乞索」，「持大拍板，長三尺餘」，「常衣破藍衫」，唱「踏踏歌」等等。後人因歌詞中有「藍采和」字樣，附會為其姓名；其實，據專家研究，「藍采和」只是踏歌的泛聲，有音無義，並不是人名。元無名氏《漢鍾離度脫藍采和》一劇，寫的是五代時伶人許堅，藝名藍采和，為鍾離權引度成仙的故事。許堅實有其人，見宋人鄭文寶《江南餘載》。《全唐詩》卷七五七、卷八六一都收有他的詩，說他「有異術，常往來廬阜茅山間。李璟（南唐中主）時，以異人召，不至，後不知所終」。又說：「許堅，字介石，廬江人。」並沒有他是優伶的記載。這本雜劇雖一般稱之為元雜劇，但究竟作於元代還是明初，尚難確定。藍采和係許堅藝名之說，當從這本雜劇開始。是劇作者的創造，還是民間也有此一種傳說？亦無材料可證。

在明代以前，八仙中的曹國舅與何仙姑的位置是不穩定的，當為別的神仙所代換。這些都留到後面再說。

二、八仙集團的形成

清代史學家趙翼（西元一七二七～一八一四年），有一首題八仙圖軸詩，其序云：「戲本所演八仙，不知起於何時。按，王（圻）氏《續文獻通考》及胡（應麟）氏《筆叢》，俱有辯論，則前明已有之；蓋演自元時也。」這只是就「戲本所演八仙」而言，而八仙之稱，則起源更早。唐王勃有《八仙逕》詩，杜甫有《飲中八仙歌》，這顯然不是今天所說的八仙。兩宋都城曾有「八仙樓」

酒家，也許是借用杜詩。但在此基礎上卻逐步演化出八仙的故事。據周密《武林舊事》「迎新」條記載：「雜劇百戲諸藝之外，又如……八仙故事」，雖然我們不知那時杭州（武林）流行的八仙故事的內容，但推測它與後來的傳說當有著淵源關係。

要考察八仙集團的形成，比較可靠的文字資料還是元代的雜劇。現存有關八仙的元雜劇，可考知寫作年代的，最早的是馬致遠的《黃粱夢》和《三醉岳陽樓》，後一劇第四折中還羅列了八仙的姓名：

> 這一個是漢鍾離現掌著羣仙籙，這一個是鐵拐李髮亂梳，這一個是藍采和板撒雲陽木，這一個是張果老趙州橋倒騎驢，這一個是徐神翁身背著葫蘆，這一個是韓湘子，韓愈的親侄，這一個是曹國舅，宋朝的眷屬；則我是呂純陽，愛打的筒子愚鼓。

清人梁廷楠在《曲話》中說：「元人雜劇多演呂仙度世事，……其第四折，必於省悟之後，作列仙出場，現身指點，因將羣仙名籍數說一過，此岳伯川之《鐵拐李》、范子安之《竹葉舟》諸劇皆然，非獨《岳陽樓》、《城南柳》兩種也。」產生劇末八仙出場，現身指點這種格式的現象，說明了當時八仙故事在社會上十分流行，八仙形象很受觀衆的喜愛。

但是，從元雜劇中所數說的「羣仙名籍」來考查，可以發現各劇中八仙的姓氏是不一致的。如：馬致遠的《岳陽樓》中沒有何仙姑而有徐神翁①；岳伯川的《鐵拐李》中沒有徐神翁而有一個張四郎②；范子安（康）的《竹葉舟》中卻沒有徐神翁或張四郎而第一次出現了何仙姑；到元末明初谷子敬的《城南柳》中，卻有何仙姑、徐神翁而無曹國舅。明初朱有燉的《八仙慶壽》中，也是有徐神翁而無何仙姑；朱有燉另有一個雜劇《呂洞賓花月神仙會》，裡面插演了一段院本叫《長壽仙獻香添壽》，其中出現了十個仙人：八仙中除何仙姑沒有外，其餘七仙都有，另三仙是白玉蟾、東方朔、徐神翁。實際上也就是八仙（包括徐神翁）外加兩仙。

綜觀上面所舉從元初到明初的幾種雜劇，只有元初范子安《竹葉舟》中的八仙完全與明以後所傳的八仙姓氏相符。到明代教坊編演本《八仙過海》中的八仙，便繼承了《竹葉舟》中八仙的全班人馬（包括何仙姑）；以後湯顯祖的傳奇《邯鄲夢》中的八仙，也是沿用《竹葉舟》中的八仙而來。由此可見，現在民間流傳的這個八仙班子的形成，最早的文字根據應該是元代范子安的雜劇《竹葉舟》。

從這裡引出了一個有趣的問題：爲什麼很多有關八仙的元雜劇中都沒有何仙姑，而在《竹葉舟》中卻突然出現了一個何仙姑呢？我想，也許當時民間傳說的八仙中原是沒有何仙姑的，這一點，現存的永樂宮純陽殿元代壁畫《八仙過海》中也是八個男仙而沒有何仙姑，便是有力的物證。范子安將徐神翁換成一個女仙，可能是從舞臺演出的角度來考慮的，是他的創舉。因此，明代的教坊編演本及以後的戲劇家們便都沿用何仙姑代替徐神翁，而使之固定下來了。

在八仙集團的形成到固定的過程中，八仙本身還在發生著一些變化。如鍾離權，因他自稱「天下都散漢」，傳說中竟把「漢」字割裂開來當作朝代看，因而附會出一個「漢鍾離」來。藍采和的形象變化更大，首先是他的出身有了變化，朱有燉（西元一三七九～一四三九年）的雜劇《紫陽仙三度常椿壽》中，開始出現「藍采和是樂探官員」的說法；在《瑤池會八仙慶壽》中，也說他是個「樂官」，還說要他到勾欄裡去做院本。後來，湯顯祖的傳奇《邯鄲夢・合仙》一折中，藍采和的出身也就沿用了朱有燉的說法，稱他「是個打院本樂戶官身」。到了清初，甚至又由一個男仙變成女仙了。此後，這一人物在戲曲舞臺上和民間傳說中或男或女，是八仙中形象最不穩定的一個。他手持的道具，也由原來《續仙傳》中描寫的他行歌乞食用的「長三尺餘」的「大拍板」，演變爲曼舞輕歌用的「六扇（或八扇）雲陽板」，然後又變成演劇唱曲用的「檀板」了。

到了明代中後期（大約西元一五六六年前後），吳元泰以有關八仙的民間故事和雜劇、說話等爲素材，寫出了通俗小說《八仙出處東遊記》，又名《上洞八仙傳》。從此，八仙故事的影響更加擴大了。在明、清文人的筆記、小說中關於八仙出身的記述很多，衆說紛紜，但大都查無實據，這裡就不必詳敍了。

趙翼詩中對八仙形成過程作了這樣的概括：「把他多少古仙人，亂點鴛鴦集冠帔。」這一見解是十分精闢的。如前所述，所謂八仙，不過是把古代傳說中一些互不相干的神仙，亂點鴛鴦、牽強附會而成的一個「拼盤」而已。不過，趙翼是以歷史學家的眼光來看八仙；若從神話創作的角度來看，八仙故事能流傳數百年之久而不衰，可見民間文藝生命力之强，它豐富的想像力，至今還能給人以智慧的啓迪和美感的享受。可以預卜，它還將繼續流傳下去。

注釋

①徐神翁，本名徐守信，學道後言事多驗，人稱他神公。宋哲宗、徽宗都召見過他，活到七十六歲才死。陸游《家世舊聞》中記有他的事跡。至今常掛人口的「兒孫自有兒孫計，莫與兒孫作馬牛」兩句詩，便是他寫的，見《徐神公語錄》。

②張四郎，宋代人，又叫張仙翁。陸游《劍南詩稿》卷八有《山中小雨，得宇文使君簡，問嘗見張仙翁乎，戲作一絕》，詩後自注云：「張四郎常挾彈，視人家有災疾者，輒以鐵丸擊散之。」

夏代有文字嗎

／李先登

夏代是中國歷史上建立的第一個奴隸制王朝，處於階級和國家形成的歷史轉折時期。因此，夏代歷史的研究不但在中國古代史的研究上占有重要的地位，而且在理論研究中具有重要的意義，因而引起了大家的普遍關注。

但是，保存至今的關於夏代歷史的文獻資料數量很少，遠遠不能反映夏代歷史的全貌。因此，考古學家上探索夏代物質文化遺存的工作，即探索夏文化的工作，就顯得十分重要。經過三十多年的調查和發掘，這項工作已取得了重大的收穫。其收穫之一就是發現了夏代的文字。

衆所周知，文字是人類社會進入文明的一個重要標誌，這個標誌在河南登封王城崗遺址探索夏文化的考古發掘中已經被發現。

登封王城崗遺址位於登封縣東南約十五公里，中嶽嵩山雄峙於其北，而箕山居其南，潁河自西而東由其南面流過，五渡河自北而南由其東面流過，在其東南注入潁河。王城崗是臨河的一片臺地，高出五渡河面約八米，自西元一九七七年以來，河南省文物研究所與中國歷史博物館考古部合作，在這裡發掘出兩座東西相連的河南龍山文化中晚期的小城址，面積約一萬平方米。據碳十四年代測定，距今約四千餘年，相當於文獻記載的夏代初期。在城內還發現了較大面積的夯土以及用人作爲犧牲的奠基坑、青銅容器殘片以及大量的陶器、石器和骨器等文物。結合文獻記載，諸如《史記・封禪書》正義引《世本》：「夏禹都陽城。」《史記・夏本紀》：「禹辭辟舜之子商均於陽城。」集解引劉熙曰：「今潁川陽城是也。」等等，我們認爲王城崗遺址可能是禹都陽城之所在。

尤其值得注意的是，我們在王城崗遺址中也發掘出一些夏代的文字資料，這就是刻畫在碗、缽、豆、甕等陶器上的一些文字。大多刻畫在器物的底部或肩部，大多是在陶器燒製前刻畫在胎上的，例如，、丰（見《中國歷史博物館館刊》西元一九八〇年總二期三十四頁）及字等等。字刻畫在一件泥質黑陶平底器的殘底上，亦係燒製以前刻畫在陶胎上的文字。這片陶器殘片是在王城崗遺址西城內一個時代相當於夏代初期的河南龍山文化晚期的灰坑（T195H473）中出土的。這個字的形體結構與商代甲骨文字（例如《殷墟文字乙編》三四四三：「貞□戊媚」）、西周金文字（例如師晨鼎：「司馬、師晨入門立中庭」）等相似。這個字是由兩部分組成，像兩手有所執持，可能是「共」字。這個字的形體結構已經超過了象形文字的階段，而是會意字了，這是眞正的文字，而不是什麼刻畫符號。這個「共」字可能是代表器物所有者的族氏。總之，上述發現有力地說明夏代已經有了文字，夏代已經進入文明時代了。

過去我國發現的時代最早的文字是商代的甲骨文，但是，甲骨文已是相當成熟而系統的文字，顯然不是我國最早的文字。建國以來在西安半坡等遺址出土的距今約六千年的仰韶文化的彩陶上發現了刻畫的符號，諸如‖、↑、十、↑等等，這是文字的萌芽。在山東莒縣陵陽河等遺址出土的距今約四千五百年的大汶口文化晚期的陶尊上，發現了刻畫的符號，例如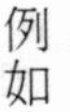、等等，已較仰韶文化的刻畫符號前進了一步，于省吾、唐蘭等學者認爲是文字。而上述我們在谷封王城崗遺址出土的四千多年前的龍山文化晚期陶器上發現的字等文字，其形體結構較大汶口文化的刻畫符號或文字又前進了一大步，毫無疑問，這已經是眞正的文字了。它不但是仰韶文化及大汶口文化刻畫符號或文字的繼承和發展，而且開啓了商代甲骨文的先河；從文字發展上，在形體結構上，恰處於仰韶文化、大汶口文化與商文化之間，這與夏代所處的歷史地位也是相符合的。

新發現的夏代文字，是研究中國古代文字與古代社會歷史的重要資料，已經引起各方面的極大重視。我們相信，隨著今後探索夏文化的考古工作的不斷開展，必將有更多的夏代文字資料出土。

古人的改姓

／王泉根

閱讀古籍，常因古人姓名字號的複雜感到煩難。了解一點古人改姓的情況，這對讀書想來是不無裨益的。古來姓氏不是一成不變，其間離合演化，甚爲複雜。據筆者拙見，古人的改姓約有下列數端。

變氏

從姓氏的演化考察，先秦時姓已固定，永遠不變，而氏的使用還不固定，一家一人之氏常起變化。如戰國時的商鞅，原叫公孫鞅，因是衞國人，又稱衞鞅，後因戰功封商（今陝西商縣）十五邑，號商君，故稱商鞅。又如魯國大夫展禽，封邑於柳下，謚惠，所以又叫柳下惠。《左傳》載晉國的范宣子的祖先「自虞而上爲陶唐氏，在夏爲御龍氏，在商爲豕韋氏，在周爲唐杜氏，晉主夏盟，爲范氏」。這是先秦變氏的著例。

賜姓

相傳夏朝帝孔甲有兩條龍，有一個人善於養龍，帝孔甲就賜他姓「御龍」。以後歷代帝王紛紛效法，用賜姓來表彰忠臣勇士，或示愛寵妃臣僕。如周穆王盛姬早卒，賜其族爲痛氏。漢高祖劉邦因項伯效忠漢室，鴻門宴有救命之功，因賜項氏姓劉。明末民族英雄鄭成功收復臺灣，功勳卓著，曾被南明隆武帝賜姓朱，因而閩臺人民稱鄭成功爲「國姓爺」。封建帝王出於開疆拓土、羈縻番邦的政治需要，也經常向異族首領賜以帝王之姓或他姓。如漢武帝賜匈奴休屠王的太子日磾姓金，因其時休屠王曾以金人祭天之故，金日磾以後成爲西漢將軍。唐代的党項羌（古族名）原姓拓跋氏，唐帝賜姓李氏；宋代党項羌立國爲西夏，宋帝賜姓趙氏。帝王賜姓一般用以褒揚，但也有因下犯上，「龍顏大怒」，貶斥臣僕而賜姓的，這種賜姓就跟「賜死」一樣，是一種處罰。如齊武帝蕭賾原與巴東蕭子響同姓，永明八年蕭子響因罪伏誅，齊武帝惡其叛逆，「賜姓爲蛸氏」。劉宋時的劉誕，因反抗朝廷被宋武帝所殺，劉誕及其家族因而「貶姓留氏」。武則天篡位成功後，將中宗皇后王氏改姓爲蟒，高宗寵幸蕭良娣改姓爲梟，又將起兵反對過她的李姓諸王改爲虺，突厥可汗默啜改姓爲斬啜。爲了籠絡人心，武則天還向輔佐她的臣子集體賜姓爲武。這大概是歷史上最大規模的賜姓了。

避諱

避諱比較複雜，這裡只簡單談談避諱改姓的問題。封建帝王爲了維護其尊嚴，不准人們使用與他名字相同的字，凡相同者必須迴避更改，此即所謂「避聖諱」。如籍氏避楚霸王項羽（名籍）諱，改爲席氏（籍、席音同）。慶氏避漢安帝父諱，改爲賀氏（慶、賀義同）。據《元和姓纂》說，唐高宗的太子李弘死後，被謚爲孝敬皇帝，因避李弘諱、弘氏改姓洪氏（弘、洪音同）。甚至連天上的神仙也不能倖免，月宮嫦娥原叫恒娥（恒是姓），因漢文帝叫劉恒，於是恒娥仙子也只好改爲嫦娥仙子了（恒、嫦義近）。避諱改姓，這是造成古人一人兩姓的重要原因，給我們閱讀古書帶來了困難，應當留心識記。

避事

因避事改姓，這在歷史上也並不少見，有避仇、避難、避嘲、避恥四種情況。如韓信倒霉的時候，他的兒子逃住南粵，取韓字之半，改姓韋。司馬遷故鄉陝西韓城縣有姓同的，據傳說在司馬遷下獄時，同族人紛紛改姓避禍。有的在司字旁加一豎改姓同，有的在馬字旁加兩點改姓馮。今廣東東莞縣有姓香的，原來他們的祖先是北方的查姓，因避仇逃至廣東，將查姓下邊一橫移至上邊，改姓爲香。唐代李抱王本姓安，因恥與安祿山同姓（按安祿山本姓康，冒姓安），改姓爲李。

適應

歷史上的少數民族或定居中國的外國人爲了適應時代環境，逐漸改爲漢姓。這種改姓通常是將複音姓氏改爲單音姓氏。例如盧浦改爲盧，賀葛改爲葛，柯拔改爲柯，叱羅改爲羅，胡古口引之改爲侯，莫那婁改爲莫，宿六斤改爲宿，等等。據東漢《風俗通義・姓氏篇》介紹，當時所收五〇〇個姓氏中有一五〇多個雙音姓氏，占三分之一；而到北宋《百家姓》所收的五〇〇多個姓氏中，雙音姓氏僅占十分之一。可見複音姓氏改爲單音姓氏之多。宋時汴京（今開封）居有猶太人十七姓，現在還有張、高、石、李等幾大姓。猶太人的姓氏均由當時皇帝賜予，全都漢化了。五代時成都的李洵，原是波斯人，其姓名也是漢化了的。清初，滿族統治者入關以後，長期使用本民族的複音姓氏，如愛新覺羅、葉赫那拉等。隨著時代發展，如今滿族姓氏幾乎都已改成了單音姓氏，如愛新覺羅氏改爲金、伊、洪、德等姓，鈕祜祿氏改爲郎、卜、鈕等姓。滿族大作家舒慶春（老舍）的家族本不姓舒，只是在最近幾代才改姓舒的。

音訛

因讀音錯誤，以訛傳訛成爲既成事實而改姓。如三國時的簡雍，本姓耿，因幽州人讀耿爲簡，耿雍就改成了簡雍。又如莘氏訛爲辛氏，郯氏訛爲談氏，恭氏訛爲共氏，虢氏訛爲郭氏等。

省寫

或省去原姓之一部分以爲姓，或省去原姓之一字而成單姓。如鄣省寫章，邴省寫爲丙，鄫省寫爲曾，邾省寫爲朱，鍾離省寫爲鍾，宗伯省寫爲宗，司寇省寫爲寇，馬服省寫爲馬等。

一個人姓什麼，應遵照「姓從主人」的原則，由本人和本家族自己決定，故改姓的現象古代有之，今天也同樣存在。

古代的年齡稱謂

／陳　凡

古代年齡都有一定稱謂，這些稱謂的來源不一，有根據不同年齡的生理特徵而命名的，也有因襲前人所言，以其爲固定稱謂的等等。

《論語・爲政篇》記載：「子曰：吾十有五而志於學，三十而立，四十而不惑，五十而知天命，六十而耳順，七十而從心所欲不逾距。」這段話即是三十爲「而立之年」、四十爲「不惑之年」、五十爲「知命之年」三個年齡稱謂的出處。

比《論語》晚些時候，漢人戴聖所輯《禮記・曲記篇》說：「人生十年曰幼，學；二十曰弱，冠；三十曰壯，有室；四十曰强，而仕；五十曰艾，服官政；六十曰耆，指使；七十曰老，而傳；八十、九十曰耄；七年曰悼，悼與耄有罪不加刑焉；百年曰期，頤。」根據這段話，十歲至百歲本來應分別稱作幼、弱、壯、强、艾、耆、老、耄、期，後代不知什麼時候起，人們就都以「幼學」、「弱冠」、「期頤」等聯讀來作爲年齡稱謂。這恐怕是後代語言、詞彙向雙音節發展，所以把兩種意義合稱的緣故吧。

因爲干支紀年六十年爲一輪，干支名號錯綜參互稱作花甲，於是人們把它與年齡聯繫起來，稱六十歲爲「花甲之年」。又杜甫《曲江二首》之二有詩句：「酒債尋常行處有，人生七十古來稀。」七十便又有了「古稀之年」的別稱。

「九十」的稱謂要算最多了：或叫作「鮐（台）背」，鮐是一種魚，背上斑紋如同老人褶皺的皮膚。或叫作「黃耇」，黃是指老人鬢髮黃白，耇是指膚色如垢。又人到暮年，皮膚上生出老年斑，如凍梨之皮，所以又稱「凍梨」。又古人認爲，大齒全部脫落，又生出如小孩一樣細小的牙齒是人老的特徵，所以又叫九十爲「齯」。這些都是抓住人老後某個生理特徵而作的稱呼。

其他稱謂也多有根據生理特徵而命名的。如：人初生叫「嬰兒」，是因爲人初生需要抱在胸前用乳汁撫養。膺，胸；嬰可與膺通假。也叫作「嫛（依）婗」，嫛，即指人；婗，指嬰兒的哭聲。七歲除稱作「悼」外，還叫「齠齔」也叫「毀齒」，正是換牙時期，所以有此稱呼。十五歲叫作「童」，「山無草木曰童」。古代十六歲成年，十五歲男子未加冠。女子未及笄，這裡也是用了比喻意。

唐代實行賦稅制時規定：男女始生爲黃，四歲爲小，十六歲爲中，二十歲爲丁，六十歲爲老。這些稱謂使用範圍比起上述稱謂要窄些，只限於唐代。其他時代雖然也有同樣稱謂，如「丁」，早在西漢時便有丁男、丁女之稱，晚至解放前「壯丁」之稱也很普遍，但其意義、實際年齡大小都有所不同。

當然，古代年齡稱謂並不只這些，還有許多散見於各類古書中使用較少，或者未流傳下來不被今人所知。上述這些稱謂大多在古代詩文中常見，生命力較强，被後人沿用下來。如「三十而立」，即為人們比較熟悉的一個。有些甚至已成為現代詞彙的一部分，如「嬰兒」、「兒童」，已經看不出歷史的痕跡了。

略談古代書信的格式

／劉葉秋

一

現在大家都把「書信」當作一個複合詞來用，而古代「書」和「信」是有區別的，「書」指信件；「信」指使者，即傳達信件之人。漢樂府《古詩爲焦仲卿妻作》劉蘭芝請母親謝絕縣令派來的媒人：「自可斷來信，徐徐更謂之。」來信，就是來說媒的使者。《三國志·魏書·武帝紀》建安十六年：「（馬）超等屯謂南，遣信求割河以西請和，公不許。」這裡的「信」，亦指使者。「信」的這一意義，常見於漢魏六朝的文獻，不能誤解爲後起義的「書信」。但在《晉書·陸機傳》內，「書」和「信」已經結合成詞，唐人詩亦多見「書信」，而且有了單單以「信」指函札信件的用法。如王昌齡《寄穆侍御出幽州》：「莫道薊門書信少，雁飛猶得到衡陽」；賈島《寄韓潮州愈》：「隔嶺篇章來華嶽，出關書信過瀧流」；元稹《酬樂天嘆窮愁見寄》：「老去心情隨日減，遠來書信隔年聞」，俱以「書信」連言。如果認爲此三詩中之「信」仍指送「書」之人，那麼下面這首詩裡的「信」卻無須置疑其爲「書」的同義語。元稹《書樂天紙》：「金鑾殿裡書殘紙，乞與荊州元判司。不忍拈將等閑用，半封京信半題詩。」京信加封，顯然指物，意思非常明確。可見「信」的函札之義雖係後起，並不很晚。而以「書」指信件的古義，一直沿用至今。寫「惠書奉悉」，作爲「收到來信」的文言，是常見的。

《昭明文選》分「上書」與「書」爲兩類。「上書」如秦李斯的《上秦始皇書》（即《諫逐客書》）、漢鄒陽的《上書吳王》、枚叔（乘）的《奏書諫吳王濞》等等，爲向帝王陳述意見的文字，俱以「臣聞」開頭，屬於奏議的一種。「書」如漢司馬子長（遷）的《報任少卿書》、楊子幼（惲）的《報孫會宗書》、三國魏嵇叔夜（康）的《與山巨源絕交書》、梁丘希范（遲）的《與陳伯之書》等等，爲私人往來的函札，即今天所說的「書信」。

古時與「書」相近的文體，還有「啓」和「牋」（字亦作「箋」），均爲奏記一類，略同「上書」和「表」。但不限於對君，亦行於上官尊長及朋友之間。《文心雕龍．奏啓》云：「高宗云：『啓乃心，沃朕心』，取其義也。孝景諱啓，故兩漢無稱。至魏國箋記，如云啓聞，奏事之末，或謹密啓。自晉來盛啓，用兼表奏。陳政言事，既奏之異條；讓爵謝恩，亦表之別干。」這段話把「啓」的取義和作用說得很清楚。因爲漢景帝名劉啓，所以兩漢避諱，不用「啓」稱，魏晉時才盛行。如梁任彥升（昉）的《爲卞彬謝修卞忠貞墓啓》，開頭稱「臣彬啓」，對君謝恩；《上蕭太傅固辭奪禮啓》，開頭稱「昉啓」，對上辭官；可見「啓」的一般用處。「昉啓」之「啓」爲陳述的意思。《晉書．山濤傳》謂「濤所奏甄拔人物，各爲題目，時稱『山公啓事』」。啓事，也就是「啓」。唐韓愈亦有《爲分司郎官上鄭尚書相公啓》、《爲河南令上留守鄭相公啓》，沿用此體，以示恭敬，實際與「書」的敍事議論並無明顯的差異。故後世多以「韋啓」連言，不再區分。

「牋」在魏晉南北朝，主要爲臣下對后妃及太子諸王陳述之用。如三國魏楊德祖（修）的《答臨淄侯牋》、陳孔璋（琳）的《答東阿王牋》，晉阮嗣宗（籍）的《爲鄭衝勸晋王牋》，南齊謝玄暉（朓）的《拜中軍記室辭隋王牋》等，除開頭結尾稱「死罪，死罪」外，措辭與「書」、「啓」也沒有什麼不同。名稱體制之繁瑣，主要是封建等級觀念所造成。

至於「札」、「牘」、「簡」、「帖」之稱，最初是各因書寫工具而名的。寫在木版上的稱「札」、「牘」，寫在竹片上的稱「簡」，寫在布帛上的稱「帖」，所以書信又叫「書札」、「手札」、「尺牘」、「簡牘」、「手簡」等等。稱「帖」的如晋王羲之的《快雪時晴帖》、陸機的《平復帖》等，都是書信，後人以「帖」名之，蓋兼重其書法。此外因爲書信須裝入封套，故亦稱「函」或「函札」；因爲須加緘封，故亦稱「緘札」；因爲信紙每頁八行，自南北朝以來「八行書」即成爲書信的通稱。名以時異或由指稱時各有側重而不同，實際還是一回事情。

二

書信重在實用，以陳述爲主，而論事、抒情、寫景等等，無所不宜。作爲一種獨立的文體，有悠久的傳統。《文心雕龍・書紀》中說：「詳總書體，本在盡言。言以散郁陶，托風采，故宜條暢以任氣，優柔以懌懷，文明從容，亦心聲之獻酬也。」可見寫信貴在敞開懷抱，盡所欲言。古代許多流傳衆口的名篇，如上節提到的司馬遷《報任少卿書》、嵇康的《與山巨源絕交書》，直抒己見，發洩憤悒之情，全都酣暢淋漓，毫無掩飾，不愧爲顯示「心聲」之作，有很高的文學價值和史料價值，成爲寶貴的文化遺產中的一個重要部分。

書信在長期寫作的過程中，逐漸形成了一套約定俗成的格式。像上下款的稱呼，因人而異；開頭結尾的致敬祝頌之辭，有許多習用語；擡頭、空格等等，也有通行的行款；爲閱讀古代的書札和今人所寫的文言信件所應該了解，這裡略談相關的常識，以見一斑。

書信大致可以分爲給長輩的（父母、師長、上司等等）、給平輩的（兄弟、朋友、同學、同事等等）、給晚輩的（子侄、學生等等）三種。上款寫受信人，下款寫作書人，中間敍正文，三種書信均同，爲明清以來常見的格式。但漢魏六朝的書札，卻都先寫自己的姓名，後列受書人。《報任少卿書》的開頭「太史公牛馬走司馬遷再拜言少卿足下」，就是這樣。太史公，官名；牛馬走，爲司馬遷自謙之語；再拜，表示行禮；足下，爲對任少卿的敬詞。下面的「曩者辱賜書，教以順於接物，推賢進士爲務」這一段話，接著任少卿來信的話頭，引起下文；末尾只說「書不能悉意，略陳固陋，謹再拜」，不再署名。三國魏文帝（曹丕）的《與朝歌令吳質書》，開頭寫「五月十八日丕白，季重（吳質字）無恙」，末尾寫「行矣自愛，丕白」；自己署名，前後兩見。「白」，是述說的意思。南朝梁丘希范（遲）的《與陳伯之書》，開頭寫「遲頓首陳將軍足下，無恙，幸甚，幸甚」，末尾復書「丘遲頓首」；頓首，示敬，亦前後兩見。「無恙」，爲正文前問候的通用語。這種先署己名的格式，直到近代仍有人沿用，不過不像先寫受信人上款的那樣普遍；而對人稱字（後來亦稱人的別號）不呼名以及在書信的首尾致敬問候的傳統，至今還在延續，不過因時世不同、用語有異而已。

給長輩寫信，上款當然不具名，舊時在稱呼之下要加「大人」，後面還得有敬詞和領起正文的習用語，如對父親，一般上款都寫「父親大人膝下，敬稟者」，末尾寫「敬請福安」和「男某某叩稟」的下款。「膝下」之稱，專用於父母；「稟」泛指下對上陳述事情，領起正文的「敬稟者」，亦可用於老師和其他尊長。

從前向長輩言事，要措辭恭敬，書信行文，相應地有許多講究。以對老師說，上款「大人」下的敬詞，多用「座下」、「座右」、「座前」、「尊前」、「道席」、「函丈」（函，爲「容」義；函丈，指師生相對，中間有容一丈之地，以便於講問指點）等等。正文之前，以「敬惟」（惟，亦可寫作「維」、「唯」，爲「思」、「想」之義。「敬惟」就是「敬想」，有表示希望的意思）或「恭惟」領頭，致意問候。如：「老師大人函丈，敬稟者：違侍經年，時切高山仰止之思，敬惟　道履康强，凡百順適爲慰！」下面接寫正文，敍述事情，就是一種常見的格式。老師爲傳道授業之人，故稱「道履」（「履」指起居行止，實際是說身體）；弟子要侍奉老師，所以沒見老師的面說「違侍」或「失侍」；「高山仰止」，亦多以表示想念老師。書信用語之須切合雙方的關係和身分，於此可見。又舊時致書上司或作官的尊長，多於上款的「大人」之下寫「鈞鑒」或「鈞座」，末尾寫「敬請鈞安」。信中於對方的意見，稱爲「鈞旨」。信封上寫「某某人鈞啓」。古以鈞陶喻國政，故後來對仕宦的稱呼多冠「鈞」字，逐漸成爲官場的俗套。

作爲書信整體結構的一部分，常在敍事完結之後，加上「不具」、「不備」、「不一一」等等，謙稱書意簡略，不能事事詳陳，跟著再用「肅此」、「專此」等，以兩個字總括一下，然後寫請安祝頌的話和下款。如上面所舉致老師的信之例，正文末可接「肅此，敬請福安（或「道安」），受業（或「門生」、「門人」）某某謹稟。」「肅此」爲「恭敬地寫了此信」之意，說明敍事已畢。如果下款不用「謹稟」字樣，也可以寫「肅拜」、「再拜」、「載拜」（「載」通「再」）、「頓首」、「叩首」等等，表示恭敬。至於「座下」、「座右」、「座前」、「尊前」等詞，對一般尊長都可使用，惟「函丈」僅限於稱老師。

三

朋友之間通信，或稱仁兄，或稱先生，視關係親疏而定。稱呼下面的敬詞，一般用「閣下」、「執事」、「左右」等等。其他如對文士用「史席」、「撰席」；對將帥用「麾下」或「節下」；對持節的使者或掌節鉞的封疆大吏如總督、巡撫亦用「節下」；對作御史的用「臺下」；各有特殊含義，但都是表示自謙，不敢直指其人的意思。「足下」，在戰國時多以稱君主，後來成爲書札中的普通敬詞，習慣用於比較親近或年輕的朋友。如果上款不寫「閣下」、

「足下」之類的敬詞，即於稱呼之下加「大鑒」、「惠鑒」、「賜鑒」、「青鑒」等語，作爲開頭。「大」是尊稱；「惠鑒」、「賜鑒」，是說惠予閱覽此信；「青」謂青眼，指垂青賜閱；都是客氣話。至於末尾的祝頌問候之語，常用的是「安」、「祺」、「祉」、「綏」（「安」、「綏」，平安；「祉」、「祺」，吉祥，福氣）等詞。如對文人學者說「敬請文安」或「道安」、「撰安」、「敬頌文祺」或「敎祺」；對大官顯宦說「肅頌勳祺」或「勳祉」（上款下寫「勳鑒」）；對軍隊長官說「敬頌戎綏」；對患病之人說「敬請痊安」；對客居之人說「敬請旅安」；對穿孝之人說「敬請禮安」；俱不能亂用。「肅頌」的「肅」，表恭敬；「順頌」的「順」，是順便。說話分寸，也有區別。其他如「敬請大安」或「近安」；「敬頌時綏」或「刻祉」；「順頌康吉」、「敬候起居健吉」、「順祝行止佳勝」等等，則一般通用。由於古人以三臺星比三公，所以尊稱別人多加「臺」字。如以「臺端」稱對方，以「敬請臺安」加於信尾，以「某某先生臺啓」寫信封，即爲舊時書札所習用。「敬頌公祺」或「公綏」也常見於公職人員的函件中。上下款都寫在信末的，多爲給熟人的便函。有時信已寫完，於紙尾又敍他事，即書「又及」，一般不再署名。

下款署名之下有的寫「某啓」、「拜啓」、「謹啓」、「手啓」、「敬啓」、「手具」、「拜具」、「某白」、「白疏」等等。「啓」、「具」、「白」、「疏」，爲述說、條陳之意。有的寫「叩泐」、「拜泐」、「手泐」等等。「泐」，原指雕刻，引申爲書寫，「手泐」就是「手寫」。但「泐」字之前不加「叩」、「拜」等表敬禮之詞者，一般僅用於長輩對晚輩。如父與子書，下款常常只寫「父泐」。不用「啓」、「白」等詞，在下款署名後以「頓首」、「再拜」（或「載拜」）、「百拜」、「肅拜」、「叩首」等詞表示敬禮者，在平輩通信中也很常見。若正居父母之喪，則下款稱「制」，不寫「頓首」，而用「稽顙」。如清何義門（焯）與友人書，下款即有寫「制同學弟焯稽顙」的。清人書禮，「頓首」多作草體，好像「十五」兩字連寫，而將中間一橫向下拉長，有如簽押一樣。

舊時寫信，因所談之事，不願人知，或其他原故，不署下款，常作「名心肅」、「名心具」，受信人見筆跡即知其爲誰，心照不宣。也有寫「名單具」、「名箋肅」、「名另肅」、「名正肅」、「名另泐」者，則係於此信之外另名附帖（即名片），或另有署名之正函。也有的信件，在末尾書「兩隱」或「兩渾」，即上下款都略去的意思。其注「閱後付丙」的，是希望看完焚去，免爲人見。在天干中「丙」屬火，故以「丙」爲火的代稱。

給子侄寫信，比較隨便，往往於開頭直呼其名，書「某兒見字」，末尾問好與否，也不一定。若致函後進或世交晚輩，則與一般朋友通信無大區別。

四

寫信也和一切創作一樣，優劣關乎修養。長於文學的人，於此往往信手拈來，不拘一格，多所變通。這裡舉清乾隆間查聲山（昇）給老師的信和袁子才（枚）給吳子修（修）的信各一件

（原文手跡，俱見吳修輯刻的《昭代名人尺牘》），說明一下舊時寫信的行款。

①　查昇謹稟

老師臺下：昇自歸里以後，

冰兢自守，凜戒循牆，冀告無罪於鄉黨。但雙親老年多病，甘旨缺如，四壁蕭然，號

寒啼餒，真有不堪告語者，不得已仍作出遊之想。倘來月望前吾

師尚未出門，定當摳侍

函丈，敬承

訓示也。馬公極推

臺愛，卞公尚未謀面。日內有便函往來，望賜栽培，感切，感切！

太老師前並候

萬安，臨稟不勝依戀之至！

門昇載拜

②　袁枚頓首

子修世兄足下，四月中家人從杭州歸，接手書知安好為慰！僕病中作明後年重宴瓊林

鹿鳴詩各十章豫交。年壽，蒼蒼者未必慨然與之。然詩存集上，則願了胸中，持寄

一冊求
和而寄我，必當青出於藍也。
特此拜懇，並詢
起居，不備。

五月二十日

查昇的信，開頭結尾兩處署名，前寫「謹稟」，後書「載拜」，略如漢魏之制。其中的「擡頭」（指另起行，高出正文），於「老師」、「師」、「太老師」等對人的稱呼，比正文高兩字；「函丈」、「訓示」、「臺愛」、「賜」等敬詞，比正文高一字；皆所以表示謙恭而有等差。其以空格示敬者，作用與「擡頭」大同小異。吳修是袁枚的世交晚輩，袁枚給他寫信，無須像查昇對老師那樣尊敬，但袁函稱吳爲「子修世兄」，於「手書」、「和」等詞，雖未高出正文，也全擡頭另起，首寫「袁枚頓首」，末尾問候起居，仍然具備應有的禮貌。

這篇小文概述書信的體制和用語，意在爲青年讀者提供一些常識，以便於閱讀；並非欣賞舊時的繁文縟節，倡導摹仿。可是從前書信的文明禮貌的傳統，似乎還應該繼承下來，據說某大學生給家長寫信要錢，竟有「限某日以前寄若干元來」的話，好像最後通牒的口吻。這可能屬於笑談，並非事實。但寫信不講辭令，說話沒有分寸的，卻屢見不鮮。去年一位讀者來函，提出幾個讀史的問題說：「我相信你會認眞負責地解答。」話固直率，而語氣不免欠妥。至於信封上只寫個「某某人收」，名字以下沒有「先生」、「同志」等任何稱呼的信件，也經常從報刊、出版社、學校等文化單位寄來，看了總覺得有些不習慣，加上個稱呼，以表示尊重別人和自己，應該不算多餘吧？

再談對聯

／劉葉秋

一九八三年曾撰《略談對聯》一文，在《文史知識》上發表，頃又摭其未盡之意，以成此篇，故稱再談。

一

對聯是我國所特有的一種文藝形式，單音個體的漢字，使它的產生具備方便的條件；漢魏以來的五、七言古詩，開其句法之先河；由六朝的醞釀至唐初而形成的近體詩，又給它提供了格律的依據；於是五代時對聯的出現，就如水到渠成，非常自然。其後宋元有發展，明清更興盛，對聯的用途日廣，格調日新，內容豐富，形式多樣；一直爲人民羣衆所喜聞樂見。到現在，作對聯仍然是我們表現思想感情、活躍文化生活的一種很好的手段。

五、七言律詩中的第三和第四句（頷聯），第五句和第六句（頸聯），都是各自相對的，但頷聯與頸聯這四句有承接、轉折等等意思上的關連；對聯則只憑自己的上下句，作爲一個獨立的整體而存在，和律詩內對偶的作用不同。作對聯，必須語言精煉概括，結構對稱整齊，音節鏗鏘和諧，比作律詩的對偶要求更高。初學撰聯，首先得能夠辨別四聲，區分平仄。

四聲是按字的聲調分的，古四聲爲平、上、去、入。平聲字如「中」、「沖」，聲音舒長而響亮；上聲字如「膽」、「島」，聲音上揚而重濁；去聲字如「旦」、「到」，輕輕送出；入聲字如「戢」、「急」，音節極短，甫發即收。舊時通行本《康熙字典》卷首列有分別四聲的七言絕句一首：「平聲平道莫低昂，上聲高呼猛烈强，去聲分明哀遠道，入聲短促急收藏。」說法雖不太精密，而簡單明白，容易理解，可供參考。我們所說「平仄」的「仄」，爲「不平」之意，兼包上去入三聲之字。作對聯，懂平仄即可，無須區分上去入，但應以古四聲爲準，不能依照現在的四聲。

由於現在以北京話爲基礎的普通話內沒有入聲，今四聲就成爲陰平、陽平和上、去，入聲字多轉讀爲陽平。陰平聲平、陽平上挑，如「衣、移、椅、意」四個字，即能說明今音的四聲之轉，「衣」是陰平，「移」是陽平，「椅」爲上聲，「意」爲去聲。古時入聲字的「戢」與「急」，今均讀陽平。「國家」的「國」、「海峽」的「峽」，北方人念陽平，其實也是入聲字。再看下面的兩聯：

頤和園夕佳樓聯：

仄仄仄平平仄仄
隔歲晚鶯藏谷口，
仄平平仄仄平平
唼花雛鴨聚塘坳。

頤和園知春堂聯：

仄仄平平平仄仄
七寶闌干千歲石，
仄平平仄仄平平
十洲煙景四時花。

聯中的「鴨」、「七」、「石」、「十」，皆屬入聲，若皆按今讀作陽平，則「七」、「十」兩字在上下聯之首，尚可不論；而「唼花雛鴨」的「鴨」就算平仄失調，「千歲石」的「石」就不能作上聯的尾字了。由此可見辨清平仄，是作對聯第一步，當然懂點音韻學有好處。多讀律詩，以積累辨音的感性知識；常翻翻韻書如《廣韻》、《集韻》以及通行的詩韻，以熟悉韻部，也很必要。修訂本《辭源》於所收單字，都標明四聲和韻部，遇到不知平仄的字，由此查檢，亦甚方便。

二

對聯以五言、七言、八言的爲最常見，九言、十言者次之，四言和六言的又次之。五、七言的最近於律詩，格律亦如之。八言的，上下聯各爲兩個四字句。九言的以上四下五的句法爲多，十言的以上下各五字，或上四下六的爲多。上四下七的十一字聯，亦較常見。如清洪梧題揚州南門城樓聯：「東閣聯吟，有客憶千秋詞賦。南樓縱目，此間對六代江山。」讀起來音調協暢，節奏感强，即和句法有關。作對聯，上下聯的句法必須一致，要詞類相當，結構相應；平仄必須對立，要相反相成；是一般的規律。舉七言聯爲例來說，「平」起的上聯作「平平仄仄平平仄」，下聯必以「仄仄平平仄仄平」相對；「仄」起的上聯作「仄仄平平平仄仄」，下聯必以「平平仄仄仄平平」相對；由此類推，不拘對聯的長短，其間的平仄，都要這樣隨處參差轉換，使之兩兩對立，形成鮮明的相比。不過有人掌握得嚴，有人掌握得寬。句子的長短，既可隨心，全聯的結構，亦無定式；至於平仄的調整，也是錯綜變化，存乎其人。這裡以清彭玉麟題西湖平湖秋月聯和伊秉綬題揚州平山堂聯對照如下：

平平仄平仄平平，仄仄仄平仄平平，仄平平仄。
憑欄看雲影波光，最好是紅蓼花疏，白蘋秋老。
仄仄仄平平仄仄，仄平仄平平仄仄，仄仄平平。
把酒對瓊樓玉宇，莫孤負天心月到，水面風來。（彭聯）
平仄平，平平平，平平平平平，平仄平仄。
銜遠山，呑長江，其西南諸峯，林壑尤美。
仄仄平，平仄仄，平平仄平平，仄仄仄平。
送夕陽，迎素月，當春夏之交，草木際天。（伊聯）

彭玉麟聯寫景抒情，清新有味，平仄的相對，也較爲嚴格。伊秉綬聯屬對亦工，切合平山堂遠近景物。但他是集古人成句（關於集句，下節論及），不能改動文字，故平仄遂差。上聯除「遠」、「壑」兩個仄聲字，尾字落在仄聲的「美」字上外，其餘都是平聲。下聯除末字應作平聲外，還有六個平聲字。以「送夕陽」的仄仄平，對「銜遠山」的平仄平，以「當春夏之交」的平平仄平平，對「其西南諸峯」五個平聲字，音調基本相同，未能相對。幸而關鍵之處以「素月」的仄仄，對「長江」的平平，音節得以調劑，讀起來尚不覺其平仄之失。按《宋書·謝靈運傳》史臣曰：「欲使宮羽相變，低昂舛節，若前有浮聲，則後須切響。一簡之內，音韻盡殊；兩句之中，輕重悉異。妙達此旨，始可言文。」這一段話，正適合於作對聯調平仄的原則。「前有浮聲，則後須切響」，不僅撰聯，作文亦然。使上下句之間的音節高低相間，洪細調和，才能顯出文章的抑揚頓挫之致。因此我認爲像伊秉綬這副對聯的平仄，終屬變格，不足爲訓。

此外，還有故爲拗體，不合於一般平仄的，如鄧某善騎馬，多蓄駿驥，其友人贈聯云：

仄仄平仄仄平仄，
大宛名馬日千里，
平平仄仄平仄平。
丹山一鳳飛九霄。

上聯切其愛馬，下聯切其姓鄧，用三國時鄧艾的「鳳兮鳳兮，故是一鳳」的典故，頗爲貼切。雖平仄異於尋常，讀之拗口，轉增勁挺之致。

自五、七言詩興，而《詩經》式的四言句，除故意摹古外，已鮮作者。四言聯，以字數太少，概括極難，亦唯大手筆始敢嘗試。傳說晚清張之洞在任兩湖總督時，創設各局，均自撰門聯，其織布局一聯云：「經綸天下，衣被蒼生。」經綸、衣被，字面指織布穿衣，實寓治國安民之意，乃宰相口吻，可見其自負。一聯不過八字，而凝煉厚重，雍容典雅，反非長句所能比擬。

六言詩，黃山谷喜爲之，硬語盤空，轉折突兀，爲識者所賞。對聯中的六言，亦爲別體，擅此者或取樸拙，或重平易，各具特色。舊時有老嫗設小肆於某地，善煮白雞，近人楊了公贈聯云：「黃酒童雞風味，白頭老嫗生涯。」上下聯皆只平列三名詞，無一使動關聯之字，直捷了當，切合其人其事，文意音節，俱颯爽可喜，以短見長，風格雅近黃詩。

近代名畫家吳昌碩，別署缶廬，兼工篆刻，嘗自撰三字聯，曰：「缶無咎，石敢當。」「無咎」見《易經》，「石敢當」為古代街巷立石上所題之字，用以禁壓不祥者。吳以上句指其別署，下句言工刻石，頗饒趣致。又黃炎培有滬友楊君白患病，黃贈聯曰：「霍去病，楊大年。」霍去病，為漢驃騎將軍；宋楊億字大年，為西崑體詩作家。以兩古人名作對，祝其友霍然去病，得享大年，取意亦雋。至於長聯，像清孫髯翁題雲南昆明大觀樓的長達一百八十字的巨製，「五百里滇池，奔來眼底」云云，才藻縱橫，氣勢雄偉，久已傳誦海內。不過篇幅既長，即須著力於鋪陳，難免堆砌之弊；容易使讀者顧此失彼，讀後忘前，作為對聯的對比鮮明的特色，轉不突出。因此我認為這類的長聯雖屬難能，並不可貴；作對聯，還是以短些為好。

三

一切文學作品，皆以言盡意窮，了無餘韻為忌，寫對聯也不能停留在字面上；要有含蘊，始為上乘。如舊傳的理髮店門前一聯：「雖屬毫末技藝，卻是頂上工夫。」毫末，頂上，皆一語雙關，不離理髮，卻又不只於此；口氣很大，包孕甚豐，而且表現出一種兀傲的自豪感，不知出於何人之手？又有贈牙醫一聯云：「沒齒無怨，每飯不忘。」按《論語·憲問》內「沒齒無怨言」的

「沒齒」，本爲「終身」的意思，這裡借其字面，指被拔去壞牙；「忠君憂國，每飯不忘」，是後人稱頌杜甫的話，這裡用以表示對牙醫的感謝，也很自然。把這兩個成句，信手拈來，極見巧思。前者兪明岳先生還曾見告另一贈牙醫聯：「易牙能知味，鑿齒故多才。」易牙，鑿齒，都可以作兩種解釋：

㈠人名：易牙，是春秋時齊桓公的倖臣，善於調味；鑿齒，晋有習鑿齒，爲當時的名士，博學能文。

㈡「易牙」指換牙；「鑿齒」指拔牙。

這副對聯，出句談自己的感受，對句讚牙醫的本領，措辭精當，語皆兼指，和前一聯有異曲同工之妙。惜均不記其作者，無法表而出之。

上下聯避用重字，乃是常規，其故意以重字、疊詞相對的，當然不在此例。像熟於衆口的那副戲臺聯：

似我非我，我看我，我亦非我。

裝誰像誰，誰裝誰，誰就像誰。

這是說演戲必須進入角色，忘掉自己，才能逼肖其人，與之俱化，語雖淺俗，而含義甚高。一副二十二個字的對聯，倒用了十二個重字。可是每個「我」和「誰」全各有所指，含義不同，極其耐人尋味。

杭州西湖舊有花神祠，祀湖山之神，旁列十二月花神，皆女像，或題楹聯云：「翠翠紅紅，處處鶯鶯燕燕。風風雨雨，年年暮暮朝朝。」上下句俱用疊詞，相對亦工，惜無深意，錄之以聊備一格。

對聯中還有集句，嵌字兩種，也較常見。按集古人句成詩，始於晉傅咸，後來才有摘經史成語爲對句的，至清及近代而大盛，集錄範圍日益擴大，經史詩詞之外，兼及古碑帖，如漢碑和《蘭亭序》、《爭座位帖》等文字，尤以集詩詞的對聯爲多。其集經書文字之佳者，如某地諸葛亮廟一聯云：「可託六尺之孤，可寄百里之命，君子人與？君子人也。隱居以求其志，行義以達其道，吾聞其語，吾見其人。」上句出《論語・泰伯》（省去「以」字，中間有刪節），下句出《論語・季氏》（改「未見其人」爲「吾見其人」）；概括諸葛亮的一生大節，頗得其要，而集錄成句，更使人感到親切，勝於自撰。紹興壽石工（鈢）工詞章，喜集詞爲聯，其友人某君住北京宣南，庭有海棠梨花，兼具竹石之勝，石工集宋詞書聯贈之：

裝點野人家（蓮社《訴衷情》），海棠鋪繡梨花飛雪（東山《柳梢青》）。

盡占閑中趣（嬾窟《青玉案》），鳳篁嘯晚石筍埋雲（篔房《高陽臺》）。

上下聯格律工穩，情景完全切合其友的居處，使人覺得原句似即爲此而設，雖出集錄，實際等於是一次再創作。又金匱楊子延也有一副集句聯：

放歌自得（張炎《寄興》詞），心曠神怡（范仲淹《岳陽樓記》），盡教風雪江湖（張炎《歸杭疏》），夢裡不知身是客（李後主《浪淘沙》）。

逸興遄飛（王勃《滕王閣序》），酒酣耳熱（魏文帝《與吳質書》），難得煙花魚鳥（李商隱《謝河東公和詩啟》），老來專以醉為鄉（蘇軾《次韻趙金鍊》詩）。

這裡融會古人詩詞散文的佳句於一聯，渾然成爲整體，一氣捲舒，情韻悠遠，毫無拼湊的痕迹，不僅顯出了作者的工力，而且說明了集句爲聯，非讀書多，腹笥淵博，不能這樣俯拾即是，只靠翻翻檢檢是不行的。

嵌字聯要把特定的字詞，如人名、地名等嵌入上下聯的同一位置，使之相映成趣，而又要文意自然，不顯牽强；這就有一定的難度，須費思考。像大家熟知的蔡松坡贈小鳳仙聯：「此地之鳳毛麟角，其人如仙露明珠」，非常恰當地運用「鳳毛麟角」、「仙露明珠」兩個成語，稱讚小鳳仙，似乎無意嵌字，而相對極工。還有我在《略談對聯》一文內提到的大方（方地山）夙有聯聖之稱，撰聯嵌字，他總是不假思索就一揮而就。某年九月，馬君文季與羅女士韻玲結婚，大方賀以聯云：「玉驄馬，少年場，白眉世家，一代文宗傳季子。金叵羅，合歡酒，黃花門第，九秋韻事鬥玲瓏。」文季，爲桐城古文家馬通伯先生季子，「白眉」用三國蜀漢時馬良典故（馬氏兄弟五人，俱以「常」爲字，良字季常，眉有白毛，才學尤高，時諺曰：「馬氏五常，白眉最良」）；羅家喜養菊花，頗多異種。上下聯分說二人，嵌「馬文季」、「羅韻玲」姓名，若無其事，使人不覺，而把兩家風範、結婚時間等等，概括無遺，淸新流暢，吐囑雅雋，眞使人拍案叫絕，不愧稱爲聯聖。又舊時鎭江焦山有僧人名幾谷，或贈聯曰：「脫去凡心一點，了卻俗身半邊。」去掉「凡」字中心的一點和「俗」字左面的「人」旁，正是「幾谷」二字，以拆字作聯語，也很別緻；更妙在語淺意深，切合僧人的身分。

講究格律，從嚴要求；借鑒佳聯，取法乎上；先知道對聯怎樣作，然後認眞動筆，很有必要。但於對聯的格式，無須分得過於繁瑣，貴在心知其意，能夠擧一反三；於平仄的安排，也要根據一般的原則，按聯語的句法長短，隨宜調節，不應膠柱鼓瑟。而且只懂得格律和平仄，未必就作得出好聯。讀書博覽，縱觀文史，多背誦一些駢儷文和律詩的名篇，以充實自己的知識，逐步提高文學素養，才是寫作的基礎。基礎旣固，自然氣充辭沛，搖筆即來。不下工夫讀書，而想靠作對聯成「家」，根本是不可能的。

我國古代的稿費

／宋衍申

稿費，這是一個現代名詞。今天，凡寫書、撰文、書法、繪畫所受酬金，通謂之稿費。我國古代無稿費之名，但是作文受酬這一事物卻很早就有了，古人把這一事物叫做「潤筆」。

何時有「潤筆」之稱？據清人趙翼考證，是起源於隋文帝時期。《隋書．鄭譯傳》記載一個故事：鄭譯被隋文帝封爲沛國公，位上柱國，內史令李德林受命寫詔書，丞相高熲開玩笑對鄭譯說：「筆乾了。」（言外之意是需要花錢買墨了）鄭譯回答：「我出外做地方官，聽說有新的任命，打馬回朝，無一文錢在身，用什麼來給您們『潤筆』呢？」這個故事是「潤筆」這個名詞最早的記載，但是不等於說作文受酬就始於隋文帝時期。南宋大學問家洪邁在《容齋隨筆》中說：「作文受謝，自晉宋以來有之，至唐始盛。」而與洪邁同代的王楙又與洪說不同，他在《野客叢書》中說：「作文受謝，非起於晉宋……觀陳皇后失寵於漢武帝，別在長門宮，聞司馬相如天下工爲文，奉黃金百斤爲文君取酒，相如因爲文，以悟主上，皇后復得幸。」王說較洪說上推了四百多年。明末清初的考據家顧炎武，經考證，指出「陳皇后無復幸之事，此文蓋後人擬作」（《日知錄》卷十九）。不過顧氏仍承認「亦漢人之筆也」（同上）。他又據《蔡中郎文集》中，許多作品都是為權貴們做的碑誄，斷定蔡邕「自非利其潤筆，不至為此」。由此看來顧炎武把作文受酬這個事物出現的時間，最晚定在東漢末期。如果以顧說為準，那麼早在距今一千八百多年之前，我國就已經有了「稿費」了。

古代的稿費與現代的稿費當然有很多不同處，其中最大的不同是，現代的稿費都有一定標準，明碼實價，帶有按勞取酬性質；古代的稿費絕大多數情況下是賞賜性質的，而且並不是所有問世之作都能得到酬勞或賞賜。綜合衆多記載，我們看到只是在下列兩種情況下的文章能得到稿費：一是為皇帝、朝廷、官府起草文件或著書；一是為權貴擬製碑誌。如，唐代古文運動大家韓愈，一生頗得潤筆之利，但他寫的許多當時就十分有影響的政論文章，並無人付給稿費。他撰寫的《平淮西碑》和《王用碑》則分別得到皇帝頒發的「絹五百匹」和王用的兒子付給他的「鞍馬並白玉帶」（見《陔餘叢考・潤筆》）。北宋司馬光受命修《資治通鑑》，成書上奏，宋神宗給了他「銀絹、對衣、腰帶、鞍轡馬」等厚重的酬勞（見中華書局標點本《資治通鑑》附《獎諭詔書》）。唐代的李邕被時議認為「自古鬻文，未有如邕者」（《舊唐書・李邕傳》），所以如此，就是因為李邕「長於碑頌」（同上）的結果。

稿費盛行於唐朝，只是到了北宋初年，才一度形成一種制度。據沈括《夢溪筆談》卷二載：「內外制凡草制除官，自給諫、待制以上，皆有潤筆物。太宗時，立潤筆錢數，降詔刻石於舍人院，每除官則移文督之。」又據《陔餘叢考》載：楊大年作寇萊公（寇準）拜相麻詞，有『能斷大事，不拘小節』，萊公以爲『正得我胸中事』，例外贈金百兩」。既有「例外」，則有「常例」可知也。

我國古代的稿費也高得很，一般來說作者地位越高，名氣越大，稿費越高，至少在唐宋時期是這樣。唐代大詩人杜甫的《八哀詩》有一首是專寫李邕作文受謝得錢鉅萬的：「干謁滿其門，碑版照四裔。豐屋珊瑚鈎，騏驎織成罽。紫騮隨劍幾，義取無虛歲。」可見李邕靠稿費發了大財。《劉賓客集》有一篇《祭韓吏部文》，文中說，因韓愈名氣大，付給他的稿費，竟至「一字之價，輦金如山」。《陔餘叢考》記宋代王寓在宣和七年八月二十一日，一個晚上寫就了四道制文，宋徽宗給了他特優的酬勞，計有「紫青石研一方，方琴光漆螺甸匣一，宣和殿墨二，斑竹筆一，金華筆格一，塗金鎮紙天祿二，塗金研滴蝦蟆一，貯粘曲塗金方奩一，鎮紙象人二，薦研紫柏牀一。」這些都是御用物，無價之寶。士大夫之間的酬勞，則講究清雅脫俗，歐陽修在《歸田錄》中說：「蔡君謨既爲余書《集古錄目序》刻石，其字尤精勁，爲世所珍，余以鼠鬚栗尾筆、銅綠筆格、大小龍茶、惠山泉等物爲潤筆，君謨大笑，以爲太清而不俗。」

對稿費，古人有兩種態度：一種是重品格、講義氣，恥於賣文。白居易所作《修香山寺記》詳記了他謝絕爲老朋友元稹作墓誌的稿費，捐獻修香山寺事：「予與微之《元稹字》定交於生死之間，微之將薨，以墓誌見託。既而元氏之老，狀其臧獲輿馬、綾帛、銀鞍、玉帶之物，價當六七十萬，爲謝文之贄。予念平生分，贄不當納，往返再三，訖不能得，不得已回施此寺，凡此利益功德，應歸微之。」《陔餘叢考》記元代胡汲仲，家貧，一個宦官求其爲父作墓誌銘，答應「以鈔百錠爲潤筆」，胡汲仲不但沒有答應，還憤怒地說：「我豈爲宦官作墓銘耶！」「是日無米，其子以情告，汲仲卻愈堅」。此外，唐朝的司空圖，宋朝的蘇東坡都有不受潤筆的佳話。另一種是追逐稿費，甚至討價還價。《陔餘叢考》載，唐文宗時，長安城中，爭奪爲權貴人家寫碑誌，擁擠非常，竟如市場交易一般，「至有喧競爭致不由喪家者」。歐陽修在《歸田錄》中記載他親眼看到一些身爲館閣學士者流，因送潤筆錢稍晚，便派人去索要，達到「恬然不以爲怪」的程度。明人李詡的《戒庵漫筆》記載，唐寅（子畏）有一本巨册，完全抄錄他爲人所作之文，封面上乾脆直書「利市」二字。宋人趙令時的《侯鯖錄》更記載有一個叫馬逢的文人，竟盼望人家死人，好來請他作碑銘。這種人的人格可謂等而下之了。《新唐書·皇甫湜傳》載，皇甫湜做裴度的判官時，裴度修福先寺，「將立碑，求文於白居易，湜怒曰：『近捨湜而遠取居易，請從此辭。』度謝之，湜即請斗酒飲酣，援筆立就。度贈以車馬繒綵甚厚，湜大怒曰：『自吾爲《顧況集序》，未常許人。今碑字三千，字三縑，何遇我薄邪？』度笑曰：『不羈之才也。』從而酬之。」看來即使是下一級，也可向上一級討價還價了。當然，其間也確有爲生活所迫，不得已賣文求活者。《明史·李東陽傳》就記載李東陽辭去政務，生活清貧，曾勉爲其難地賣文補貼生活。杜甫的《送斛斯六官》詩，更寫了一個爲討稿費而送了性命的典型：「故人南郡去，去索作碑錢，本賣文爲活，翻令室倒懸。」這實在是可嘆而又可憐了。

圍棋溯源

／馬　諍

關於圍棋的起源，自古以來就有種種不同的說法。例如日本圍棋界曾經流傳過這樣一種看法：「圍棋和象棋有它共同的祖先，就是中亞細亞的一種盤戰。它流傳於西方成爲國際象棋，流傳於東方的就受到中國天文及其他科學的影響，大致改良而成爲十七道的圍棋①。」無庸諱言，這種說法由於論據不足，始終未得到公認。國外的一些權威著作大都認爲：圍棋起源於四千多年前我國原始社會末期。例如《大英百科全書》記載圍棋在西元前二三五六年左右起源於中國。《美國百科全書》記載圍棋於西元前二三〇〇年由中國發明。其記載年度之精確，令人吃驚。至於有何根據，我們則不得而知。國內外比較一致的意見認爲：圍棋是中國古代人民所發明創造，大約在西漢時傳入印度，在唐朝以前又傳至朝鮮和日本，近年來更加速向歐美各國推廣，已成爲世界人民所喜愛的一項高級智能遊戲。至於圍棋到底起源於何時，其實仍舊是一個迷，還有待於進一步探討。

據我國古籍記載的一些傳說，圍棋是在堯、舜、禹時代發明的。最早記述圍棋起源的古籍，要算先秦史官爲貴族編寫的宗譜《世本》。《世本．作篇》中有這樣的記載：「堯造圍棋。」此外還有：

一、晉張華《博物志》：「堯造圍棋，以教子丹朱。或云：舜以子商均愚，故作圍棋以教之。」

二、《潛確類書》：「夏人烏曹作圍棋。」（按：烏曹相傳為禹的臣子。）

三、《路史後紀》：「帝堯陶唐氏，初娶富宜氏，曰女皇，生朱驁佷、媢克，兄弟為閱鬩訟，嫚游而朋淫，帝悲之，為制弈棋。以閑其情。」

類似的記載，還可以舉出一些，但大多是根據上述的傳說加以發揮，並無相左的地方。

然而關於圍棋的記載還有早於《世本》的。我們知道，圍棋自古稱作「弈」，春秋戰國時的典籍《論語》、《左傳》、《孟子》都有關於「弈」的記載，但卻均未涉及圍棋的起源問題。

一、《論語．陽貨》：「飽食終日，無所用心，難矣哉，不有博弈者乎？為之猶賢乎已。」

二、《左傳》襄公二十五年，衛獻公自夷儀，使與寧喜言，寧喜許之，太叔文子聞之曰：「寧子視君不如弈棋，其何以免乎！弈者舉棋不定，不勝其耦，而況置君而弗定乎，必不免矣！」

三、《孟子・離婁》：「博弈好飲酒，不顧父母之養，二不孝也。」

疑。

從以上所引的兩部分材料，可以看出一種等距離分化的現象：戰國以前的史籍雖談及圍棋，但並不涉及它的起源，再往前則缺乏任何記載。戰國以後的史籍明確記述了圍棋的起源，並且越往後記述得越詳細，連爲什麼發明圍棋也談到了。這就不免使人對這部分史料的眞實性產生懷疑。

由於文獻記載的缺乏和對這些記載的理解不同，因而在我國圍棋史研究方面出現了兩種截然相反的意見。一種意見認爲圍棋有可能起源於原始社會末期堯、舜、禹時代；另一種意見認爲圍棋根本不可能起源於這個時代。這兩種意見實際上都沒有提出可靠的論據。其重要原因是史料不足。從文獻資料看，春秋以前全是空白，春秋戰國文獻語焉不詳，秦漢以降的記載又很可疑。從考古資料看，迄今沒有發現堯舜禹時期的有關圍棋的實物。這就給有關圍棋起源的研究帶來了很大的困難。

雖然如此，我們還是可以根據歷史發展的一般規律，佐以現有史料，對圍棋的起源進行一些探討。

首先，從有關資料來看，棋盤有一個從簡單到複雜的發展過程。例如：據日本雜誌報導，古代夏威夷有一種棋戰，棋盤縱橫各十一道，頗類似中國圍棋的著法，可能爲我國古代所傳。西元一九七七年在敖漢旗豐收公社白塔子大隊發現一座遼代古墓，墓內供桌下有一高十釐米、邊長四十釐米的圍棋方桌，上有一個十三道圍棋局。西元一九七一年在湖南湘陰縣發現一座唐代古墓，墓中隨葬品中有圍棋盤一方，縱橫各十五道。另外在新疆吐魯番阿斯塔那村古墓羣中，有一部分爲初唐當地豪族張氏的墓葬，保存不少初唐文物，其中有一幅圍棋仕女圖，描繪了十一個栩栩如生的婦女形象，其中心是兩個對弈的貴族婦女，而她們用的棋盤則縱橫爲十七道。一般認爲漢魏時期已流行今日的十九道棋局。例如宋李逸民《忘憂淸樂集》（中華書局西元一九八三年影印版）中便載有古譜「孫策詔呂範對局」②，就是十九道的棋局。這種棋局沿襲至今已有兩千年的歷史，其間不見有什麼變化。那麼從原始圍棋到十三道圍棋，當然不會一蹴而就，從十三道發展到十五道、十七道、十九道也需要相當時間的演進。說我國圍棋起源很早，絕不是無稽之談。

其次，我們探討一下圍棋本身的特點。自古以來，人們常把圍棋與兵法聯繫在一起，這多少能引起我們一些聯想。據史書記載，在堯舜禹時代，每逢交戰的時候經常擧行部落會議，部落長老和軍事首領席地而坐，共同商討對敵戰爭事宜。爲了形象地表述自己的意見，就在土地上畫圖，把石子等東西放在圖上，用以說明兵力的分布或安排，也即作出軍事部署。某些比較典型的軍事部署有可能凝固而變爲一種軍事遊戲，用作傳習軍事常識的一種手段。這也許就是圍棋產生的早期形式。從另一方面談，當今世界上盛行的兩種棋類是象棋和圍棋。象棋棋子有將、士、象、車、馬、卒等（國際象棋類似），它們之間等級森嚴，其中「將」的地位最高，其他棋子爲它的生存而戰鬥，這反映了奴隸社會或封建社會的等級制度，因而是階級社會的產物。圍棋則不然，各子的地位和作用都是平等的，從這個意義上講，圍棋似乎帶有原始社會的民主精神。這是不是可以反證圍棋產生於原始社會末期呢？近年在甘肅永昌鴛鴦池遺址出土的原始社會彩陶罐上繪有棋盤紋圖案，即縱橫各十至十三道類似圍棋盤的圖案，仰韶時期文化的彩陶上也有類似的圖案，頗像古代棋局。這些圖案雖然不是棋局的實物，但給了我們這樣的啓示：圍棋可能產生於那個時代。

第三，我們還可以從文學藝術的起源去探索圍棋的起源。馬克思主義認爲：文學藝術起源於人類的生產勞動，最早的文藝作品產生於人類的勞動過程之中，它是根據勞動的實際需要而產生出來的，詩歌、舞蹈、音樂等等莫不如是。圍棋作爲一種高級智能遊戲，與勞動不發生任何直接的關係，也無法把它解釋爲勞動的實際需要。在原始社會，人們在極爲簡陋的物質生活條件下，也沒有剩餘的精力去從事這方面的活動。「要把費盡一切力量去爲生存而鬥爭的兩腳動物想像爲離開勞動過程、離開氏族和部落的問題而抽象地思想的人，這是極端困難的。」（高爾基：《蘇聯文學》）因此推斷圍棋產生於物質生產水平相對提高，腦力勞動和體力勞動開始分離，即社會的一部分人脫離生產勞動，從事文學藝術活動的時期，則是比較妥切的。

綜上所述，我們可以對圍棋的起源作一個簡單的回顧：圍棋大致起源於我國原始社會逐漸崩潰、奴隸社會開始興起的時期。它的前身只是一種諸如「博戲」、「夏威夷棋戲」、「打馬」之類的簡單「盤戲」。經過從簡單到複雜的發展過程，圍棋大致定型於我國奴隸社會的中期或後期。筆者認爲，定型的棋局可能是十三道棋局，因爲從棋藝的角度來看，十一道以下的棋局根本沒有對弈的價值。圍棋到春秋戰國時期已經有了相當的發展，這一時期不但出現了像弈秋這樣

「通國善弈」的棋手，而且出現了圍棋的理論。《孟子》一書載：「夫弈之爲數，乃數之至小者也，然學弈者不專其心之所主，至其志之所向，則不得其數之精矣。」《尹文子》一書載：「以智力求者譬如弈棋，進退取與，攻劫收放，在我者也。」都說明圍棋已經脫離了原始的低級狀態，而達到了比較高級的藝術境界。

注釋

①日本松井明夫：《圍棋三百年史．發端》。

②此局真僞，目前尚有爭論，實際上關係到我國圍棋發展的分期問題，此不贅述。

高俅與宋代「足球」

／劉秉果

《水滸傳》上描寫了一個出身破落戶子弟的高俅，他以「踢得一腳好氣球」得到了宋徽宗的賞識，當了太尉。高俅在歷史上確有其人，《宋史・徽宗本紀》中記載：「宣和四年，五月壬戌，以高俅爲開府儀同三司」。可見他的官也做的不小了，但在《宋史》中卻無傳。而在《水滸傳》和《金瓶梅》中，高俅都成爲四大權奸之一，而且是北宋覆亡的罪魁禍首。這種現象可能與他由踢球發迹，來路不正有些關係，南宋人王明清的《揮塵後錄》中說：元符末年，高俅是樞密都承旨王晉卿的小吏。當時的端王即日後的徽宗與王晉卿的關係很好。一日，端王在王晉卿的園中踢球，恰被高俅遇見。端王問他：「你有這個本事嗎？」高俅說：「會踢。」於是，二人對踢，端王玩得很盡興，大喜。端王即位以後，高俅受到極大恩寵。從此，他便青雲直上，飛黃騰達。

從這段記載裡，我們可以看到，高俅是以踢球的技藝得到意外的發迹的。這雖具有很大的偶然性，但在宋代盛行足球娛樂的風氣中，具有踢球的技藝而得到官僚的喜愛，卻並非偶然的事。

我國古代的足球起源於娛樂，到了漢代成爲軍事訓練的手段，比賽方法是直接的激烈對抗。

唐代，足球的製作有了較大改進，成爲充氣的球，比賽方法也有所改變，成爲社會節日的娛樂活動。唐詩人王維在《城東寒食即事》一詩中描寫了當時郊遊活動中「蹴鞠屢過飛鳥上，秋千競出垂楊裡」的情形。宋代，娛樂性的足球活動得到廣泛的開展，受到各階層人民的喜愛，成爲各種喜慶宴會不可缺少的娛樂活動之一。

宋代的足球活動有兩種不同的踢法，這兩種不同的踢法，是作爲不同場合的娛樂。

用球門的比賽足球叫做築球，是朝廷盛大宴會中的表演節目。築球的比賽方法是分成兩隊，每隊十二人或十六人，隔著球門站在兩邊，球門是用兩根三丈高的長竿，竿上面「雜綵結絡，留門一尺許」。隊員的名稱有球頭（即隊長）、驍球、正挾、頭挾、左竿網、右竿網、散立等。比賽開始，先占龜決定開球的隊，由球頭開球，按一定順序踢球，最後傳球給球頭，球頭用大腳射門。如果一次射門不過，撞網落下，由竿網接住還可以再踢，再次射門。如球落地即輸一球。球過門後，對方接住球，也按一定順序踢球，最後由球頭射門。雙方以過門多者爲贏。這種比賽，輸贏的關鍵在於球頭射門的一腳，所以贏球的隊賞賜歸於球頭，輸球的隊處罰也由球頭承擔。賞賜的獎品有銀碗錦緞，處罰的辦法是在球頭的臉上抹白粉，用麻鞭子抽打，以示侮辱。築球比賽大多是在朝廷重大宴會中進行。據《宋史．禮志》和《宋史．樂志》上記載；「每春秋三大宴」要由築球軍表演。招待外賓的筵宴「金使來闕」，也要用「築球軍三十二人」。册命親王大臣的禮儀，有教坊樂工和百戲的表演，其中也有築球節目。孟元老在《東京夢華錄》中記載宋徽宗的壽辰，「宰執親王宗室百官入內上壽」，在喝完第六盞御酒後，就是「左右軍築球」。南宋人吳自牧寫的《夢粱錄》，周密寫的《武林舊事》，在「賜宴」和「聖節」中，也都記有築球的表演。

宋代另一種踢球方法是在一片規定的場地上，以所踢花樣難度的高低論輸贏，這叫做白打場戶。這種比賽可以兩人對抗，也可以三人對踢、四人對踢，直至十人對踢。通常以三人場爲最多。宋代足球的花樣踢法類似後來的踢毽子，可以使用拐、搭、膁、肩。拐就是外腳踝，搭是正腳面，膁是小腿，肩是上體。每一個部位踢球又有許多花樣變化，《水滸傳》中寫高俅陪端王踢球，「使了個鴛鴦拐踢還端王」。鴛鴦拐這個花樣動作，就是先用左外踝踢球，再用右外踝踢球。幾個花樣動作連在一起踢稱爲解數，由於動作的先後順序排列的不同，解數可以組成幾百套。《蹴鞠譜》上說，宋代足球的踢法有「腳頭十萬踢，解數百千般」，說明白打場戶的踢法繁多，引人興趣。《水滸傳》上寫端王叫高俅表演踢球，「高球把平生本領都使出來奉承端王，這氣球一似鰾膠黏在身上」，就是用成套的解數一套一套的接著踢，表現了很高的控制球的能力。白打場戶的踢法在宋代是作爲一種自我娛樂的體育活動，「能令公子精神爽，健身輕體實堪夸」。從官僚貴族到一般平民都喜歡這項活動。元代畫家錢選臨摹了一幅《宋太祖蹴鞠圖》，畫中有宋太祖趙匡胤、宋太宗趙匡義和大臣趙普等六人踢球。《宋史．文彥博傳》上記載，文彥博當益州節度使時，雖公務繁忙仍要踢球，有時因事中斷了踢球，也要回到球場「竟球乃歸」。《中山詩話》上記載，宋眞宗時的宰相丁渭，經常「蹴球後園」。而一般平民的踢球多是在清明節的郊遊時候。陸游寫南宋時足球活動情形，「寒食梁州十萬家，秋千蹴鞠尚豪華」、「蹴鞠牆東一市嘩，秋千樓外兩旗斜」。《東京夢華錄》記北宋汴梁城清明節時的郊外，「舉目則秋千巧笑，觸處則蹴鞠疏狂」。可見，白打場戶的足球運動受到了各階層人士的喜愛。

宋代在廣泛開展足球活動作爲社會娛樂的基礎上，產生了專業踢球的藝人。《東京夢華錄》和《武林舊事》上，記載在汴梁城和臨安城，官家的踢球藝人「左右軍」和「祗應人」，著名的球頭有蘇述、孟宣、陸寶、李正、張俊等。民間的踢球藝人，在臨安城瓦子中就有黃如意、范老兒、小孫、張明、蔡潤等。除了專業藝人之外，宋代社會上還有「一等富室郎君，風流子弟與閑人」組織的「圓社」，這是一個學習足球的業餘團體，也是具有半職業性質的組織，宋代的閑人是有好幾個等級的，講古論今，吟詩和曲，訓導蒙童，這是高一級的閑人。能文知書，精通百藝，陪侍富豪子弟遊宴，這是次一級閑人。唱詞白話，打令商謎，傳言送語，以參隨服役資生的是最下級閑人。各級閑人都會踢球，技藝高超的則借踢球夤緣富貴。宋人劉攽所寫的《中山詩話》中記載一個閑人柳三復，就是靠踢球技藝巴結上了宰相丁渭，獲得了一個養家活口的官職。高俅是一個「筆札頗工」的小吏，在王晋卿家掌管文牘，負責傳物送簡，是屬於閑人的一流。他以踢球技藝夤緣了富貴，在宋代社會本不是什麼偶然的事情，偶然的是他碰上了宋徽宗，又恰在宋徽宗以親王入承大統的時候，需要親信心腹爲他掌管宮禁的軍隊，於是便被破格提拔當了殿前親軍的都指揮使。這種平步青雲，摭拾富貴的機遇，出人意外，具有傳奇的色彩，而一入《水滸傳》之中，更盡人皆知了。

略說鬥雞

／王賽時

鬥雞是我國古代一種傳統的娛樂形式。自從人們學會了飼養家禽，就發現了雄雞好鬥的本能，天長日久，便有意挑選、培育善鬥的雄雞，使之相互搏擊，以此陶冶情趣。《莊子．達生篇》云：「記渻子爲王養鬥雞」；《戰國策．齊策》載：「臨淄之中七萬戶，……其民無不吹竽、鼓瑟、擊筑、彈琴、鬥雞、走狗，六博、蹹鞠者。」可見先秦時期，上自國君，下至百姓，無不把鬥雞作爲調節生活和娛樂身心的一個重要方面。古人鬥雞，當然要有一定的品種選擇。《爾雅》郭璞注：「陽溝巨雞，古之良雞。」在春秋戰國時期，陽溝（亦作羊溝）所產的鬥雞堪稱第一良種。以後歷代都注意培育馴養良雞。清代時，人們培育出一種叫「九斤黃」的鬥雞，它體大、力足、凶猛、耐鬥，在鬥雞場上冠壓羣雄。清人李聲振《鬥雞》詩云：「紅冠空解鬥千場，金距誰堪冠五坊？怪道木雞都不識，近人只愛九斤黃。」這正是對這種鬥雞的形容和讚譽。歷史上，高官顯貴及紈袴子弟不惜重金購買良雞者大有人在，南齊時，郁林王「好鬥雞，密買雞至數千價」（《南齊書．郁林王傳》）。唐人臧平飼養的鬥雞，「賣之河北軍將，獲錢二百萬」（《酉陽雜俎》

續集卷八）。唐代鬥雞之風大盛時，「諸王、世家、外戚家、貴主家、侯家、傾幣破產，市雞以償其值」（陳弘祖《東城老父傳》）。爲了購買良種鬥雞，不惜千金，甚至傾家蕩產，可見當時酷愛程度之深重、社會風氣之侈靡了。

鬥雞除了選用良種外，古人還創造了許多克敵制勝的方法。《左傳・昭公二十五年》載：「季，郈之雞鬥，季氏介其雞，郈氏爲之金距。」介，甲也；距，爪也。季氏把鬥雞用特製的雞甲武裝起來，增强了雞的防禦性；郈氏則將金屬按套在雞爪上，意在加强鬥雞的攻擊力。一攻一防，用心頗深。魏人應瑒《鬥雞》詩云：「介羽張金距，連戰何繽紛」，描寫的正是這種搏鬥法。《莊子・逸篇》載：「羊溝之雞，三歲爲株，相者視之，非良雞也。然而數以勝人者，以狸膏涂其頭。」「狸」是善於捕捉家禽的一種小動物，取狸的膏脂塗抹於雞頭，就會使對方的鬥雞聞氣而畏避之。曹植《鬥雞頌》詩云：「願蒙狸膏助，常得擅此場」，正是指此。古人爲了鬥雞取勝可算是煞費苦心了。

鬥雞在歷史上經久不衰，曾被人們視爲消遣解悶的方式和誇豪鬥勝的手段。漢代「世家子弟富人或鬥雞走狗馬，弋獵情戲」（《漢書・食貨志》），已成爲一種社會風氣。我們從考古出土的漢代石刻、畫像磚上，能夠找到大量的鬥雞圖，造型古樸，形象逼眞，可以說是當時社會生活及民俗的眞實寫照。唐代社會盛行鬥雞，尤其是王孫公子、豪俠少年，無不以鬥雞走馬、攜劍狎妓爲自我特長和性格標誌。李白就是鬥雞的一名好手，在他的筆下，鬥雞被描繪得有聲有色，栩栩如生，如《古風》詩云：「路逢鬥雞者，冠蓋何輝赫。鼻息干虹蜺，行人皆怵惕。」又如《敍舊贈江陵宰陸調》詩云：「我昔鬥雞徒，連延五陵豪。邀遮相組織，呵嚇來煎熬。」像這樣反映鬥雞的詩篇，在唐人集中觸目可見。如張仲素《春遊曲》：「當年重意氣，先占鬥雞場。」張籍《少年行》：「日日鬥雞都市裡，贏得寶刀重刻字。」于鵠《公子行》：「馬上抱雞三市鬥，袖中攜劍五陵遊。」這些詩篇，既可反映唐代人任俠使氣的豪壯氣概和放任不羈的生活習俗，又展示出爭勇好勝的時代風貌，同時也使我們看出當時人們的精神寄託。明代鬥雞並不遜於盛唐。《涌幢小品》卷九載：「博雞者，袁人，素無賴，不事產業，日抱雞，呼少年博市中，任氣好鬥，諸爲里俠者皆下之。」這不過是其中一例。明人臧懋循有一首《詠寒食鬥雞詩》，可謂著意之作，詩云：「寒食東郊散曉晴，籠雞竟出鬥縱橫。飄花照日冠相映，細草寒風翼共輕。各自爭能判百戰，還誰顧敵定先鳴。歸來驗取黃金距，應笑周家養未成。」明代民間還出現了專門的鬥雞社，如《陶庵夢憶》卷三載：「天啓壬戌間好鬥雞，設鬥雞社於龍山下」，這可以說是我國古代專門研究鬥雞的民間組織了。

封建帝王長期過著驕奢淫逸、紙醉金迷的生活，其酷嗜鬥雞者也不乏其人。北齊幼主高恒就擅長鬥雞走狗，「犬於馬上設褥抱之，鬥雞亦號開府，犬馬雞鷹多食懸幹」（《北齊書・幼主紀》）。皇帝竟給鬥雞封官賜爵，可見當日朝政的荒唐。唐玄宗李隆基還成立了皇家雞坊，專門飼養、培育、訓練鬥雞。據陳弘祖《東城老父傳》載：「玄宗在藩邸時，樂民間清明節鬥雞戲。及即位，立雞坊於兩宮間，索長安雄雞，金毫、鐵距、高冠、昂尾千數，養於雞坊，選六軍小兒五百人，使馴擾教飼之。」唐玄宗還任命十三歲的賈昌爲雞坊五百小兒長。每到千秋節、清明節或大酺宴樂之時，總要在大庭廣衆之中展示皇家的鬥雞，場面十分壯觀。《東城老父傳》還載：「每至是日，萬樂具舉，六宮畢從。昌冠雕翠金華冠，錦袖繡襦褲，執鐸拂導羣雞，敍立於廣場，顧盼如神，指揮風生。樹毛振翼，礪吻磨距，折怒待勝，進退有期。隨鞭指低昂不失。昌度勝負既決，强者前，弱者後，隨昌雁行歸雞坊。」這種鬥雞場面，組織縝密，馴導有方；尤其是大集團式的鬥雞活動，水平和技藝之高，在古代是絕無僅有的。十三歲的賈昌在當時就被「天下號爲神雞童」，而唐玄宗也不愧爲是一名「鬥雞皇帝」了。

鬥雞由先秦時代的一種娛樂活動，最終演變爲統治階級誇豪比富、進行賭博的工具。鬥雞之風的盛行，反映出統治者生活的奢靡、封建統治的沒落、社會風氣的腐敗。古人云：「玩物喪志」，這道理從鬥雞中也可窺見一斑。

明宮養貓瑣聞

／杜婉言

爲了明王朝的長治久安，朱元璋處心積慮，採取了許多措施來鞏固其統治。他特別期望自己的子孫後代能夠勤政節用，居安思危，個個都成爲守成賢君，使皇位傳之萬世。

但是，和所有的封建王朝一樣，明朝中後期的皇帝們也越來越腐化墮落了。成祖以後諸帝，大多是庸主，從武宗開始，更多係昏君。他們或沈湎於酒色，或醉心於仙術，甚至多年不理朝政。他們對百姓的死活不聞不問，而對供其玩樂的鳥獸卻優寵有加。

據沈德符《萬曆野獲編》和明朝太監劉若愚《明宮史》的記載：「大內自畜虎豹諸異獸外，又有百鳥房，則海外珍禽，靡所不備，眞足洞心駭目。」更使人洞心駭目的是，據說爲了「感觸生機」，以「廣胤嗣」，即多繁衍些「龍子龍孫」，「御前又最重貓兒。」除各宮後妃、太監分別飼養外，更「有貓兒房，設近侍三、四人，專飼御前有名份之貓」。這些貓全都有名字，雄的稱「某小廝」，雌的稱「某Y頭」，閹貓則稱「某老爺」；那些得到皇帝和后妃們特殊寵愛的貓，還被封贈給「管事」的職銜，有職銜的貓改稱「某管事」，或直稱爲「貓管事」，可以「隨同內官數內同領賞賜」。你看，在區區的貓的世界中，也正了名分，畫開等級，儼然樹起了一座貓的「金字塔」。

貓兒們既然受到這樣的寵遇，其家族丁口的興旺，也就可想而知。除貓兒房外，據朱國楨《涌幢小品》載，單是乾明門就有十二隻貓。由於貓性喜騰跳追逐，發情時叫聲淒厲，這對襁褓中弱不禁風的所謂「龍子龍孫」輩來說，顯然是個災難。致使「皇子、女嬰孺時，多有被叫得驚風薨夭者」（《明宮史》），但「其乳母又不敢明言」（《萬曆野獲編》）。

爲供養這個奇特的貓王國，所費不貲。光是乾明門的十二隻貓，每年就要支用豬肉一千七百多斤，肝三百六十五副（《涌幢小品》）。這大量的肝和肉，當然如同其他御用物品一樣，全靠榨取民脂民膏。當過宛平縣令的沈榜在《宛署雜記》中，記載了宛平縣的賦役負擔，其中一項就是每年上交內府養貓肉七百二十斤。

貓兒們如此養尊處優，已稱奇妙，而其寵遇之深，更令人驚詫。嘉靖初，宮中有一隻貓，堪稱是貓王國中的驕子，它全身的毛捲曲滑膩，呈淡青色，雙眉卻潔白如玉，因而被稱作「霜眉」。由於此貓性情特別溫順，不僅不亂咬亂噬，而且善解人意，用嚴厲的目光看它一眼，它會立刻一溜煙似地逃匿，而一聽到叫喚，便又迅速歡跳前來，因而大得主人世宗皇帝朱厚熜的鍾愛，讓它日夜陪伴左右。碰上朱厚熜閉目養神時，「霜眉」即使飢渴或者要便溺，也必定等主人醒來才離開，所以又被封爲「虬龍」。有一天，「虬龍」死了，朱厚熜傷心不已，下令把它葬在萬歲山北面，並莊嚴立碑，題爲「虬龍墓」（《涌幢小品》），大有讓它與山河並存之勢。

更有甚者，朱厚熜在西苑永壽宮寵愛的一隻獅貓死後，「上痛惜，爲製金棺，葬之萬壽山之麓，又命在值諸老爲文，荐度超升」。飽讀聖賢詩書的大臣們，被這個意外的、難以發揮的題目弄得非常困窘，雖然搜索枯腸，也難使妙筆生花，只有侍講學士袁煒在祭文中謅出一句「化獅作龍」，算是神來之筆，深得皇帝賞識。加上這位袁學士善寫青詞①，投篤信道教的世宗皇帝之所好，居然以祭貓、祭仙的文章邀寵，不久，朱厚熜就把他提升爲少宰，陞宗伯，加一品入內閣（《萬曆野獲編》）。宮廷和政事如此腐敗，明王朝的統治怎能不崩潰瓦解呢！這恐怕也是朱元璋所始料不及的吧。

注釋

①青詞，係指道教設法事時，祭告「天神」的奏章表文，多是駢體文，用朱筆寫在青藤紙上，故稱青詞。

瓦子究竟是什麽場所

／魏承思

宋元文獻中的「瓦子」，古今學者往往釋爲戲場、演藝場或娛樂場所①。淸人方以智甚至認爲瓦子就是勾欄（戲院）（《通雅》）卷三八，《宮室》）。筆者認爲這些說法不甚恰當。瓦子應是指宋元城市中的一種市場。

瓦子，又作瓦市、瓦肆。市和肆音義皆近，無須多贅。「瓦子」一詞卻應是由「瓦市」演變而來。宋人往往在「市」後連以「子」字爲後綴。如《東京夢華錄》所見有「土市子」、「鬼市子」、「甕市子」。由此推知，瓦市起初或可稱作「瓦市子」。稱謂既熟，詞根部分往往可作省略。這在宋代語匯中不是沒有先例的。如洛陽嘉慶坊所產李子因果實甘鮮而著稱，得名爲「嘉慶李子」。後來人們但言「嘉慶子」（程大昌《演繁露》卷一五）。嘉慶李子既可稱作嘉慶子，瓦市子自然也可稱作瓦子了。據此，可以認爲：「瓦子」一詞出於「瓦市」。而瓦市者從字面上看當作市場之解。

人們又多以「瓦舍」和「瓦子」、「瓦市」混爲一談，以爲可以通用。其實不然。《咸淳臨安志》卷十九載：「紹興和議後，楊和王爲殿前都指揮使，以軍士多西北人，故於諸軍塞左右營創瓦舍，招集伎樂，以爲暇日娛樂之地。其後修內司又於城中建五瓦，以處遊藝，今其屋在城外者多隸殿前司，城中者隸修內司。」這裡的瓦舍顯然是指一種單純供娛樂用的房屋建築。而瓦子卻不然，其內涵要複雜得多，宋代文獻有這樣的記載：

一、瓦子內有勾欄。「北瓦內勾欄十三座最盛。」（《武林舊事」卷六）「街南桑家瓦子，近北則中瓦，次則里瓦，其中大小勾欄五十餘座。」（《東京夢華錄》卷二）

二、瓦子內有橋道。「南瓦內投西曰灌肺嶺橋。」（《夢粱錄》卷七）「南瓦子北卓道王賣面店。」（《夢粱錄》卷十三）「肉市，在大瓦今壩北修義坊內。」（《咸淳臨安志》卷十九）「壩北修義坊，名曰肉市，巷內兩街皆是屠宰之家。」（《夢粱錄》卷十六）

三、瓦子內有酒樓茶館。「南瓦，在清冷橋西，有熙春樓。中瓦，在市南坊北，咸淳六年更創三元樓。北瓦，在衆安橋之南，亦名下瓦，有羊棚樓。」（《咸淳臨安志》卷十九）「中瓦南北茶坊內掛諸般瑠珊子燈」。（《西湖老人繁勝錄》）「中瓦內王媽媽家茶肆名一窟鬼茶坊。」（《夢粱錄》卷十六）

四、瓦子內有藥鋪和各種店肆。「瓦中多有貨藥、賣卦、唱故衣、探博、飲食、剃剪紙，畫令曲之類。」（《東京亦夢華錄》卷二）「李生菜小兒藥鋪，仇防御藥鋪，出舊曹門朱家橋瓦子。」（同上）「向者杭城市肆名家，有名者如大瓦子水果子，南瓦子宣家台衣，大瓦子邱家篦筒，南瓦子北卓道王賣面店。」（《夢粱錄》卷十三）

據上列引證，可見瓦子內有勾欄，有橋道，有酒樓茶館，有藥鋪和各種店肆。大瓦內的肉市還整整占了兩條街。瓦子當然不是指一種屋舍，而是指一片範圍廣大的場地。這塊場地上除「優肆娼門」外，還聚集著「酒壚茶灶，豪商大賈」（元納新《河朔坊古記》卷上）。它當然應是指一種市場。瓦舍式的遊藝娛樂場所，僅是其中的一個部分。它之所以稱爲瓦舍，或許就是建在瓦子內的緣故。並且也可能由於瓦舍和瓦子之間有這層關係，後來就常常以偏概全，用「瓦舍」一詞借代整個瓦子了。

《馬可波羅遊記》爲我們提供了瓦子即市場的有力證據。馬可波羅在《遊記》裡提到宋末元初的臨安「除了街道上有不計其數的店鋪外，還有十個大廣場或市場」。他述及這些市場（有時或稱廣場，在書中係指同一場所。）的特點如下：

一、這些廣場每一邊長八百多米。大街在廣場前面，寬四十步，從這座城市的一端筆直地伸展到另一端。」「很多街道和市場相通。」

二、「每個市場，一周三天，都有四萬到五萬人來趕集，人們把各種大家想得到的物品提供給市場。」

三、「這十個方形的市場，每一個都被高樓大廈環繞著，大廈的下層是商店，經營各種製品，出售品種齊全的貨物，如香料、藥材、小裝飾品和珍珠等。有些商店除了酒之外，不賣其他貨物。」

四、「妓女們麇集在方形市場附近，這是妓女們平時居住的地方。」

五、「大批這樣的算命卜卦者，或者寧可說是術士，充斥市場的每一個角落。」（以上引文均見陳開俊等譯《馬可波羅遊記》第二卷第七十六章）

馬可波羅關於這種方形市場的種種敍述，在記述瓦子情況的宋代文獻裡無不可以得到驗證。《咸淳臨安志》卷十九記載當時臨安共有瓦子十七處：

南瓦（在清冷橋西，有熙春樓。）
中瓦（在市南坊之北，咸淳六年更創三元樓。）
大瓦（在市南坊之北，嘗爲上瓦子，亦名西瓦。）
北瓦（在衆安橋之南，亦名下瓦，有羊棚樓。）
蒲橋瓦（在蒲橋之東，亦名東瓦，今廢爲民居。）
便門瓦（在便門外北。）
候潮門瓦（在候潮門外北。）
小堰門外瓦（在保安門外東。）
新門瓦（又名四通館瓦，在新開門外南。）
薦橋門瓦（在崇新門外，章家橋南。）
菜市瓦（在東青門外，菜市橋南。）
錢湖門瓦（在錢湖門外，省馬院前，僅存勾欄一所。）
赤山瓦（在步司後軍寨前，今惟存勾欄。）

行春橋瓦（在東行春橋側。）
北郭瓦（在餘杭門外，北郭稅務北，又名大通店，今惟存勾欄。）
米市橋瓦（在米市橋下，今惟存勾欄。）
舊瓦（在石牌頭北，麻線巷內。）

這十七處瓦子中一處已廢爲市民聚居區，四處惟存勾欄，已不成其爲瓦子。故到咸淳年間實際尚存十二處。這和《遊記》提到的臨安方形市場之數相近。只是馬可波羅所記，大概或是取其整數，或是經宋末動亂後又關閉了兩處。此外，《遊記》述及這些市場的各種特點，在文獻裡也都能夠找到相應的記載。首先，《遊記》述及這些市場的方位是面臨大街，並有很多街道與之相通。這裡的大街應是指臨安城內的御街（或稱天街。據《都城紀勝》載：「都城天街，舊自清河坊，南則呼南瓦，北謂之界北，中瓦前謂之五花兒中心。」又《咸淳臨安志》卷一《京城圖》所示，城內諸瓦亦皆當御街。此均和馬可波羅的記載相合。前引大瓦內壩北修義坊肉市，南瓦子北卓道等也都說明確實是有街道和瓦子相通的。其次，《遊記》述及這些市場具有一種定期集市的性質。《東京夢華錄》卷三所述相國寺瓦市也是「每月五次開放，萬姓交易。」顯然係屬一種定期集市。東京相國寺瓦市既是如此，就不難推知臨安的瓦市，除有固定的店鋪外，主要也是一種定期集市。《咸淳臨安志》卷十九釋「瓦子」云：「瓦子蓋取聚則瓦合，散則瓦解之義。」這裡透露了瓦子具有定期集市易聚易散的特點。可能這也正是瓦市得名的由來。再次，《遊記》述及這些市場被高樓大廈環繞著，這些大廈包括酒樓、藥鋪和各種店肆。我們前面所引的大量史料已經足以與此相映證了。復次，《遊記》述及這些方形市場是妓女們集中的地方。《武林舊事》卷六記載：在臨安瓦子內妓女們「莫不靚妝迎門，爭妍賣笑，朝歌暮弦，搖蕩心目。」《夢粱錄》、《都城紀勝》等書也不乏此類記載。因而有人認爲瓦舍即爲宋代妓院，雖屬以偏概全，卻也事出有因（見曹每戡：《中國戲劇簡史》第四章第八十九頁）。最後，《遊記》還述及這些市場裡有大批算命賣卦者。在宋代文獻裡我們也能找到同樣的記載：「中瓦子浮鋪有西山神女賣卦，灌肺嶺曹德明易課。」（《夢粱錄》卷十三「夜市」條）在排比了這些文獻記載以後，我們不難斷定：瓦子就是《馬可波羅遊記》裡敍述的那種方形市場。

臨安瓦子的分布情況爲我們提供了瓦子即爲市場的又一證據。上文引《咸淳臨安志》所載當時瓦子的地點，可知除南瓦、中瓦、大瓦、北瓦和蒲山瓦五處在城內，其餘諸瓦都在城門口和近郊交通方便之地。如果瓦子眞是戲場演藝場或娛樂場所的話，它就更應該在城內而不是在城外。因爲城內集中了更多遊手好閒的寄生階級。然而，實際上南宋臨安的大多數瓦子卻是分布在城外和城鄉交界之處的。因此，瓦子的分布情況也足以說明它主要當是爲商業活動設立的，而不是一種以娛樂爲主的場所。

當然，要說明瓦子的性質是市場，還須進一步論證娛樂並非瓦子的主要活動。《燕翼貽謀錄》卷二有一條値得的材料：「東京相國寺乃瓦市也。僧房散處，而中庭兩廡可容萬人。凡商旅交易皆萃其中。西方趨京師，以貨物求售，轉售他物者必由於此。」《東京夢華錄》卷三「相國寺萬姓交易條」則更詳細地記載了這個相國寺瓦市的情形。那裡全然不見有演戲賣藝之類的娛樂活動。

這就足以證明瓦子內可以沒有娛樂場所。日本學者加藤繁博士認爲：把相國寺稱爲瓦市「這和戲場沒有關係，單是把它用作市場的意思」。加藤博士的這一看法是完全正確的。但他接著又說：「似乎這是一種不正規的用法，和原來的意義不合。」（加藤繁《宋代都市的發展》）這就顯得有些武斷。事實恰巧相反，市場正是瓦子的本義，在瓦子裡出現戲場卻是後來的事。早在唐代，伎藝人就在市場內演出雜戲、傀儡戲和說話②。宋代路伎人（民間藝人）依然「拖兒帶女，就街坊橋巷呈百戲伎藝，求覓鋪席宅舍錢酒之資」（《夢粱錄》卷二十「妓樂」條）。在瓦子這樣的方形廣場上聚集著來自四面八方的趕集人。這裡既有空曠地段，又是熱鬧非凡。於是理所當然地成爲路伎人作場「肆伎藝」的地方。其中有些路伎人逐漸把自己的演出場所固定在某個瓦子內，搭起了勾欄。有別於「只在耍鬧寬闊之處做場」的「打野呵」者。但這並不是說每個瓦子內都非要有這樣的勾欄不可。瓦子內可以沒有勾欄，但不能沒有店鋪。如果店鋪倒閉，商人絕跡，只剩下勾欄，這處瓦子也就不成其爲眞正的瓦子了。它和已經廢爲民居的瓦子一樣，在文獻記載上是加以特別注明的。

綜上所述，筆者認爲：瓦子是宋元城市中的一種方形市場。市場的四周有酒樓、茶館、妓院（瓦舍）的各種商店。中間廣場上定期擧行集市，設立浮鋪。並往往有許多藝人在這裡搭起勾欄演戲賣藝。這種瓦子是我國古代坊市制度打破後，在城市裡發展起來的一種綜合性市場。

注釋

①參見《辭海》、《辭源》「瓦子」條，加藤繁《宋代都市的發展》（載《中國經濟史考證》中譯本第一卷）。

②參見樂史《楊太真外傳》卷上，《劉賓客嘉話錄》，《酉陽雜俎續集》卷四。

國家圖書館出版品預行編目資料

古代禮制風俗漫談 4／楊村等著. --初版.
--臺北市：萬卷樓，民 86
冊；　公分
ISBN 957-739-167-2(第 4 冊：平裝)

1. 禮俗-中國

530.92　　86014932

古代禮制風俗漫談 4

著　　者：楊村等
發 行 人：許錟輝
總 編 輯：許錟輝
責任編輯：李冀燕
發 行 所：萬卷樓圖書有限公司
台北市和平東路一段 67 號 14 樓之 1
電話(02)3216565・3952992
FAX(02)3944113
劃撥帳號 15624015
承印廠商：晟齊實業有限公司
定　　價：300 元
出版日期：民國 87 年 1 月初版
出版登記證：新聞局局版臺業字第伍陸伍伍號

ISBN 957-739-167-2

請貼
郵票

萬卷樓圖書有限公司
「業務部」收

106　台北市和平東路1段67號14樓之1

請沿虛線撕下後對摺裝訂寄回謝謝

萬卷樓圖書有限公司
讀者服務卡

謝謝您購買這本書！爲加强對您的服務並使往後的出書更臻完善，請您詳細塡寫本卡各欄，寄回給我們，即可收到本公司最新的出版資訊，及享受我們提供各種的優待。

書籍名稱：E006　古代禮制風俗漫談 4

姓名：＿＿＿＿＿＿＿＿

年齡：＿＿＿＿　性別：□男　□女

地址：＿＿＿＿＿＿＿＿

聯絡電話：（O）＿＿＿＿＿＿　（H）＿＿＿＿＿＿

學歷：□高中（職）　□專科　□大學　□研究所以上

職業：□學生　□教職員　□公務員　□研究職　□上班族
□家庭主婦　□自由業　□軍警　□資訊業　□銷售業
□工商業　□服務業　□其他＿＿＿＿＿＿

購買本書的方式：

□＿＿＿＿市（縣）＿＿＿＿書店　□劃撥　□本公司
□贈送　□書展、演講活動，名稱＿＿＿＿＿＿
□其他＿＿＿＿＿＿

您從何處得知本書的消息

□逛書店　□報紙廣告　□國文天地雜誌　□親友推薦
□廣告 DM　□其他＿＿＿＿＿＿

您是否爲《國文天地》雜誌的訂戶？

□是，編號：＿＿＿＿＿＿　□否

您是否曾購買本公司的其他書籍？

□是，書名（舉一）：＿＿＿＿＿＿　□否

對我們的建議：